记忆深处的文联大院

宋致新　主编

团结出版社

图书在版编目（CIP）数据

记忆深处的文联大院 / 宋致新主编. -- 北京 ：团结出版社，2021.5
　　ISBN 978-7-5126-8554-3

　　Ⅰ. ①记… Ⅱ. ①宋… Ⅲ. ①回忆录－作品集－中国－当代 Ⅳ. ①I251

中国版本图书馆CIP数据核字(2021)第026470号

出　　版：团结出版社
　　　　　（北京市东城区东皇城根南街84号　邮编：100006）
电　　话：(010) 65228880　65244790
网　　址：http://www.tjpress.com
E-mail：zb65244790@vip.163.com
经　　销：全国新华书店
印　　装：天津盛辉印刷有限公司

开　　本：170mm×230mm　　16开
印　　张：33.5
字　　数：424千字
版　　次：2021年5月　第1版
印　　次：2021年5月　第1次印刷

书　　号：978-7-5126-8554-3
定　　价：128.00元

（版权所属，盗版必究）

编委会

主　编　宋致新

副主编　杨丹娜　赵学伟

编　委　杨小娜　张明建　王阿洁　李　洪

目 录

序 / 赵致真

1	文联大院的童年回忆	/ 王筠
19	那些年,那些事	/ 杨丹娜、杨小娜
37	祖父小传	/ 张明建等
57	百年徐迟:追踪记忆里的父亲	/ 徐延
71	我要对她说——回忆五十年前的文联大院	/ 徐音
85	怀念我的父亲蔡明川	/ 王阿洁
97	陪伴父母的日子	/ 阳凌
111	随父母下放崇阳的记忆	/ 易晓云
129	我的父亲刘传蕻	/ 刘方
139	文人相亲——父亲李蕤和碧野伯伯的世纪友情	/ 宋致新
155	美留人间——忆父亲卢柏森	/ 卢琳
165	远去的白帆——怀念父亲陈牧	/ 陈榕
175	我们的音乐之家	/ 冯凯
183	舞台一家人	/ 莫晓梅

199　我们的父母和文联大院的点滴往事 / 师海鸣等

221　我的父亲李冰 / 李玫

243　在父母的影响下走上舞蹈之路 / 付平平

253　淡泊人生九十年——我的母亲李文 / 李洪

265　深沉歌唱土地的鸟——忆父亲吉学沛 / 敏敏

275　战士也有情,艺术家更有爱——怀念我的父亲武石 / 武凤子

293　热爱话剧,终生不渝——记我的母亲哈珊 / 哈小姚

301　话剧舞台上一颗璀璨的星——记我的母亲司徒莺 / 杜勇

309　文联大院琐记 / 明建等

321　梦境,是情感的延续 / 胡晨

329　怀念父母 / 胡学宁

347　此情可待成追忆——怀念父母 / 宋菲

357　在沙洋干校的日子 / 李洪

369　怀念"公爷爷"龚啸岚 / 萧世钢

381　人生舞台,舞台人生——忆文联大院往事 / 赵学伟

401　父亲的文学创作及在武汉的生活足迹 / 田海蓝

417　我们的丹青之家 / 张墨菊

429　记忆从这里开始——文联大院童年生活琐忆 / 李玫

449　老房子记忆：汉口解放公园路48号 / 宋致新

467　心祭——写给父亲碧野 / 黄榕

477　怀念父亲李井然 / 李小松

487　山丹丹开花红艳艳——记我的母亲王侠 / 王涵

506　后记 / 刘丹

序
赵致真

20世纪50年代初期,国基始奠,兵尘初息。随着南下干部的洪流,解放区文艺队伍骨干也陆续抵达武汉。

这里是中共中央中南局和中南军政委员会所在地,管辖六省两市,枢机水陆交通,各路英杰毕集,千端百绪待兴,成为风云际会的大时代舞台。

繁荣文化是和巩固政权、发展经济齐头并进的。中国作家协会武汉分会、中国美术家协会武汉分会、中国音乐家协会武汉分会、中国戏剧家协会武汉分会相继挂牌成立,构建了阵容壮阔的大武汉文艺界格局。敬贤礼士,高情厚渥,位于今日解放公园路的"文联大院",便是专为这些作家、画家、音乐家、戏剧家兴建的安身乐业之所。

赵致真1978年在山西太原煤矿

"文联大院"无疑是全中南"文化最密集的地方"。如果要问武汉地区曾有哪些文化名人在这里住过,倒不如问武汉哪些文化名人没有在这里住过。因此,关注和研究这段历史的意义自不待言。我们面前的这本书,并非考订"文联大院"的专著,而是当年生活在大院的"娃儿们"回首前尘写下的零星旧事。但却为发掘这个"宝藏"开了头,破了题。

其实出书的最早动议,只是几个人的一时兴起,接着便是众人的一拍即合。

大家虽然阔别半个世纪了，彼此东走西散，少通音问；大院虽然拆迁近20年了，已经"扫穴犁庭"，荡然无存，但对童年生活的珍视、对逝去岁月的怀念和对"大院身份"的认同，让出书变得越来越郑重其事。也多亏了互联网，于是辗转串联，闻呼即至，迅速拉起"大院娃儿"微信群。当年三尺蒙童，今天六旬翁妪，大家以书为纽带，再次聚集一堂了。

细细披览"娃儿们"的30多篇文稿，心中充满温热的感情。还有数百张照片初见天日，更是书中至宝。不禁感慨这些文章读得太迟了。直到今天，我们才真正走近彼此的心灵，了解各家父辈的身世和经历，追求和奋斗，信仰和气节，成就和功勋。他们那时多么年轻啊，在这座大院出入起居，行思坐想。无数名篇佳作在这里下笔成章，开花结实。武汉文艺的万紫千红，原来是能到"文联大院"寻根溯源的。

"娃儿们"的文章也记证着历史的变迁，大院是文化艺术的渊薮，也是时代动荡的风口，父辈们在这里曾经承受太多的屈辱和苦难。但最可贵的是我们都能以更高的境界和成熟的心态回首往事，留取这份"为了忘却的纪念"。

特别爱读文章中时时露出的童心孩趣和笑影啼痕。我们当年何等幼小和稚嫩，但却不妨碍有独特的视角和纯真的感受。从大院的宏观布局到细枝末节，我们互相启发、互相验证、互相补充，每篇文章都至关重要和无可取代。如同一块块拼图，逐渐凑集起清晰的大院轮廓。这是同根连枝的集体回忆。大院拆迁时，曾有人提议保护"文化遗址"，现在我们正是在书中重建大院的虚拟殿堂。

我作为"大院娃儿"中的"长兄"，此时脑际也掠过许多往事：大办钢铁年代文联院子里小高炉的冲天火光；父母亲多年来的负屈衔冤；长辈作家在院子里的偶语私谈；获得大师赠画后全家环围品赏；独坐花荫下看书时听歌唱家倾喉吊嗓；看完话剧和观众一起鼓掌时，为台上艺术家是自己邻居而顿生骄傲。还有许多琐屑小事，我和弟弟与徐延、徐建组成"作协青年乒乓球队"在饭厅和外单位激烈对阵；红砖路上闭目骑车数到 10 再睁眼而几乎撞到树干。最难忘我大学毕业分配到山西煤矿后，从千里之外顶风冒雪赶回来过年，一进大院看见 3 栋 3 楼自家的灯光就止不住泪如涌泉。这些经历，比日后出入许多豪华高贵的场合更让人铭记终生。而无论涌起多么复杂的心底波澜，我都深深爱着这座大院，并永远珍惜这段和大家共同拥有的时光。

格外赞叹"大院娃儿"们的齐心协力和多才多艺，让人不由想到"书香门第"和"家学渊源"。除了生动的文笔和细腻的情感，连封面设计、装帧排版、考证住房建筑、绘制大院图纸全都"自给自足"了。50 年来，"大院娃儿"家风不坠，各膺重寄，没有辜负父辈的鞠育和熏陶。今天又为传承大院的文化血脉各展所长。这是对历史尽责任，也是对父辈尽孝心。

相信《记忆深处的文联大院》是一本独出机杼的书，有资格站立在大雅之堂的书架上，以特殊的频率，发出一代中国文化人别样的信息，并成为研究者瞩目的文卷。

赵致真：李蕤、宋秀玉长子。原住文联大院三栋一门三楼。

1948年冬,冀察热辽军区文工团学员在锦州合影(哈小姚提供)

这个艺术学院,前身为冀察热军区第十三军分区宣传队、热河军区胜利剧社、冀察热辽军区文工团,后为冀察热辽联合大学鲁迅艺术学院。1949年,其中一支队伍南下武汉,成立中南人民艺术剧院;另一支到天津,成立天津人民艺术剧院。图中第三排右五为骆文,右三为姚汉光

1947年夏，冀察热辽文工团部分学员合影（哈小姚提供）
第一排右五为莎莱，右三为赵美育；第二排右三为姚汉光，右二为温士冲；第四排右一为杜平

1949年3月28日，中原文艺工作者代表会议在开封召开，全体代表留影（宋致新提供）
左边最后一排右二为俞林（穿黑衣服者右边），右五为李冰（穿深色衣服者），左边倒数第二排右四穿深色衣服戴帽子者为崔嵬；中间从大石头上女士起，右一为林路，右二为李蕤，右五为于黑丁

1950年10月5日，中原大学文艺学院创作组全体师生留影（李玫提供）

前排左二起，为江云、刘钢、俞林、李冰、阳云、朱天；第二排，左三为李文，左五为索峰光，左七为曾立慧，左八为林焰；第三排，左六为李力；第四排，左一为丁明顺，左二为高琨，左四为戴绍泰，左五为陆胜谟，左六为沈毅

1952年夏，中南作协《长江文艺》编辑合影（李洪提供）

前排左起：李薇（女）、王黎拓、李季、张云骧（前面小孩名张幼）、王凤宝（女）；二排左起：刘钢（女）、蔡明川、胡佐才、杨恒锐、沈毅、李文；三排左起：苏中、李力、戴绍泰、涂光群、关汉清

1964年,中国美协武汉分会部分成员及领导来宾等在文联办公楼前合影(张明建提供)
前排左起:周韶华、武石、张肇铭、唐云、江丰、杨平;后排左二为卢柏森、右二为王居平、右三为冯中衡

1965年冬,音协部分成员及家属合影(宋菲提供)
前排左起:梁劲、宋菲、任景平(抱陈蕾)、陈矿、梁松;二排左起,江翠娥、宫桂珍;三排左起:梁思孔、姚运才、蒋宁(龙华堂夫人)、龙华堂;最上面为宋运昭

1968年6月,湖北省文联干部下放到黄陂县在水塔前合影(杨丹娜提供)

前排左起:吴昌、郑昌华、陈松、王侠、邵廉、靳莱、吴耀崚、李荷仙、赵振娣、张焱、白兰英、张忠慧、乔玉生;

后排左起:梁思孔、宋德威、祝新家、肖光烛、刘述杰、张文斌、吴烟痕、辜德祥、蔡明川、朱水宝(黑衣)、章晓明、岑家兴、军代表、周韶华、彭庆祥、徐寿基、欣秋、高琨、吉学沛、胡佐才、杨平、齐克、卢柏森、徐辛雷、姚运才、杨辟如

1970年，省文联下放沙洋五七干校合影（杨丹娜提供）

第一排左起：王珊珊、王岑、杨静、张焱、鲜于明一、周韶华、宋运昭、徐寿基、武石、卢柏森、黄师傅、陈松；

第二排左起：黄鼎钧、邵廉、碧野、章晓明、顾团长（军代表）、冷政委（省委党校副校长）、孔政委（省教育厅长）、团领导、闻心智、靳莱、阳云；

第三排左起：魏子坦、刘述杰、沈毅、欣秋、梁思孔、师群、王侠、王淑耘、刘岱、乔玉生、王居平、姚运才、徐辛雷、吉学沛、李文、黄师母、唐凤阁、索峰光；

第四排左起：樊旭、熊章友、徐邦洽、高琨、齐克、岑家兴、吴烟痕、安危、李荷仙、熊克琼、张忠慧

2005年夏,"文联大院的娃们"在武昌"谢先生餐厅"合影(敏敏摄)
前排左起:王阿洁、师海云、黄铮、宋致美、宋致新、沈冬、徐建;后排左起:王乔、杨丹娜、师海虹、阳凌、张晴、吴晓斌

2016年1月21日,在武昌亢龙太子酒轩聚餐后合影(沈冬摄)
左起:杨小娜、王阿洁、徐建、阳凌、胡学宁、宋致新、黄铮、胡蓓、王乔、师海云、敏敏

2016年春节期间,在"汉口天地"合影(师海鸣摄)

前排左起:王雪燕、陈榕、梁劲、杨丹娜、齐晓薇、刘红、夏玲蓓、杨小娜;第二排(中间)左起:吴怀南、师海鸣、冯凯、王加、张明建;第三排左起:刘济、黄维群、章鹰、赵学伟、张明进、陈松、杜勇、马庆加、刘家龙、孙昌明、龙石洋、李小刚

2016年6月25日中午,在东湖亢龙太子聚会合影

前排左起:黄铮、王阿洁、宋致新、王乔、徐建;后排左起:阳凌、梁劲、杨小娜、易晓云、胡蓓、张明荣、武凤子、黄维群、李小刚、赵学伟

2016年7月12日，冯石于回国，在武昌小龟山满旗楼聚会后合影
前排左起：齐晓薇、王阿洁、宋致新、武凤子、杨小娜、梁劲、王涵；后排左起：张明进、刘自成、杜勇、孙昌明、黄维群、吴怀南、冯石于、李小刚

2017年1月14日在文联办公大楼前合影（顾小华摄）
前排左起：胡学宁、敏敏、胡蓓、师海云、王筠、李抒、王阿洁、黄铮、易晓云、刘红、宋致新、阳凌、杨丹娜、刘方；后排（两排合一）左起：师海鸣、杨小娜、赵学伟、刘家龙、陈蕾、龙石洋、李小刚、杜勇、孔彦、孙昌明、章鹏、夏玲蓓、李源、魏钰、哈小姚、王杨梅、王乔、陈榕、王枚、张明进、齐晓薇、王涵、张明荣

2017年1月14日，在老文联（现为武汉市文联）大楼会议室合影（顾小华摄）
前排左起：李小刚、刘家龙、杜勇、黄铮、宋致新、杨丹娜、王筠、王阿洁、胡蓓、王杨梅；二排左起，张明荣、魏钰、孔彦、刘红、刘方、王涵、王乔、王枚、李抒、敏敏、易晓云、师海云、阳凌；三排左起，师海鸣、龙石洋、孙昌明、哈小姚、李源、赵学伟、陈蕾、陈榕、张明进、章鹏、杨小娜、胡学宁

2018年10月25日吴怀南回汉在亢龙太子聚会
左起：王涵、姜夏、王乔、吴怀南、宋致新、杨小娜、杨丹娜

武汉市文联办公大楼（老文联办公大楼旧址），坐落在汉口解放公园路

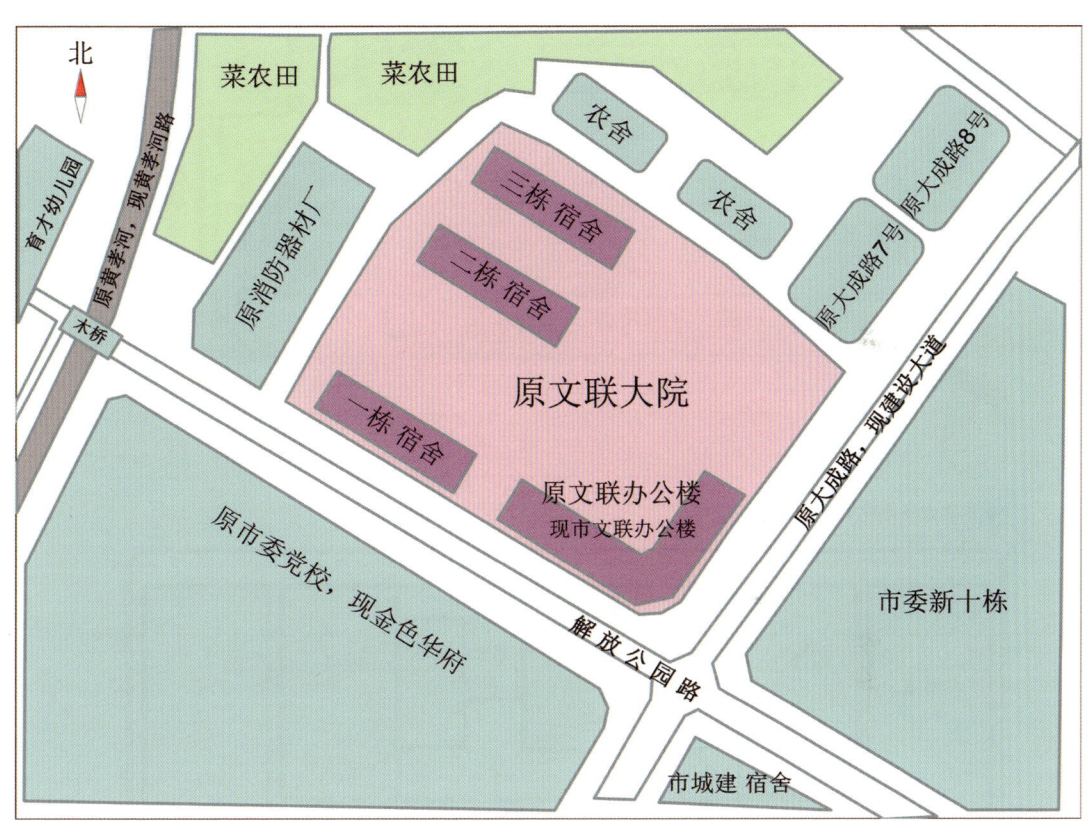

20世纪50年代中国文联武汉分会旧址（师海鸣绘制）

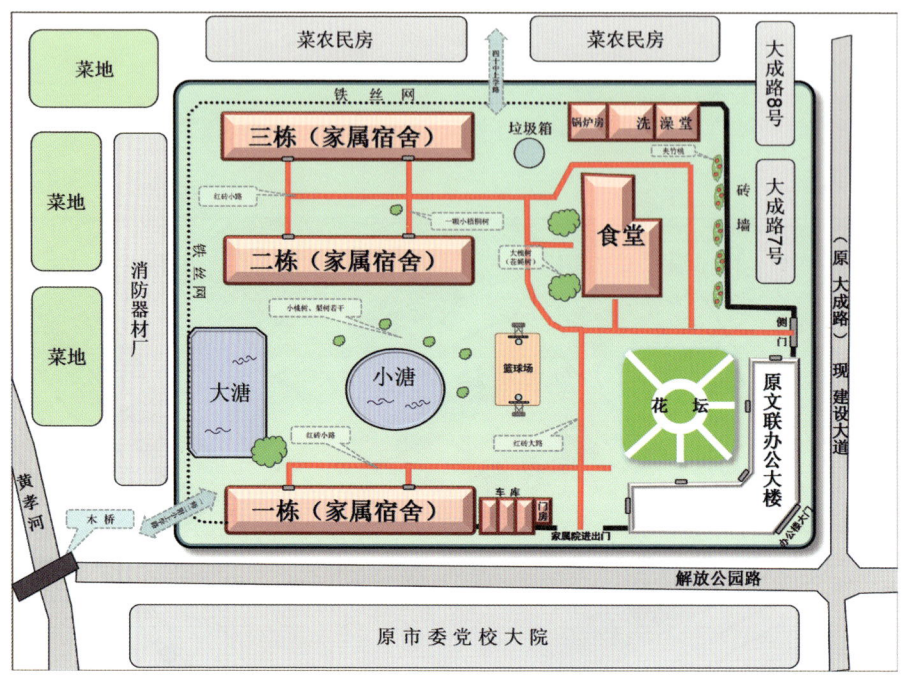

原文联大院示意图（师海鸣绘制）

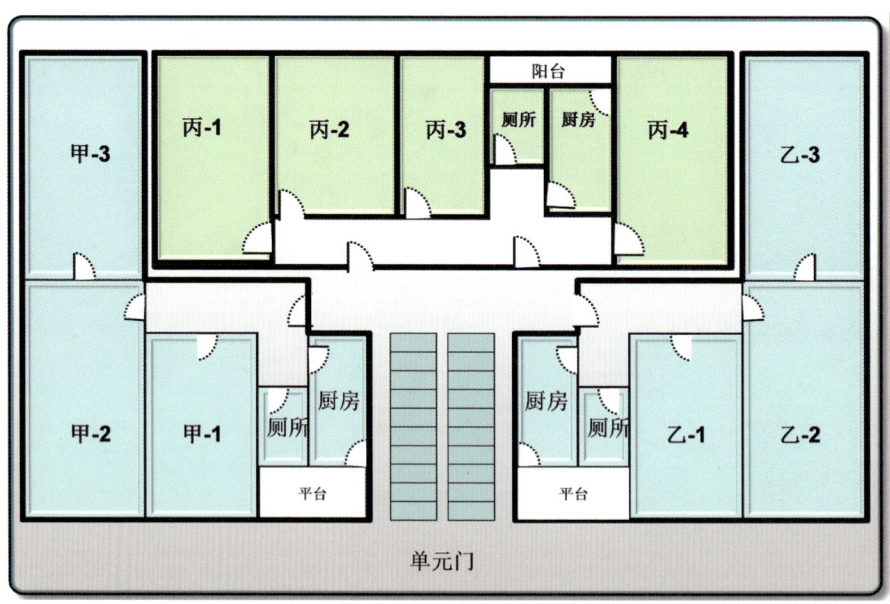

原文联宿舍楼（共三层）单元房型（师海鸣绘制）

"文联大院的娃们"
（张明荣刻制）

记忆深处的文联大院（江中潮绘）

文联大院的童年回忆

王 筠

我和父亲、母亲及妹妹王学杰合影,摄于 1956 年

文联大院的童年回忆

王 筠

解放公园路48号是曾经的老文联旧址，即湖北省武汉市文联及其各专业协会、《长江文艺》杂志编辑部最早的所在地。省、市一级的知名作家、音乐家、表演艺术家、画家、诗人、艺术评论家等文化名人云集于此，在中南五省和长江流域文化艺术界有着广泛影响。

20世纪60年代初，我们家住进了老文联大院。我的父亲王鸣是武汉歌舞剧院演员，母亲赵振娣是文联资料室管理员。父母1949年同时进入中原大学文艺学院，毕业后一直从事文化艺术工作。1970年文联大搬迁，父母亲带着妹妹下放到沔阳毛场公社。1972年干部下基层支援三线，全家又奔赴郧阳地区十堰，在基层工作，一去就是十几年。1986年父亲调回武汉，在湖北省电视台电视剧制作中心任导演，1998年去世。母亲现离休，已90岁高龄。

一 世外桃源

我的童年是在老文联大院度过的。记忆中，文联大院的办公楼是由青色花岗石修建，大楼格局呈围合型，面朝着解放公园路和大成路，左邻市委党校，右邻市委宿舍。高挑的圆形石柱大门，雅致的俄式建筑风格，显得庄重大气，别具一格。

进入大门，穿过大堂，便步入后花园。花园盛开着月季花、栀子花、夹竹桃、冬青、杨柳树植成的行道树，规划清晰，层次分明。在那个年代，这个花园妖娆绮丽，颇为雅致，无论是文联办公楼里的文人墨客，还是来访的领导或同行，聆听鸟语蜂吟，露沐阳光花香，惬意之余，称赞有加。

1992年,父母亲访美探亲时和我们一家三口合影,摄于洛杉矶汉庭顿植物园

  花园的后方,三栋宿舍楼前后排列,红砖外墙红瓦坡屋顶的红楼在绿树衬托下显得格外沉稳、内敛,与办公大楼主体建筑风格呼应。锈蚀的铁丝栅栏形成院墙,上面挂满了粉蓝色的喇叭花,风中微微摇曳,院外有一些干打垒的茅屋农舍,不时传出屋主的讲话声和看家狗的汪汪叫声。大院内,樱红色的石砖小路连接着操场、篮球场、草地、梨园、食堂和宿舍,形成了一个方圆并联的大合院。院中央是湿地鱼塘,簇拥着灌木和杨柳,塘里的鱼儿咕嘟出气泡,时时泛着涟漪……春燕放飞,冰雪寒冬,四季轮回,鱼塘总是充满着生机。

  论风水,鱼塘是花园的命脉,大院的龙眼,它和人的气血相通,运势相抚,大院的男女老幼时常围绕着鱼塘散步谈心,闲情惬意。在鱼塘边草地上,或席地而坐,或追逐嬉闹,晒晒太阳,缝缝被子,都想沾沾这风水的好运。

  院外南边是黄孝河,黑乎乎的污浊臭水,灌溉着两岸油菜地。河岸上高高的白杨树,一字排列,交织着一望无边的垄垄菜园。即便是条臭河,在那时候,也是一条繁忙的运输线。河的对岸是育才幼儿园和一师附小,还有一座抗战时期遗留下的碉堡,里面堆满了稻草,有时还会有夜宿的乞丐。一座老木桥连接河的两岸,木桥已破旧老化,斑斑驳驳,一旦遇到狂风暴雨,湍急的河流搅着漩涡撞击桥墩,发出哗哗响声。桥下黄孝河划子成行,船夫撑船摇橹贩运着农贸货品,桥岸拖拉机站忙着运转货物,隆隆的马达声,扛活的吆喝声,讨价还价的叫嚷声,划破了静静的晨曦。

东边的解放公园路,一条长长的法国梧桐树林荫大道,一直延伸到解放大道十字路口。市委党校、设计院宿舍、市委新十栋、市委书记小院、市委大院、"老通城"、花桥书店、百货商店、花桥理发店、惠济菜场、奶牛场、荷花莲藕塘、24路汽车站,林林总总,形成一个颇具城乡结合特色的市郊城部。

可以说,这里人文荟萃,环境优越,恰如孩提时代的世外桃源。

二 同窗发小

育才一师附小是我曾经就读的小学,学生来源大多数是机关干部和文化事

1963年,摄于育才幼儿园
三排左一为父亲王鸣,左二为母亲赵振娣
三排右一为姨妈赵振生,右二为姨父徐良
一排左一为妹妹王学杰
一排右一为表弟赵学伟
二排右一为外婆郑淑清,中间为王筠

1963年6月,武汉一师二附小二(3)班合影
第一排:左一王筠、左二陈华、左四李洪、左六付平平、左七莫晓梅、左九胡蓓、左十陈排江
第二排:左四王阿洁、左五武凤子、左八哈小姚、右一梁宏、右二黄金祥
第三排:右一黄小妹、右五刘自成
第四排:左四龙石洋、左六孙昌明

业单位的子弟,还有一些三眼桥的农家子弟。我自以为我们是热情、单纯、规矩、受教育的好苗子,殊不知那时候已经悄悄地开始进入划分"红"与"黑"的年代。

在我们班级里,几乎一半以上是文联大院的娃们,每当放学回家,在全校的路队列中,是最亮丽的一道风景线,遵守纪律又有精气神,无论刮风下雨,冰天雪地,从没间断过。

队伍里,平平是个头儿。她那又粗又黑、齐胸的一对大辫子荡悠着,合身的

1986年夏，摄于文联大院一栋楼前白杨树下
从左至右：王筠、王阿洁、莫晓梅、付平平、胡蓓、武凤子、李洪、陈排江、陈华

小白布衫，藏蓝色棉绸裤，衬托着一副苗条的舞蹈身段子，显得格外有范儿。黝黑的皮肤、圆圆的大眼睛、微微隆起的脸颊和丰润的嘴唇，透着坚毅和热情。洪洪、阿洁、凤子、蓓蓓、排排、华华、小妹、卡曼，还有我都是队伍中的女成员。男生群里有小姚、洋洋、昌明、宏宏、自成和金祥。虽然人数上与女生相比显得有些弱势，可在大院里算是一帮小顽主儿，嬉闹逗趣，闯祸惹事，结帮斗架，少不了这几个角儿。

男女生阵容上的势力悬殊，常少不了斗嘴吵架，洪洪就是女方的第一辩手。洪洪的父母亲都是作家，受家庭的熏陶，她习文优秀，语言表达顺畅，一旦和男生较上劲，语速像机关枪似的连发出击。她那饱满的额头装满了智慧，薄薄的两片嘴唇上下磕动："敢欺负我们，没门！"显出大侠女之豪气，"小叫猪"由此得名。

男生不是省油的灯，明枪不接招，暗地里使坏，给我们每个小女生都起了绰号，男女生从此铆上了劲。女生们碰到男生常以横眉冷眼相待，男生们表面不动声色，则在暗处门缝里、树丛里、巷子里喊着绰号，捉弄女生。

小姚和洋洋是男孩子王，他们走到哪儿，前呼后拥跟着一帮子小兄弟。洋洋是个血气方刚的靓仔，不知何故和住在一栋楼的刚子结下了梁子，持刀打架险些闯下大祸。一帮孩子王射弹弓、弹钢珠、爬树、抓双杠、满院子玩"捉跑兴救"，个个像打了鸡血，浑身是劲。

小姚是个蒙汉血统结合的后裔，高大的身材，一副标致的奶油小生形象，表面看起来平静斯文，甚至带点羞涩，内心却流淌着蒙古族人的奔放性情。他时常穿着崭新的军大衣，白色的回力球鞋，戴着一顶军帽，一副得体的打扮，每每走进教室，都要习惯地在门口定定神，扫视一周，以吸引所有同学们的目光。上课似乎对他燃不起兴趣，总觉得很受憋屈，然而，上帝给你关上一扇门，却又推开了另一扇窗。小姚的母亲是一位美丽而风度翩翩的蒙古族话剧演员，受母亲的影响，他天生一个表演的胚子，举手投足间眉眼传神，模仿逼真，对生活细微之处的观察十分敏感。因此，在学校里演出样板戏《红灯记》时扮演李玉和，一炮打响。

有一天，小姚拿出了他母亲戏剧旗袍服装和杜勇扮演一对男女，手挽着手在大院里招摇示众。一瞬间，引来了一大群孩子们看热闹。那时候，绸缎旗袍是封资修的禁服，居然在光天化日之下作秀，岂不胆大包天哪！再看他俩儿：扮女者紧身旗袍一扭一摆，婀娜多姿；扮男者西服革履昂头挺胸，风度翩翩。真是戏疯子人越多越来劲了，他俩起劲地扭呀扭，一大群人跟在后边喊着："耶呵，耶呵，大屁股！耶呵，耶呵，大屁股！"他们的表演逼真搞笑，从操场走到食堂，又从食堂走到后花园，叫喊着，嬉笑着，前呼后拥。

这边厢，花园的管理员陈大叔，带着娘娘腔扯起喉咙喊着："踩着我的花了，别在这里闹哇，龟儿子。"

夜幕降临，喊累了，疯够了，大戏终于收场。

三　体操队

"文革"时期，湖北省体委进驻市委党校，各个运动项目的运动员在这里进行职业培训。对于我们这些小毛孩来说，真是大开眼界，看着这些体操、跳水、乒乓、举重、篮球、羽毛球各项运动员个个身怀绝技，我们幼小的心里充满了好奇，萌发了幻想，也憧憬自己能成为精通"十八般武艺"的女神。于是，我们每天去看运动员们训练。幸运的机遇终于降临到平平、洪洪、卡曼身上，她们分别被挑选为体操和跳水队员。看着她们每天和运动员一起训练，还有面包牛奶的奖励，真是叫人羡慕。于是平平召集了我们这些女生，组织了一个体操队，由她担当我们的教练。她把在专业体操队训练的课程照本宣科地教给我们，于是机关办公楼屋顶宽敞的平台成了我们的练功场所。平平展现了她与生俱来的组织能力，仅半年的工夫，让我们这些高矮不齐，胳膊腿都伸不直的"体操学员"个个都可以完成拿大顶、前滚翻、劈叉、大控腿、迎风展翅等一系列动作，甚至还可以表演一小段自由体操了。

那一阵子，每天都是阳光灿烂的日子！小女生们好似有个神圣的约定，功课做完一定不缺席去练功，谁都不许落下。虽然练体操浑身都会有疼痛，骨头关节有时会噼里啪啦一串响，可大家含泪逞英雄，比拼看谁做得好，个个都想显摆两招。

摄于1968年冬
前排左起：莫晓梅、李洪、王筠；后排左起：胡蓓、付平平

四　芭蕾舞鞋

那时候,样板戏风靡全国,家喻户晓,表演和模仿现代戏已成了一种时尚和必修课。芭蕾舞剧《白毛女》《红色娘子军》鲜明的时代特征及表演形式,打动了我们少女的心。临近文联大院的市委礼堂放映电影芭蕾舞剧《白毛女》,我们欢喜雀跃,竞相转告,尽管没有票进不去,可我们还是带上小板凳,站在上面,踮着脚趴着玻璃窗,透过那一丝缝隙看到银幕移动的画面——"北风那个吹,雪花那个飘……"

一天,平平神秘地告诉我,今晚到我家来,给你看个稀奇。傍晚,我丢下碗筷,急匆匆跑到平平家,卡曼也积极赶到了。平平这时拎出一个东西在我们眼前一晃,"看,这是什么?""哇,芭蕾鞋!"我们惊呼起来。

那是一双粉红色的芭蕾鞋,粉嫩粉嫩的,两边白色的缎带,软滑软滑的,鞋的顶端圆而坚硬,鞋帮也是丝绸缎面料做的,漂亮精致极了。我们从没见过芭蕾鞋,

1975年冬,摄于武汉花桥育才幼儿园
左起:胡蓓、王筠、莫晓梅、付平平

更不可想象穿上这个鞋可以用足尖神奇地跳舞。我们几个左看右看，稀罕无比。平平说：穿上试试看。于是，我们轮流穿上芭蕾鞋在满屋子走呀走，转呀转，嘴里哼着北风吹、窗花舞的曲调，模仿着动作，脚下生风，浑身轻盈。扑通，一不小心跌下来，一阵尖叫，又站立起来，继续舞动。那个高兴劲别提了，感觉太美妙了，一直玩到晚上十二点钟了，还不想回家。

那晚，我做了个梦，满眼都是芭蕾鞋，五颜六色，旋转着、滑动着、升腾着、跳跃着……

飞舞的芭蕾鞋，真的把我们带入了真正的舞台。几年后，学校宣传队排练芭蕾舞剧"白毛女"，我饰演喜儿，平平饰演白毛女，卡曼饰演窗花舞领舞。

五　游泳小分队

汉口西北湖有个露天游泳池。盛夏，我们几个女生相约每天下午到那里去游泳。我们顶着酷热的太阳，穿过三眼桥泥巴小路，来到游泳场。宽大的露天游泳场四周没有树荫遮拦，烈日热风加上浸泡，个个晒成了黑乌龟。起初，我们在浅水池学习蛙泳、自由泳，胆儿大了，动作熟练了，去了深水池。这可是一个大胆的决定，跳下去脚是不着底的，水中只有几根木桩，抱着木桩才可以换口气，我们尝试着前行。

我胆儿小，心生恐惧，生怕一口气换不过来就一命呜呼了。不知谁提议，"游过去吧。"嗐！一圈800米啊，我游20米都吃力，别说横渡绕圈子了，这比登天还难啊！我和凤子都畏缩了，可胆大的几个一阵商量毫不犹豫地出发了。

我和凤子目送着她们远去的背影，四个黑头排成一线，一浪一浪的沉浮，一圈又一圈的奋力划行。突然，广播喇叭里传出了播音员激动的声音："看！一支北湖小分队向我们游来……大风大浪中勇敢的健儿们……向她们学习！向她们致敬！"我和凤子顿时激动万分，在水中拍打着水花欢呼着，从心里佩服她们的勇敢和团结精神。

从此，北湖游泳场多了这一只有纪律的游泳小分队。当时时髦的口号是：在大风大浪中锻炼成长，不爱红装爱武装，等等，不断鼓励和帮助，游泳小分队也日趋成熟了。若干年后，她们当中，蓓蓓、凤子也成为横渡长江的女泳手。

盛夏的天气，闷热得慌，游泳归来，家家户户摆出了竹床纳凉。那时候，没有电扇，大芭扇喷上一点凉水，呼扇呼扇的，透心的凉快。武汉人有坐在外面吃饭的习惯，满院子的纳凉竹床，一个挨着一个排排坐，晚餐的菜肴摆在竹床上面，香味四溢，边吃边唠着家常。男人们赤膊披着小褂，女人们裙子花衣裳，孩子们露肚大裤衩，花花绿绿，热气腾腾的场面，比现在的大排档还有特色。月色下，我们小姐妹们围坐在一起讲故事，聊着新鲜事，讨论谁的衣服好看，谁吃了太妃奶糖的糖纸夹在书页里平平展展的拿出来显摆，谁攒的邮票又多又全……

六　多彩的大院生活

大院在那个动荡年代，却给了我们一个安静、舒适、优雅的环境。记得机关的叔叔阿姨们为丰富大院的文化生活经常举办一些有意义的活动，比如：逢年过节在食堂大饭厅举办猜谜语游戏，大院食堂的天花板、墙壁上挂满了红红的纸条，好像进入了一个红彤彤的世界，上面的成语、寓言、字谜丰富多样，既学到知识，又可以领到奖品。娃娃们还表演节目，有奖竞赛，激励小演员们的表演欲望。叔叔阿姨们还经常举行拔河、篮球比赛，我的父亲就是活跃在篮球场上的一员干将。在大人们的影响下，娃娃们也喜爱在篮球场上奔跑打球，愉快的欢笑声洋溢着一片生机。

大院里的梨树和"自留地"也蓬勃生长着，绿色瓜果蔬菜源源不断地带来餐桌上的惊喜，梨树结了果，分享到各家各户，而各家的"自留地"更是争奇斗艳：蚕豆、黄豆、青菜、辣椒、葫芦、黄瓜、葱蒜……一片菜花香。我和妹妹开挖一小块地种下的是菠菜，听大人们说施上尿肥利于菜苗生长。果真，菠菜长得又肥又壮，真是实践出真知啊，那时懂得了什么是有机肥。

大院优美的环境来自于所有人的自觉维护和定期打扫卫生，修枝、除草，尤其秋冬交际之时，大扫除热火朝天，一团团干枯草枝点火燃烧，袅袅青烟既驱蚊虫，又解决了垃圾处理问题，有时候我们娃娃们也拿起扫帚参与其中。

　　大院里有一段时间，养鸡养鸭成风。我家对面二栋排排家可谓养鸡专业户，数她们家鸡群阵容大，早晨鸡鸣，晚上歇窝，特别有规律。排排的妈妈王惠芳阿姨有一套养鸡秘诀，从孵小鸡到成熟鸡，主食上把控由细粮到粗粮，米压成粉粒再到颗粒，辅食配有绿叶蔬菜，荤食抓来虫子充当蛋白质，这样鸡的羽毛光滑油润，体格健康。为了抵御鸡瘟，还用"四环素"和面粉揉成小药丸喂给鸡吃。我也跟风养了几只鸡，但存活下来的仅剩两只母鸡，一只黄麻鸡、一只澳洲黑（洋鸡）。这两只母鸡勤下蛋，很听话，成了我们姐妹俩的好伙伴。到了孵小鸡的季节，凤子拿来他家十个鸡蛋，我家十个鸡蛋凑成一窝，结果孵出来的全是凤子家的鸡娃，我家鸡蛋没有一个出壳，真是啼笑皆非。

　　大院里的资料图书室，是我喜欢去的地方。我母亲和邵廉阿姨在那里工作，由于这个缘故，也有了许多便利，放学回家后，总要去转转。图书资料室在办公楼一楼左侧，两大间套房密密匝匝的书籍把书架顶到了天花板，拥挤排列，筑成书的森林。在高高的书架行列中，寻闻纸墨书香，看着五颜六色厚薄不一的书砖头，取出一本，找个角落，静静地坐下来阅读，在那个年代可以说是"特殊待遇"了，对于正在成长中的我有着非常正面的影响。机关搞运动，我父母不在家时，邵廉阿姨常照顾我们姊妹俩，送来了书籍和关爱，至今难以忘怀。

七　夕阳新篇

　　几十年过去了，回望既往，我们的文联大院名副其实，它以高雅厚重的基因，造就了一代文化翘楚，撑起了荆楚文化艺术的脊梁。以骆文、徐迟、姚雪垠、黄碧野、李蕤、张肇铭、武石、苏群等为代表的文化精英，经历了民国文化的变革、战争的锤炼、延安革命大熔炉的洗礼，成为新中国成长起来的优秀文艺知识分子。他们儒雅大智、博才多识、铮铮傲骨，谱写了一篇篇当代佳作，一幅幅时代画卷。而我们生活在文联大院的娃们，有幸和前辈们朝夕相处，耳濡目染，感受了他们的挫折疾苦，目睹了他们的不屈之魂，见证了他们为文学艺术献身的赤胆忠心。大师风范，晚辈敬仰。正是在前辈们的教育传承下，文联大院孕育出的我们这一代人，更具有吃苦耐劳、艰苦奋斗、抗击挫折、弘扬大志的决心。当年的娃们中涌现出了艺术家、工程师、教育家、科学家、企业家，成为各个领域中的佼佼者。

时光如梭，几十年后，当我们再聚首重拾那些童年往事，从相互炽热的眼神里，闪烁的泪花里传递着儿时的真情；朗朗欢声笑语中，回顾着不凡的心路历程。

2016年，我们同窗发小组织了一次13人的美国西部之旅，游历西雅图、旧金山、纳帕溪谷、洛杉矶、圣地亚哥和墨西哥的蒂瓦纳，沿着西部1号公路从旧金山自北南下到洛杉矶，所到之处观景、拍照，品尝美食，不一而足，极尽欢乐潇洒。

2018年，我们又浪漫出游欧洲中部的瑞士、奥地利、德国和袖珍国列支敦士登诸国，20天的行程，一天一景、敞开心扉、把自己所学所爱所长融入旅途，谈笑风生、尽情享受，派生出摄影大师、即兴编导、茶道大仙、金牌导游、策划大咖……

国内游更是说来就来，说走就走。2015年我们一行15人到苏州集合，游遍附近的名胜古迹、奇山异水。新疆西部游、湖南衡山游、福建故里游和湖北的钟祥、随州、英山等专题游。大院的童年相识、世代相知和如今的相惜，使我们受到常人羡慕的赞许。人说"夕阳无限好，只是近黄昏"，我说我们的大院情怀又翻开了新的一页。

多年之后，因工作关系我和家人往返于中美之间，巧合的是，工作地点离文联大院旧址不远，曾经的老文联现在已是武汉市文联所在地，办公大楼几经修缮，俨然成了一个歌德式的假古董，应了现在流行的欧式建筑风潮。大院的老红楼宿舍早已拆除建起比肩的高层住宅楼,除了道路,就是停得满满当当的汽车……

每当我漫步在花桥这条熟悉的老路上,枝叶繁茂的梧桐行道树,景还在,情已迁。那种种割舍不断的情愫,那时候的童年往事,永驻心间。

王筠:王鸣、赵振娣之长女,妹妹王学杰。原住文联大院三栋二单元一楼。

1969年11月28日,中学集体照,摄于汉口中山公园
第一排:左七王筠、左九莫晓梅、左十黄小妹
第二排:左二付平平、左三陈华、左四陈排江、左五王阿洁、左六胡蓓、左九武凤子
第三排:右一李洪
第四排男生:左三龙石洋、左六哈小姚、左七孙昌明、右二梁宏
最后一排:左二黄金祥、右一刘自成

2013年12月28日,发小们在武汉钢都宾馆合影

2018年4月,发小们在湖北省钟祥市万紫千红植物园合影

2016年2月,发小旅美团,摄于美国西部1号公路海边

那些年,那些事

杨丹娜 杨小娜

1965年春节,在文联办公楼前与父母合影
前排小孩左为杨枫林,右为杨立,后立者为杨小娜

那些年，那些事

杨丹娜　杨小娜

我们的父亲杨平，1960年从湖北日报社副总编辑岗位调至湖北省文联任湖北省文联党组副书记（书记由省委宣传部副部长密加凡兼任）、湖北省文联副主席、中国作协武汉分会副主席。母亲李荷仙从《湖北日报》宣教部，调至《长江文艺》编辑部评论组任编辑。

随着父母工作调动，我们家搬进了汉口花桥的文联大院，住在二栋一门三楼西的一个套间里。我家在文联大院生活了9年，在湖北沙洋五七干校生活了5年。直到1974年，父亲离开省文联，调任华中师范学院副院长。

年轻时的父亲杨平

一

父亲杨平（1917—1993），河南省汤阴县五岭镇人，出生在一个破落的大户家庭。中学毕业后，1937年，抗日战争爆发，不满20岁的父亲，与他的三个侄儿结伴离开家乡，奔赴当时的太行山革命根据地，参加了八路军。我奶奶的一个儿子和三个孙子从此走上了革命的道路。1938年，父亲进入中国抗日军政大学晋东南一分校学习，抗大毕业后，在晋察冀八路军太行山文化教育出版社、新华日报社太南分社等中国共产党的早期新闻出版部门工作。1939年加入中国共产党。

1940年春，父亲奉命从太行山革命根据地随军南下，绕道千里到达豫东、皖北黄泛区，进入豫皖苏革命根据地，从八路军转入新四军四师工作。豫皖苏边区处在日伪反共势力的夹击中，斗争异常残酷，生存环境恶劣。为发展抗日力量，建立游击区，在与日伪势力你死我活的争夺与反争夺的斗争中，父亲的足迹遍及

1949年3月5日，父亲（后排右一）从豫东太康县调往开封时与战友合影

豫东和华中地区的萧县、永城、夏邑、宿县、泗阳、扶沟、西华、太康、睢杞县和豫东黄泛区,津浦铁路东西沿线等地区。在艰苦的战争年代,父亲在中共豫皖苏边区和淮北边区的政府中,曾任区长、县文教科科长、干部科科长、民政科科长。淮海战役时期,任豫东一军分区太康县县长。太康县是淮海战役的战区之一,父亲负责组织庞大的支前工作。他是"淮海战役的胜利是人民群众用小车推出来的"这一历史的亲历者和见证者。晚年时常向我们提起那段历史。他对革命根据地的父老乡亲,牺牲的战友以及那片土地怀有深厚的感情。

母亲李荷仙,1926年出生,河南内乡赤眉镇人,1948年毕业于河南开封女子师范学校,1949年毕业于河南开封中原大学,1950年5月,父亲与母亲在河南开封结婚。至此,母亲便跟随父亲,在同一个单位工作,再也没有分开过。

父母在开封结婚时合影

年轻时代的母亲李荷仙

父母在《湖北日报》工作期间合影

二

20世纪60年代初,父亲调到湖北省文联时,省市文联已分家。1960年父亲以湖北省代表团副团长身份,参加了全国第三次文代会。

当时,为充实湖北的文学艺术创作队伍,湖北省文联相继从全国调进了一些知名作家艺术家,当时的文联大院里,人才济济。湖北文艺界也涌现出大量优秀作品,产生了一批新人新作。

20世纪60年代中期,湖北省宣传文艺界领导合影
前排左起:莎莱、密加凡、许道琦、曾惇、王淑耘;
后排左起:程云、李冰、黄力丁、师群,右一为父亲杨平,右三为骆文

由于工作关系,父亲广泛结识了省内一些知名作家和艺术家,父亲与他们一起深入生活,深入基层,有的成为父亲终身的好朋友。碧野叔叔在晚年时,曾说过一件事:有一次文联租用了一辆大交通车,组织干部家属去东湖游玩,我父亲和碧野同时在车门口,我父亲说,请碧野同志先上车。没想到这件小事,碧野叔叔记了几十年。直到父亲去世以后,碧野叔叔又提起此事。

父亲工作很忙,经常不在家里。下乡下基层一去就是几个月,后来听父亲说,当时计划安排省文联的每一位作家都要下基层深入生活,省委宣传部派父亲带队,组织湖北省内的一批艺术家到长江三峡深入生活,后来这些艺术家们创作了湖北省最早赞美长江的音乐、诗歌、散文等经典作品。

记得当时文联大院办公楼前的几个圆形石柱上,过年过节时常贴上"文艺为人民服务,为工农兵服务""百花齐放,百家争鸣""古为今用,洋为中用,推陈出新"等标语或对联。在父亲的书桌上,经常能够看到武汉人艺在中南剧场

1963年,父亲在江西井冈山深入生活
后排右起:徐迟、父亲杨平、李冰、齐克等

1964年夏,在文联大院花园的柳树下,杨丹娜、杨小娜、杨松林、杨枫林与父母合影

和武汉剧院的演出节目单,如《雷雨》《渔人之家》《悲壮的颂歌》《武则天》等。元旦春节期间,文联还组织猜谜语晚会和舞会,大人小孩欢聚一堂,其乐融融。

20世纪60年代初期,文联大院一栋和二栋之间的空地,被分割成了各家各户的"自留地",大院的孩子们,没少在自家的地上劳动,玩耍。多少年后才知道,当时正值三年灾害期间,为了弥补粮食不够吃带来的生活困难,文联领导决定将大院里的空闲地分到每家每户,种一点南瓜、红薯、青菜等,别看这一块小小的"自留地",在当时可是解决了大问题。我父亲也曾回忆过这件事情,并为当时的决策感到十分欣慰。

1964年后,父亲就一直在洪湖、江陵、罗田等地农村蹲点。

那时候父母将自己的全部精力都投入到工作中,几乎没有时间照看我们,家里也很少做饭,基本都在文联的食堂吃饭。我们家的孩子小时候都是在育才幼儿园上全托，一个星期回家一次，与父母相处的时间并不多。父亲1966年从农村回到省文联后，"文革"开始了。

1969年1月父母到黄陂参加"斗批改"时，杨丹娜已经下放到襄阳当知青，家中留有一个保姆与四个娃住在文联大院里生活。父亲当时已经被停发了工资，父母留给家里每月几十元作为生活费，保姆不识字，13岁的杨松林便当家做主，精打细算维持全家的生计。

1969年12月，省文联全体干部家属集体下放到沙洋五七干校。我们全家下户口，退房子，搬出了二栋一门三楼的住宅。

搬家时，我家只带上简单的木床、桌椅和行李，父亲买了十几个用柳条编制的圆筐子，全部装上了书，他说别的东西可少带，书不能少。在以后我们成长的岁月里，感受到了父亲的正确选择，感谢这些丰富的精神食粮，伴随我们度过了艰难岁月。

三

湖北省沙洋五七干校按团、连、排、班建制，下设的10个团，分别是湖北省直机关的各个部委，湖北省文联属于六团九连。九连共有500亩水稻田、30头水牛、80亩西瓜地。母亲被分到瓜班，瓜班班长是刘岱，成员有吴奚如、安危、王侠和郑昌华阿姨。父亲分到养牛班，牛班成员有徐迟、黄碧野、骆文、王冀。依稀记得棉花班有索峰光、吴耀崚等人。文联食堂的黄师傅和龚啸岚（烧锅炉）是在炊事班，其他人都在大田班劳动。

到沙洋后我们住的房子就是芦席棚：用竹子做支架，用芦席铺上油毛毡做屋顶，再糊上稻草泥巴，然后再夹上一层芦席做墙面。这种棚子冬不保暖夏不隔热，更谈不上厨房和卫生间了，房子里没有自来水，生活用水全靠自己挑。杨松林当时15岁左右，他每次放学回家的第一件事，就是挑起水桶去食堂旁的水塘挑水，把家里水缸装满。那段时间里,他和食堂旁负责挑水和烧开水炉的龚啸岚伯伯熟悉了,有时帮他做些杂活。龚伯伯知识渊博,经历坎坷,两人海阔天空,总有说不完的故事……杨松林和他成了"忘年交"。在那个特殊的社会环境下,他们成了推心置腹的好朋友,杨松林说龚伯伯是他的好友,也是他尊敬的老师,这份友情至今难忘。

父亲分配在养牛班。他每天清晨就去牛棚,很晚才回家。杨小娜放学后有时去牛棚,会时常看到徐迟伯伯和黄碧野伯伯,和父亲一起在那里铡草、清理牛粪、打扫牛圈……他们各自牵着外号叫"大青牤"和"小青牤"的两头大水牛,在干校的田边、草地、七里湖畔放牧。徐迟伯伯有时放牛还带上他女儿小音和我家老四杨立,他一手拿根牛鞭,一手还拿一本书。

五七干校的中学叫"中学连",按学生的年龄段分成排(现在的班)。王阿洁是二排,杨松林是四排,杨小娜是五排,王乔是六排。中学连也是由几栋芦席棚组成,中央有两个篮球场大小的地方,是全校师生集合活动的场地。教室里只有一块黑板一张讲桌,学生上课都是自带小板凳,军用挎包里装上书本放在膝盖上当课桌。老师是从干校各连抽调来的,有些老师与我们的父母都是同事,下课后我们都亲切地叫老师为叔叔阿姨。洪洋叔叔曾经当过我们的语文老师,他上第一节课时就和我们讲:"不要调皮打闹,你们的父母我都认识哦。"语文教材都是他自己选编的。还有李力叔叔也当过我们的老师,他编的教材几乎涉及中国几千年文化和思想发展史。李力老师上语文课我们都喜欢听,他学识渊博,语言幽默诙谐,生动形象。干校很多孩子的中文基本功,都是那时打下的。

1974年10月,落实干部政策后,父亲恢复了名誉,省委组织部重新安排工作。父亲担任华中师范大学副校长,母亲任华中师范大学学报编辑部编辑。

我们搬家离开干校时,陈松阿姨和徐音来送我们,还送给我们一个竹篮,里面有只可爱的小花猫,在干校那种艰苦的生存环境里,我们依然感受到了人与人之间的温情。回到武汉后,我们家人十分珍爱这只小猫,一直呵护着,直到它

1973年春节,在父亲的提议下,全家人从五七干校所在地,渡船到沙洋镇,在乡镇上的一个小照相馆照了一张全家福

1979年8月,子女们分别结束了在农村和异地的生活,回到武汉与父母团聚

离世。

1974年10月，父母回城后，杨松林和杨小娜接着当知青继续下放，他们在沙洋和钟祥农村一共待了8年，直到1977年恢复高考后，凭自己的努力考取大学，才回到武汉与父母团聚。

四

父亲年轻时参加八路军和新四军，在艰苦的战争年代，生死难料，但他喜欢读书写作，他常将自己心爱的书籍藏在马背里，他说，在艰苦的环境下，好的书籍给人以精神力量。在新四军四师时，他撰写的长篇报道《家家门前大红马》，发表在新四军的机关报《拂晓报》上，真实地记录了彭雪枫师长创建骑兵团的事迹。

中华人民共和国成立后，在担任繁忙的党政领导工作之余，依然挤出时间坚持写作。在《湖北日报》工作时期，组织开辟了东湖评论副刊；在文联工作期间，以湖北本地的作家作品为主，写了一些文学评论，剧评和影评。比较有代表性的有《试评碧野的情满青山》（《长江文艺》，1964年1月）、《泥土的芳香——评吉学沛的小说创作》（《人民日报》，1963年3月17日）、《思想，感情，性格——谈洪湖赤卫队韩英、刘闯英雄形象塑造》（《人民日报》，1961年6月24日）、《"茶花女"漫笔》（《武汉晚报》，1962年6月28日）、《翱翔吧，山鹰，谈现代话剧——渔人之家》（《湖北日报》，1962年12月17日）、《小评话剧兵临城下》（《武汉晚报》，1962年12月10日）、《喜看红梅枝头开——谈电影李双双》（《武汉晚报》，1963年2月18日）、《谈电影〈白痴〉》（《湖北日报》，1961年2月5日）、《革命歌声动地来——读革命烈士诗抄》（《湖北日报》，1962年10月17日）、《闫老师》（《光明日报》1963年9月9日）等评论、散文、诗歌约15万字。

父亲在华中师范大学工作期间，在工作之余，写了五幕十场历史话剧《甲申悲剧》，著有散文集《骆驼草》《蓝花草》。1985年8月出版的散文集《蓝花草》被中国现代文学馆收藏。著有美学论文《自然美是自然属性与社会属性的统一》(《华中师范大学学报》,1986年第4期)、《美学与现实》(《美学评论》,1983年第4期)、《论宗教意识的发生与繁衍》等。

父亲离休后,以写散文游记为主,如《敦煌风情录》(《长江文艺》,1987年7月)、《矿石灯里的风味小吃》(《湖北日报》,1986年12月6日)、《北戴河抒怀》(《南昌晚报》,1987年1月9日)。

母亲李荷仙在湖北日报社和《长江文艺》编辑部工作期间,也写了一些作品,如评吉学沛的《评两个队长》(《长江文艺》,1962年2期)、评楚剧《双教

1985年,长江文艺出版社出版了父亲杨平的散文集《蓝花草》

子》等。1974年，调入华中师范大学工作，任《华中师范大学学报》社科版编辑，在华中师范大学学报工作期间，编辑出版学术理论文章130余篇，约100万字。1986年离休。

我们的父母，一生都对物质生活方面的需求十分简单，但在精神上、思想上有着他们的追求和信念。他们经历了战争的生死考验，亲历了一个贫穷国家走向新生的过程。

父亲在中华人民共和国成立后长期在湖北教育界、新闻界、文艺界担任领导职务，他待人宽厚，平易近人，清正廉洁，实事求是。他在大是大非面前的从容和镇定，面对艰苦环境时表现出来的坚定信念以及豁达开朗的心态，无不与他一生的经历相关。父亲离休后与我们在一起的时间多一些，常常与我们天南海北地聊天，他喜欢钓鱼、养花、养鸟，喜欢听京剧和家乡的戏曲。我们更多感受到的父亲是一个非常热爱生活的人，与父亲聊天更是一种精神上的享受。

1989年春节，杨家五个子女及女婿、媳妇、外孙、外孙女在华师与父母合影

晚年的父母在华师家中

1993年春节,父母与外孙女姜莱、外孙匡正在华师校园合影,这是父亲生前最后一次与家人合影

2016年,母亲90岁生日,全家人统一穿上家庭装,为母亲祝寿

母亲自1949年与父亲相识相爱,一直随着父亲的工作调动而变动工作,在中南团校做教员,在《湖北日报》当记者,在《长江文艺》当编辑,在五七干校种西瓜,最后在华师学报当编辑,在每一个工作岗位上都恪尽职守,直到1986年离休。

2016年11月18日,是我们的母亲李荷仙90岁生日。5个子女分别从美国、加拿大回到武汉华中师范大学的家中,向母亲祝寿,祝福母亲福如东海,寿比南山,全家团圆,其乐融融。

父母一生经历了抗日战争、解放战争、中华人民共和国成立、社会主义建设、"文化大革命"、改革开放,我们家的孩子,跟随着父母,也经历了社会政治风云的动荡、磨难、洗礼、锤炼。重拾记忆,感受那段岁月,才能更好地面对未来。我们因有这样的父母感到骄傲和自豪,感怀父母的养育之恩。

杨丹娜、杨小娜,曾住在文联大院二栋一门三楼西。

▶ 2019年国庆前夕，母亲李荷仙获得中央军委、中央宣传部、中央组织部颁发给离休老干部的"庆祝中华人民共和国成立70周年纪念章"

2019年11月8日，母亲李荷仙93岁华诞，亲人们团聚为她祝寿
前排左起：大儿媳、母亲李荷仙、大儿子杨松林；后排左起，大女婿、大女儿杨丹娜、二女儿杨小娜、二女婿、小儿子杨枫林 ▼

祖父小传

张明建　张明进　张明荣

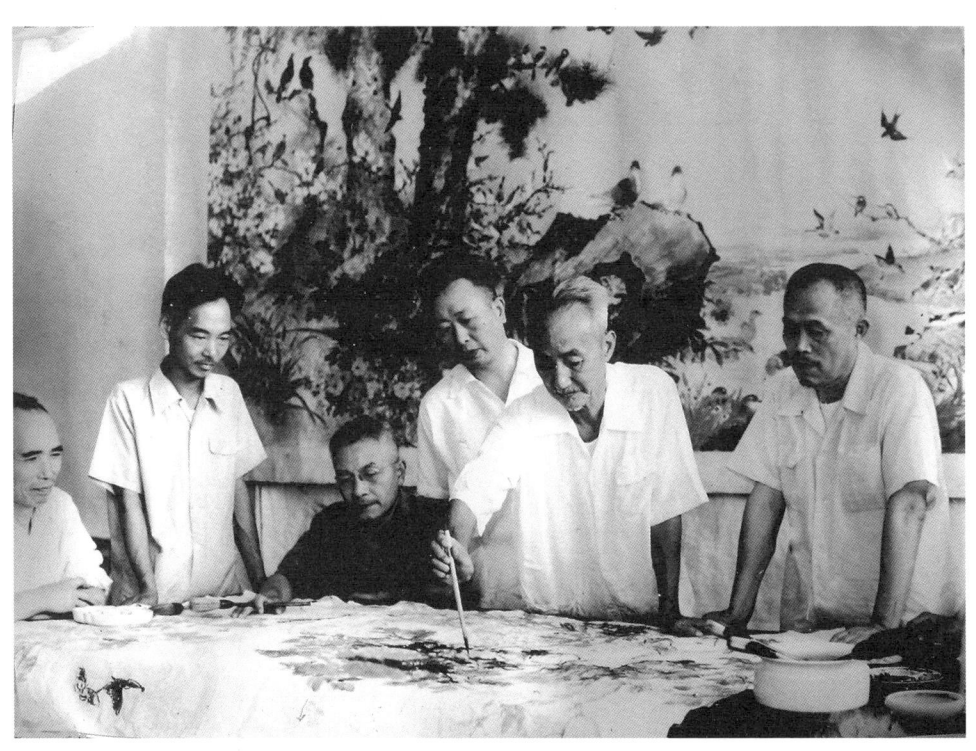

本照片摄于由武汉26位画家联合创作的《百花齐放图》完成后,后面的背景图就是那幅《百花齐放图》
右起为王霞宙、张肇铭、张振铎、闻钧天、吕圣逸、赵合俦

祖父小传

张明建　张明进　张明荣

我们的祖父张肇铭（1897—1976）是中国著名花鸟画家，20世纪30年代在湖北美术界便很有影响。1947年2月1日中华全国美术家协会成立。他被推举为武汉分会临时主席，1957年3月中国美术家协会武汉分会成立，他又荣任首届和第二届主席。祖父还是湖北现代美术教育的开拓者。近40年的教育生涯，矢志办学，1945年出任私立武昌艺专校长等经历，都让他成为湖北美术史和近代教育史上必须书写的人物。著名画家周韶华先生1980年在为《张肇铭画册》撰写的前言中

祖父张肇铭（1879—1976）

写道："他'是我国优秀的花鸟画家之一，也是早期的美术教育家，他对美术事业的贡献不仅是给我们留下了宝贵的艺术财富，并且还培养了许多美术人才。'"

一

祖父1897年8月在武昌出生，他的父亲和伯父都以教书为业。4岁时他父亲去世，家境变得困难，他7岁便随母亲住进了武昌粮道街的敬节堂。祖父曾和我们说起，童年常挎着竹篮，通过专为儿童提供的通道，将他母亲做的袜底拿到阅马场一带去叫卖，换取零花钱。

虽然生活环境苦，祖父对绘画却有着浓厚的兴趣，常画老鼠嫁女之类的画。10岁那年，他的伯父张瀖将他送到湖北模范小学初小三年级插班读书，课余以临

摹小说中的绣像插图为乐。以后为伯父牵纸磨墨,开始学习国画。初小毕业后,祖父先在"艺徒养成所"学习化工,接着考取免收学费的湖北第一师范。早期受他伯父影响,崇尚恽南田的写生花卉,画作也得逼真清秀和优雅之趣,在省立第一师范读书时,便因书画而闻名于校园。从湖北师范毕业后,受聘到刚由德华学堂改名而成的省立汉口中学教书。教学之余,没有放弃自己深爱的美术,稍有积蓄,便到北平、天津、泰安、曲阜等地游历。1920年国立北平艺专首次在湖北招生,祖父成为当年录取的5人之一。

祖父在北平艺专学习期间,得名师王梦白、陈师曾、姚茫父等亲授,受益不浅。祖父谈过,那时老师授课常是抱一叠册页供学生临摹。以临摹为主的学习,让学生的笔墨工夫得到充分的磨炼,打下了坚实的传统技法基础。祖父受恽南田和华新罗的影响较深,后来研究过陈淳、徐渭、赵之谦、任伯年和虚谷等明清画家的作品,兼收写生与写意派两者的优点,艺术修养得到全面的提高。

作为最早接受现代美术教育的一个群体,他们受蔡元培先生教育救国、美育救国影响极深,日后大多数活跃在各地教育领域,成为美育救国的践行者,成为现代美术教育的开拓者。

二

教育于祖父成了一种情结。1923年,祖父从北平美专学成回汉。最初在女子高级师范代课,后应聘为国立一小教务主任,同时受湖北第一师范校友唐义精之邀,在武昌美术专科学校代授美术史,成为湖北地区现代美术教育最早的传播者。

1924年,祖父兼第一师范美术课。1925年与友人徐更六、陈幼轩合办"全善平民学校"。同年,在水陆街省立七小当美术教员。著名书法家陈义经和我谈过:1926年在水陆街湖北省立七小读书时,和剧作家龚啸岚、篆刻书法家曹立庵、蒋兰圃的儿子蒋治民为同班同学,美术老师就是祖父。当时政府重视教育,国立学校教务主任薪水为80个大洋，在那时是相当富裕了，而在武昌艺专教书是义务兼职，办学也是兼职。

那个时期中国社会新旧文化剧烈冲突，人们的思想异常活跃。民间自发办教育成风，现代教育发展迅猛。蔡元培先生倡导的"教育救国，美育救国"有着众多的践行者。

武昌美术学校1920年成立时，由蒋兰圃、徐子珩、唐义精合力主持。最初两个班的学生不过十几个人。1921年，学校举办了成绩展览，开始引起社会各界关注。1923年11月武昌美术学校由湖北省教育厅转呈教育部批准立案。改名为"武昌美术专门学校"，学习现代教育方法，引进西方绘画原理。1926年武昌美术专门学校成立校委会，祖父与唐义精、王霞宙等5人任主委，管理学校事务。学校逐步走上了正轨。

1930年1月，武昌美专遵照当时教育部颁布的专科学校规程，改校名为"私立武昌艺术专科学校"，简称"武昌艺专"。教学内容增加了音乐。同年7月，湖北教育厅奉教育部指令，准予武昌艺术专科学校立案。学校改委员制为校长制。重订校董事会简章，祖父与闻一多、卢广镕、王介庵、冯力生、蒋兰圃、唐义精、郑云庵、王霞宙、许子珩等同为校董。以教员校董的身份成为"武昌艺专"的创办者之一。

武昌艺专在校学生一度达800余人，那时候武汉市的中小学艺术课教师及政工艺术人员大半都出身于该校。学校发展势头喜人，呈现出勃勃生机。学校的影响越来越大，第二届全国美展在南京展出期间，还专门邀请武昌艺专举办师生画展。

抗战爆发，武汉沦陷，1938年8月，日寇空袭武汉。学校毁于飞机的狂轰滥炸之中。在校长唐义精组织下，学校先迁到宜都古老背，继而迁往四川江津，在德感坝租借了李家祠堂复课。

武昌艺专教职员工和当时的政界人士在学校大楼前的合影

前排右一是祖父张肇铭,右三为画家闻钧天,右四为艺专创办人蒋兰圃,右五为时任武汉大学教授兼文学院院长、武昌艺专校董的闻一多,右七为新中国成立后任山西省副省长、山西大学校长的邓初民,左二为画家王霞宙,左六为国民党元老、晋军名将孔庚

第二排左一为校长唐义精,左二为唐化民,左五为画家赵合俦,左七为油画家唐一禾

在南京举办师生画展后的合影

前排左一为唐义精,左二为祖父张肇铭,左四为唐一禾

第二排中间为蒋兰圃

后排最高的为王霞宙

国难当头，许多文化人投笔从戎。祖父也在那时离家别子，只身一人通过封锁线到襄樊国民党第五战区从军。到第五战区后，被任命为伤兵管理处副处长，授少校军衔。当时，襄樊还算后方，没有多少伤兵，伤兵管理处副处长是一个闲差。拿着干薪无所事事的状态让他很不习惯，没多久便萌生了辞职的念头。这时，听说武昌艺专在四川的教学步入正轨，只是经费紧张，师资不足，便辞职赴川，结束了近一年的军旅生活。

1939年，祖父到四川江津，教授美术史和中国画，成为武昌艺专当时唯一的中国画教员。1940年祖父取得国民党教育部颁发的"教授证书"。1942年，担任武昌艺专教务主任，负责学校具体事务。为改善教学条件，祖父一边教学，一边筹集办学资金，多次利用假期带领艺专师生赴重庆办画展、卖画筹资。

1944年4月，校长唐义精乘民惠轮赴重庆参加全国美协会议，祖父留校主持校务。4月24日，轮船在重庆小南海触礁沉没，唐义精和兄弟唐一禾以及同船100多人同时遇难。此后，唐义精的四弟唐化夷虽一度出任校长，但武昌艺专的校务已开始由时任教务主任的祖父主持。次年，祖父正式担任武昌艺专校长。

好几年前，在江津入学的冯天骥先生和我谈到，新生入学，祖父会亲自在校政厅接待。遇到年龄小的学生，还会安排和自己同住。他便是其中之一。除上理论课外，学生多在寝室作画。祖父不时去看望他们，或指导作业，或一块闲聊，朝夕相处，师生关系极为融洽。

武昌艺专在四川办学时间达8年，培养了不少优秀人才。美术、音乐专业都有相当数量的毕业生，约三分之一为西南地区学子。1949年后这批人才成为了大西南各地文教界的重要力量。

1941年4月13日武昌艺专师生在四川江津合影,纪念学校成立21周年
前排左四为朱杏佛,左五为唐义精,左六为祖父张肇铭,左七为唐一禾

1945年12月,全校师生在四川德感坝五十三梯抗战胜利纪念碑前的合影
前排中间为蒋治民、张肇铭、蒋兰圃

1945年8月，抗战胜利后祖父张肇铭和武昌艺专首任校长蒋兰圃在江津武昌艺专油画画室留影

1945年，日本战败。祖父上任不久便面临学校搬迁的难题。他和姚济之多次由四川江津返汉，为学校的复原四处奔走，在两地争取艺专校友和社会上的支持。因太多的人要离开四川，船只困难。直到1946年10月，累时一年多，武昌艺专才全部迁回汉口，租汉口府东五路宁波会馆暂充校址。不久，艺专在赵家条建了一个分校。分校用于教学的房产属当时军阀徐源泉所有，徐源泉无偿将房子给艺专使用，只要一个校董的挂名。当时在分校就读的张朗先生和我谈及那段经历，还谈到常见祖父和徐源泉一同散步。

重返武汉的武昌艺专百废待兴。计划中返汉复员庆祝活动未能如期举行。直到1947年4月13日，学校才举办纪念建校27周年以及庆祝学校复员的活动和书画展。祖父请王霞宙、徐松安等回校任教，并聘请了战后留在武汉的张振铎先生以充实教学力量。

1947年底，年关将近，为筹集教职员工薪金，学校别出心裁地为祖父在"老会宾酒楼"做五十大寿，其时，祖父的50岁生日早已过了，许多前来祝寿者也心知肚明。赶来捧场，慷慨解囊，不过是对学校表示支持，以个人庆生为名筹集资金，让学校渡过年关。"文革"后期，还听人和祖父谈及那颇有几分热闹的场面，祖父淡淡地说：那次还欠荣宝斋30个大洋装裱费。

武昌艺专在祖父及同仁的努力下得到保存和发展。学校迁回武汉后，恢复附属中学，增设了绘画科、师范科，办有西洋绘画系。后改设3年制及5年制艺术教育科、绘画科，附设高中部及初中部。各科设教学研究会，另有指导学生进行研究的绘画、雕塑、木刻、音乐、文学等研究会。在极困难的情况下，培养了美术和教育人才。

1949年，中华人民共和国成立，武昌艺专一部分并入中原大学，师范部分并入华师。

20世纪50年代初，学校重视绘画用于宣传的实用性，对于国画特别是花鸟画是排斥的。中原大学美术系连国画课都没有开。祖父在中原大学教授透视学和美术史。1950年北京荣宝斋约祖父作木版水印信笺稿数帧，因为在此之前他很少动笔，久疏笔砚，每幅都画了试笔后才完成。鲁慕迅先生当时在中原大学美术系就读，当场看其作画，还得到了试笔中的7幅册页，多年后装裱成册并题字

1957年，祖父（右一）与关山月（左一）黎雄才（左二）访华东五省时的合影。此后中南美专就南迁广州

作序以作纪念。

1951年学校调整改名为中南文艺学院，祖父受中南文艺学院的院长崔嵬聘请，担任美术理论教研组主任。中国画花鸟画纳入了教学计划，开设了国画课。祖父开始以示范为主的方式教授花鸟画，并兼授书法。

1953年中南文艺学院撤销，院校调整，改名为中南美术专科学校。关山月任校长后，祖父被聘为副教授。作为学校仅有的三个教授之一，教授国画、书法。以后中南美专迁往广州，美术专业一部分并入湖北艺术学院，祖父调任美协主席，离开了学校。

三

祖父擅长花鸟画，画笔点染间，留下一些故事。采撷一些，可看到不同时代的痕迹。

1997年出版的湖北地方志有这样的记载：1927年秋，武昌艺专的创始人蒋兰圃、唐义精与教师张肇铭、王霞宙、欧志先、钟道泉、邹碧薖及学生方康直、赵合俦等，联合社会上的书画家、收藏家徐松安、管亦仲等，成立了湖北近代首个民间学术团体"梅社"。最初号称"梅社十友"，每天聚在一起作画，吸引了银行界、军界许多朋友。

"梅社"以"阐扬国故，振起艺术"为宗旨。组织过多次美术交流和活动，促进了本地美术的发展。从有记载的赈灾义卖和国难当头时的义卖等活动，可以看到这个民间艺术团体可贵的社会责任感。直到今天，"梅社"都得到人们的尊敬。

"梅社"的活动因日本入侵而中断多年。抗战胜利后，1947年4月在武汉举办"梅社"书画展，当年的《武汉日报》有翔实记载，"梅社"成员也由当初的10人发展到24人了。

近年陆续发现一些关于"梅社"的作品和材料，这些作品和材料都让"梅社"的形象更加丰满。一幅境外回流作品上，印章留下的十友名单与1997年版的

1947年2月1日，中华全国美术会武汉分会成立大会留影纪念
前排右十四为蒋兰圃，前排右十三为祖父张肇铭，前排右十一为胡绍轩，前排右十为龚孟贤
其余有谢翘、谢竹邨、金炼九、蒋达秋、黄松涛、程发轫、戴大伉、欧阳山樵、余少筠、张世骥、汪云峰、盛了庵、叶丙堃、陈敬先、扬瘦鹤、叶家遽、傅铭山、汤英、王化一、喻莘农、刘炳荣、汤文选、谢可、刘真、从明、赵子京、蔡在梅、章岩、王合宣、王家祥、王桁雨、曹立庵、赵士珩、周其达、殷佃丹、毛君为、周大集、徐松安、张别天等

省地方志略有不同，我曾撰文记过此事，有了实物考证，"梅社"的发展脉络更清晰了。

1947年2月1日中华全国美术家协会成立。在第二次会议上，祖父被公推为武汉分会临时主席，那时祖父离开武汉8年，刚回汉不到一年就被推选为主席。这里有一个重要信息，那就是在美术界，现代美术教育成了主流，开始占主导地位了。从会议后的合影可以看到许多武昌艺专教师和学生的身影。

1949年后，花鸟画受冷落，直到20世纪50年代中期，在"百花齐放、百家争鸣"的口号下，才出现转机。1956年，武汉26位画家集体创作大型国画"百花齐放"，这是一幅以传统花鸟画为表现形式的大型作品。当时，禁锢多年的花鸟画被放开，大家心情舒畅，艺术家的愿望和当时的形势得到统一。艺术家们各展所长，将不同风格和手法融在同一幅作品里，完美地诠释了百花齐放这一主题。此画经由郭沫若题款，传为美谈。当年的报纸记载："……从讨论构图到全画完

成用了一个多月时间。张肇铭、黎雄才自始至终都能照顾全局,关心每一个人画的每一部分。"那是湖北美术整体实力最强的时期。

1957年,武汉美术家协会(省美协的前身)成立,祖父离开了学校,任首任和第二任主席。

1957年祖父为武汉长江大桥护栏图案设计了各种花鸟画140余幅。1959年祖父的一幅《枇杷图》被选进新中国成立10周年大型画册。人民大会堂建成,祖父为湖北厅作了以油菜飞燕为题材的国画《春风吹来遍地金》,为湖北厅的大型屏风作了玉兰和紫藤。1963年,祖父应华君武之邀,到北京举办画展,成为湖北在京举办个展的第一人。准备个展期间,祖父曾将一幅试笔的兰草图扔进字纸篓,被王述杰先生看到,捡出来主张拿去参展,结果受到好评,1964年被美术杂志选登,一时传为佳话。1963年和王霞宙、张振铎在武汉举办花鸟画展,画展的前言首次将"三老"并提,让湖北多了个文化品牌。

1960年全国文教先进工作者代表大会召开,会后在民族文化宫联欢。祖父和傅抱石在一块聊天,没过一会儿,全国美协书记处书记郁风过来请两位到二楼书画茶座去作画,祖父上楼后先画了一幅条幅,又与傅抱石合作了一幅《青松月季图》,取其四季常青之意。接着黄胄画了幅毛驴,郭老挥毫作书。中途周总理也上楼来看画家们作画,直到十一时书画茶座才散。下楼时祖父很高兴地得到

1959年，选入中华人民共和国成立10周年大型画册的《枇杷图》，68cm×45cm

1962年11月,《海棠小鸡》,45cm×68cm

1964年6月,《竹雀图》,45cm×68cm

1963 年,《红梅玉兰》,130cm×68cm

1963年,《夹竹桃》,90cm×45cm

1963年,北京个展参展作品《海棠竹石》,68cm×45cm

1972年7月,《牡丹》,34cm×45cm

1976年元旦,《报春》,
70cm×34cm

和周总理握手的机会。

这些经历奠定了祖父在湖北美术界的地位。"文革"开始,他成了反动学术权威,受到批判,创作一度停止。

直到1974年,"07工程"在武钢动工,祖父受武汉市外办所托,创作《凌霄》等作品赠给西德专家,还抱病为外贸作国画《红梅》《枇杷》等多幅用于对外交流。这是年近八旬的祖父最后用画笔工作。1976年6月7日,祖父因病在武汉去世。

祖父走得匆忙,没赶上接下来的好时候。1979年6月《张肇铭国画遗作展览》在武汉主办。1981年《张肇铭画集》由湖北人民出版社出版发行。1986年6月,湖北省美术院在祖父去世10周年之际,在美院的展厅为5位已故的老画家办了一个遗作展。2003年元月4日湖北省档案馆颁发了荣誉证书,祖父荣获湖北书画名人称号,享有在湖北省档案馆无偿永久保管个人档案资料和代表作的待遇。2007年12月,我编撰的《著名美术教育家画家张肇铭》由湖北美术出版社出版发行。2009年4月,由湖北省委宣传部、武汉广电局、省文联、省美协、湖北美术学院、湖北省美术院、湖北省艺术馆联合举办名为《三老万象》的"湖北三老画展"。同年12月,湖北美术出版社出版发行了大型画册《肇铭写意》。2013年11月15日,由文化部举办,文化部艺术司、湖北省文化厅承办的《名师丹青》"湖北三老画展"在湖北美术学院开展。这些活动是人们对祖父艺术成就和历史地位的认可,寄托着后人的怀念。

张明建、张明进、张明荣:曾住在文联大院三栋二单元二楼东套间。

百年徐迟：追踪记忆里的父亲

徐 延

1977年,徐迟采访陈景润

百年徐迟：追踪记忆里的父亲

徐 延

一

我小的时候，看电影或者看戏，一个角色出现，总要问爸爸，这是好人还是坏人。爸爸或者说是好人，或者说是坏人，因为剧情已经把那个角色定下，值得同情的应该是好人，遭人厌恶的自然是坏人。

有人说，人生也是一场戏，每一个人都在戏中扮演不同的角色。谁能一言以蔽之，说他就是好人，或者他就是坏人呢？人生的戏比起舞台上的戏，要漫长、复杂、离奇，因此也更丰富，更精彩，更耐人寻味。我们是无法说谁个好，谁个坏，

徐迟（1914—1996）

但总可以说，这个角色他演得成功，那个角色是失败的。比如说父亲，这个最为直接、单纯的角色，并不是每个担当父亲角色的人都能成功的。在舞台上的戏，角色成功与否是观众说了算。而人生舞台上父亲的角色应该谁说了算呢？

父亲的角色怎样才算成功，是见仁见智的事。我想至少有两条是基本的，首先他应该爱他的孩子；其次他应该知道怎么样爱孩子。没有父亲不爱自己的孩子，如果有问题，一定出在怎么样爱孩子上。父母亲对子女常说这样一句话，"等你们长大了，就能理解我们所做的都是为你们好"。如果曾经的孩子，长大之后，或者自己成了父亲之后，才能理解父亲，那只能说是理性的成功，而非真正情感

1945年毛泽东为父亲徐迟题词："诗言志"

的成功；不管什么时候，从小到大，哪怕到了晚年，如果有人再回忆起自己父亲，有的只是快乐体验和幸福回忆，是不是更好呢？有时候我们以为爱孩子就可以主宰他，占有他，操纵他，包办他的一切。

说了那么多，无非是想说自己对父亲的人生体验。每想到父亲，我心中就永远保留着快乐体验和幸福的回忆，无须理解，我知道他是为我们好。

在我们很小的时候，就听他讲他的父亲——我们的祖父的故事。他是一位严厉的父亲。父亲说，祖父经常要检查他的学业，定期叫他来背书，书桌前放有一把戒尺，上面有四个大字"触目惊心"，背不出来，不仅触目惊心，更有皮肉之苦。书背得出，祖父也是板着面孔，丢下几块饼干，以示奖赏，他是从来不当面夸奖人的。所以父亲对祖父的印象是严肃、严格和严厉。不过他也常深情地对我们说：你们多么幸福，我在十几岁的时候，父亲就不在了。听得出父亲对"三严"的祖父，洋溢着敬佩和眷恋的感情，但似乎还有某种遗憾在心底埋藏着。

搜索我的记忆，几乎没有父亲板着面孔训斥我们、甚至挥手打过来的情景。自小学到中学，母亲对我们比他严厉，她时时督促我的学习，管教我的品行。有时候，因为顽皮，会挨打，母亲的巴掌打在屁股上，不痛不痒，对于我这个淘气又皮实的孩子，不过是家常便饭。父亲似乎很少检查我们的作业，他很少有时间，反而总是鼓励我们玩儿。

自小我们就从他那里学会用家乡南浔方言讲的一个故事。"有一个咛（人）狠得死，咕隆咚一举（拳）头，挡（打）出一只洞；一个咛（人）跑来看看，咯啥稀奇（这有啥稀奇），咕隆咚一举（拳）头，挡（打）出一口井；还有一个咛（人），跑来看看，咯啥稀奇，咕隆咚一举（拳）头，翻天覆地，悬空不着脚（双脚悬空着不了地）。"一直到我们成年之后，有时我们还会一起脱口而出，他童心未泯，也使我们不断受他的感染。

记得我刚到北京时，只有3岁，家住在长安街南池子路口的一条叫银丝沟的胡同里。那时，我第一次看到有一个"鼻子"的公共汽车，有拖着"辫子"的有轨电车，幼小的心灵一下被它们迷住。于是，父亲常常会抱着我，从南池子向东，或向西搭上一两站车，然后再沿街走回家。有轨电车司机，操纵着控制台上的一个手柄，用脚叮咚、叮咚地踩出有节奏的锣鼓点，那情景，那声音，至今都如此清晰地留在我的脑海里。

父亲一直是很忙的，印象中他总出差在外，很长时间不能回家。有时在家待不多久，又要匆匆起程。但是，只要他在家，星期天一定会带我们去公园。北海公园是我们去得最多的地方，父亲常常带着我和弟弟，租一条游船，划到湖心，停下桨，任船漂荡，然后他拿出一本英文书，边读边讲书中的故事。

北海白石桥边，有一个书报亭，有各种各样的小人书，划完船，我们总会到那儿去，他为我们买上几本。或者就在临湖一个喝茶的地方，喝茶，吃小点心，那黄灿灿的栗子面小窝头，红通通的夹着豆沙的山楂糕，成为我们心中永远的念想。

我们对颐和园也特别熟悉，从我们西四的家门口，31路公共汽车的起点站，可以一直坐到终点颐和园。穿过长长的十七孔桥，有一座龙王庙，那里曾经是个招待所，父亲曾带我们小哥俩周末小住。每当游人散去，静园之后，昆明湖水在夕阳下泛着波光，岸边柳枝在晚风蝉鸣中曼妙起舞，我们陪在父亲的左右散步。有时我们会从船码头解下一条游船，轻轻地荡着桨，偌大湖面，唯有一叶扁舟，那独有的恬静至今令我心驰神往。

我们喜欢运动，父亲也总是鼓励我们。上初中的时候，家住在西四羊市大街的一所大宅院中，它有一座后花园，有假山、石径、花坛，树影婆娑，芳草萋萋。一块篮球场大小的空地，被我们几个小伙伴用石灰水划出一个足球场，然后像模像样地踢起来，那足球就是父亲买的。有一回，球被踢上一棵大树，要爬得很高才能够得着，父亲看到，怕我们出危险，就说，不要了，再买一个给你们。他真的很快就买了一个，我们当然不会放弃树上那个，冒险把它弄下来，于是就有了两个足球。

父亲有时候也会像小孩子一样，与我们疯闹一下。乘我和弟弟不注意，他会突然将我们扔或推到床上，男孩子们巴不得有这样一番热闹，自然不顾什么长幼尊卑，只管扑过去，与他推搡扭作一团。家里有一个大衣柜，高近两米，有时我和弟弟会爬到顶上，撑起一把雨伞，往下跳，父亲看到，从不呵斥我们，反而对我们的"创意"多有赞赏。

父亲对我们的影响是潜移默化的，他没有任何的说教，用一言一行，给我们做出一个示范，他会在不经意中为我们创造出一种气氛，小时候我们并没有意识到，但长大之后，回想这一切，才有所领悟。

我记得一件事，我还在上小学，家中请了一位保姆，院子里有位好嚼舌头的主儿，说我家保姆的坏话，我听说后，不知哪儿来的勇气，拉住那人理论，颇有仗义执言的架势，引来不少围观。父亲正好走过，问明情况后，问那人，你说过这话吗？那人答：没有。父亲说，你看，他当着大家的面说没有，那就是没有嘛。我当时并不服气，到上了中学，慢慢也懂得了其中的道理。

父亲有许多文化界的朋友，他也常带我们去做客，从不会把我们看作是累赘，有时候我们还会自己去，不用父亲陪着。

徐迟的长子徐延在南浔徐迟纪念馆父亲塑像前

儿时，我和弟弟是音乐家马思聪家的常客，我们叫他"马家伯伯"，马家在白塔寺附近的马勺胡同里，那是一座小四合院。胡同狭窄得只容一辆汽车通过，穿过胡同，豁然开阔，也只有他家那一扇朱红的小门脸儿。马家小儿子马如龙与我同年，我们玩得很投缘，那时的马如龙已拉得一手好琴，在一张报纸上，我曾见到马家父子在广州羊城音乐会上同台演出的照片。有时我们玩意正浓，听到姐姐马碧雪喊：如龙，练琴。马如龙要不假装没听见，要不躲在钢琴下，直到姐姐站在眼前，才悻悻离开，乖乖地去练琴。

父亲喜欢音乐，家中曾经买有许多密纹唱片，我记得父亲带回来的第一张唱片就是俄罗斯作曲家柴可夫斯基的"天鹅湖"，父亲拉我们和他一起听，不久听出味道，就罢不了手。父亲还常带我去听音乐会，20世纪60年代初，苏联著名小提琴家奥依斯特拉赫来京访问演出，在天桥剧场，我记得特别清楚，有一曲拉到正酣处，琴弦突然被拉断，父亲当时嘘了一声，惊奇地摇了摇头，仿佛说，能把琴弦拉断是什么功力啊！

这样的事还有很多，说起来总有点意犹未尽。我一边写，眼前一边浮现那一幕幕的情景，儿时的感觉一次次冲击我的心，永远温馨、美好。

二

"望子成龙",这可能是父母对孩子们最朴实的期望,我们的父母对我们的未来,也和所有父母一样,有他们的梦想。但是父亲从不把自己的意志强加给我们,只要我们喜欢,他会倾注全力,为我们创造条件,一旦我们做出了另外的选择,他们也绝不会强迫我们去做他们希望而我们不喜欢的事儿。

姐姐取名律,因为父亲酷爱音乐,所以希望她长大能通音律。但大姐生在战祸延绵的年代,日本侵华战争中,姐姐跟着父母四处逃难,曾经辗转上海、香港、重庆,还常常要躲避空袭,根本没有安定学习的机会。新中国成立之初,一家人搬到北京,父亲让她进入当时的华北中学,那是一所供给制的学校,有许多干部子弟就读。姐姐大学选学理工专业,大四时,因为学校需要政治教师,就让她转学哲学,这种变动,父亲给予极大的支持,专门送她一批马恩列斯和毛泽东的著作。后来,父亲经常与姐姐探讨哲学上的许多问题,她的论文也常常会拿来听父亲的意见。

弟弟小时候喜欢画画。我记得他很小的时候,曾经画过一幅漫画,画中一家人在演奏不同的乐器,父亲拿着一个指挥棒在指挥,人物各自不同,画得惟妙惟肖。

记得弟弟上小学的时候,我们家已搬到武汉的文联大院。一天,弟弟在文联院子里,随便用一支粉笔在地上画,正好湖北美协的老画家张肇铭先生路过看到,觉得弟弟很有灵气,问他愿不愿意学画,从那一刻起,开启了弟弟与美术的缘契。父亲对美术十分喜爱,对绘画也颇有见地,他当然支持弟弟学画,不惜重金。我记得父亲为弟弟买了《芥子园画谱》,还有"八大山人"的画册,让弟弟临摹。还买了许多纸笔墨砚。

有一次,弟弟画了一幅水墨山水,父亲把它拿给傅抱石先生,请他指点。傅先生在画纸顶部,密密麻麻地写了许多话,我记得开头的一句,"这个小朋友画得很不错"。然后提出了许多要注意练习的技法。

父亲专门借了一间房间,让弟弟在里面安心练习。在父亲和一些画家朋友的指点下,弟弟临摹了许多名画,我记得有顾恺之的《洛神赋》,黄公望的《富春山居图》等,这都是为了锻炼他的用笔功力。"文革"打断了弟弟的绘画学习,他插队务过农,又招工去干过体力活。1974年我们到干校看望父母,我看弟弟在自学油画,做了许多素描、写生的功课,我们都是他的模特儿,随叫随到。后来,他一直在湖北美术家协会工作,搞行政,同时也搞创作。

妹妹1958年在北京出生,取名音,可见父母对音乐的执着。她四岁开始学习钢琴,师从武汉歌舞剧院的钢琴家汪培华。妹妹有音乐天赋,进步很快,能熟练弹奏一些小的练习曲。然而,好景不长,1966年"文革"开始,父亲受到批斗,妹妹不得不中断学习。之后,妹妹随父母一同去了湖北沙洋五七干校,住茅草棚,和父亲一起放牛,和母亲一起下田。直到1976年,父亲重新开始工作。随着国家秩序的恢复,家庭生活日渐安定,父亲又开始为妹妹学琴做准备,为她买了一架旧琴,为她找好的老师。1979年恢复高考,妹妹考上了武汉音乐学院,四年毕业后留校任教。1994年,还是在父亲的支持下,妹妹徐音远赴法国深造。多年来,妹妹一直坚守自己的音乐梦,生活再艰难,也从未放弃。现在妹妹已经在巴黎一所肖邦音乐中心执教,教出不少获奖学生。

说说自己,我是老二,家中的长子。最初,姐姐没能圆父亲的音乐梦,他曾想让我去学,专门为我买过一把小提琴,请马家爸爸做老师,马家爸爸把我交给了马如龙,但不多久,我不喜欢了,吃不了那苦。有一次,父亲要我对着镜子练琴,看到我眼泪汪汪的一脸苦相,知道孺子不可教,只好作罢,不再逼我。

后来他又希望我能够学文,接他的班。他的确为我花了很多的心思,指点我读书,修改我的作文,给我讲他采访的各种人和事。有作家朋友来家谈创作,有时他也会拉我坐在旁边听。

记得1965年我考大学之前,他为我出过不少作文练习的题目,其中有一个是"给南越解放战士的一封信",而恰好高考考题就是这类题目。但是最终我报考了体育。我自幼喜好体育，高中时体育成绩也不错。班主任建议我报考体育，因为体育提前录取，考不上，不影响文科录取。当时父亲出差在外，没有经过他的同意，我自作主张，结果考上北京体育学院。父亲虽然有点遗憾，但还是支持我去了北京。

到体院后，我被分配到以培养师资为目标的体育系，心中不悦，因为我想当运动员、教练员。父亲知道后，给我写了一封信，我清楚记得的一句话，"你的血管里流动着你祖父的血，你祖父就是搞体育教育出身"。父亲就是这样，他没有指责我，反而鼓励我朝着自己选择的目标走下去。

一直到晚年，父亲仍想让我弃武从文。1992年，我陪他一起到深圳，采访当时赛格计算机公司的小型机，后来他发表了《攻主战场者谓主力军》一文。最初，父亲要我根据采访记录先起草了一个稿子，然后他指导、修改、完成，他当时说文章要冠我俩的名字。他说写东西没有什么难的，就这样，慢慢就能上手。我一直认为，写作不是遣字造句的游戏，不是矫揉造作的卖弄，不仅要有创作的真正热情，有抑恶扬善的责任，更需要一种从骨子里迸发出来的激情和与生俱来的

徐迟夫妇和徐延、徐音合影

天赋,就好像练体育的人,有些运动天分是内在天成,后天无法练就的。我自知自己不是做"文章千古事"的料儿,或者说,到这把年纪,再进入一个新的领域,我没有这样的自信。听我这样说,他也再不提了。

三

现代人在谈到两代人之间的关系时,喜欢使用"代沟"这个词,什么是代沟?两代人的心灵无法真正地沟通,甚至互为敌意,这在现代人的生活中真是不少见。但父亲与我们孩子们之间,很难想象有这样一条所谓的"代沟"。为什么呢?父母对我们只有爱,没有索取。父亲不时表现出的童心童趣,自然地融化在孩子们的心灵里。所以,我觉得理解这种爱都显得不够直接,只有爱的感受是直接的。也许还有一个原因,那就是我们这两代人都不同程度地、但又是共同地经历了国家和民族的动荡与苦难。一家人在动荡中相互依靠,在苦难中相互搀扶,两代人的心灵超越了年龄的界限,凝聚在一起,有着共同的爱、信任和希望。

我曾听父亲讲过,1941年底日本进攻香港,飞机轰炸,炮火连天,母亲吓得不行,而只有3岁的姐姐,反而安慰她,说"妈妈,不要害怕"。

"文革"十年,我们每一个人都有不同的经历,有些是刻骨铭心的,但是父亲在动荡和苦难中表现出的正直、容忍、无畏和乐观,也对我们孩子产生巨大的影响。我虽然也参加了"造反派",但心中始终信任父亲,我相信他是一个好人。

"文革"期间,父亲被打成"资产阶级反动权威",成为批斗对象,那时姐姐在唐山,我在北京,只有弟弟和妹妹在父母身边。

听妹妹说,运动初期,父亲在文联大院被"造反派"揪斗,有一次被戴上高帽子,在文联大门口示众,当时只有8岁的妹妹也在场。当父亲的目光与她相交时,她看到父亲的嘴角微微上扬,对她露出一丝的笑意,父亲是害怕她受到惊吓。

有一阵子,武汉两派造反势力打派仗,武斗形势危急,各方都在准备柳条帽、钢钎、长矛,一场生死决战正在酝酿。弟弟当时站在一派的立场上。一天,父亲在他的枕头下,发现一张"誓死捍卫"的决心书,怕他要去参加武斗,于是,立刻给他买了机票,让他去杭州舅舅和上海表哥那边旅行,避免了他的一次冒险。

记得1966年夏天,有一天,我在学校接到妈妈的电报,说父亲被"造反派"带走,不让回家,她担心,怕有不测,要我回家一趟。我回到武汉家中,听说父亲被关在武汉话剧院。一天下午,我跑去找他,由于不知道关在哪儿,只能四处寻觅。不经意间,在一个院落走廊的拐角处,迎面撞上父亲,他出来打开水。他把我带到他的房间。因为那天下午,"造反派"都去开大会,没有人看管,院落很清静。他告诉我,"造反派"用手枪柄打了他的脸,打掉了一颗牙,但他不告诉我细节,只说"不要告诉妈妈"。

后来有人告诉我,那次父亲挨打是在湖北剧场召开的批斗大会上,有"造反派"问他,你是不是反对毛主席,反对社会主义。他大声回答,我没有反对毛主席,没有反对社会主义。"造反派"很恼火,让他低头,他不理睬,几个人上来,强按他的头往下压,他梗着脖子,不肯屈服,最后,竟在台上与他们扭打起来,自然吃到苦头。

此后不久,因为江青在批判作家方纪的文章《采访者》时,提到父亲的名字,说:"徐迟这个人很坏。"于是,由武汉戏校的"造反派"发难,把父亲带走,不知去向。武汉戏校早因把批判对象活活打死的事而闻名武汉三镇。接到母亲的电报,我赶紧回来。有一天,母亲因为精神受刺激,含着泪不停在街上来回走着,嘴中喃喃地说:"他不是反革命,他不反对毛主席。"现在想来都令我心碎,我把她劝回家,答应她一定打听消息回来。

第二天,我到了当时分管运动的武汉警备区司令部,找到一位主管文艺界的解放军官员,是个女的,高高的个子,她接待了我。我说明自己是徐迟的儿子,她顺手从抽屉里拿出一幅名为"文艺界群丑图"的宣传画,然后指着其中一个坐在一架飞机上、挥着手到处旅行的人,问,是不是他。我一看,的确画得有几分像,旁边写着父亲的名字。我对那位官员说,革命群众批判他,我们不反对,但请你们出面,做做"造反派"的工作,务必确保父亲的人身安全。不久,有人来家,带来父亲亲笔写的一张条子,索要一些日常用品。看到熟悉的字迹,母亲才放下心来。

1970年,父母离开武汉,全家搬往在湖北沙洋的五七干校,那里本来是一个劳改农场。刚去时,生活非常艰苦,住的是用芦苇、麦秸和泥巴和在一起搭成的

2014年，徐迟的家乡南浔建立的徐迟纪念馆

茅草棚，弟弟曾画过两幅小画，寄给在北京的我，一幅是那茅草棚，另一幅是父亲手执长长的鞭子在放牛。

  1972年春节，我从囹圄中脱身，带着没有过门的媳妇回到沙洋农场五七干校的家中。我已经有三四年没有见父母的面了，再次团聚，一切苦难都被抛到云天之外，有的只是兴奋、快乐。那间大概十来个平方的草棚，我们用塑料布隔成两间，一边是我和父亲睡在一张床上，另一边，我们称那是女生宿舍，睡着母亲、妹妹和我的未婚妻。下雨天，草棚漏雨，我们用塑料布撑在屋顶下、床顶上，其他地方摆上各种盆、桶等容器接水，晚上伴着叮咚、叮咚的音响入眠。有时，塑料布上积了水，形成了一个个凹陷，父亲常常带着我们，一人一支竹竿，众人合力，顶起塑料布，将积水朝着一个方向疏导，将支流汇入主流，然后飞流直下，流到地上的一个脸盆里。其间，笑声和欢呼不断。

  在干校时，我们把妈妈称作"三军司令"，因为她养了鸡鸭，收留了一只猫和一条狗，还养了一只八哥鸟。有一天，八哥破笼而出，飞到树枝上，大家都一个劲儿呼唤它，希望它回到笼子里去，它无动于衷。爸爸见了，打趣地叫道："回来呀，不要去做自由的人，回到牢笼里来吧！"大家大笑不已。

父亲那时,除了要参加劳动,还坚持读马列著作,他给我的信中也总是鼓励我们学习。他曾经说自己"文崇马克思,诗崇毛泽东",在他后来发表的《哥德巴赫猜想》一文中,许多句子采用了马克思的文风。父亲在困难生活中,在动荡的岁月里,总是抱着一种坚定的信念和乐观的态度,这给我们子女们极大的精神鼓励,使我们在磨难面前,也能勇敢、积极和乐观地面对。

回忆这些情景,仿佛又与父亲生活了一回,我并不想评价所谓的代沟,也不知道人们应该怎样解决代沟的问题,我只是想留给自己一点安慰,寄托对他的思念。我庆幸自己有一个爱我们、在生活道路上指引我们,而不会产生所谓的代沟的这样一位父亲。

爸爸,妈妈,我们想念你们!

徐延:徐迟的长子。徐迟家原住文联大院三栋一门一楼。

载《南浔时报》2014年10月11日

徐延和家人合影

我要对她说
——回忆五十年前的文联大院

徐 音

我们的全家福

左一为小哥徐建,右一为大哥徐延,后排为大姐徐律,前排母亲抱的小孩是我

我要对她说
——回忆五十年前的文联大院

徐 音

2017年9月4日,我的女儿阿美丽,摄于武汉

幼年的我

女儿出世了,睁着眼睛盯着天花板,第一个月的她的眼睛是深蓝色的,那么亮,第二个月,眼睛变了颜色,她有了栗色的眼睛。看她在等待我对她说点什么,正好有微信消息,湖北武汉老文联的子女们在招呼大家,写点回忆当年的文字,纪念过去的事情。我心里一亮,告诉女儿那个年代美丽的故事,那里的事,那里有过的美丽的花园。

花园般的家园

从我有记忆起，3岁的时候，就认识了这个家园。它是湖北武汉的文联大院，在那座围绕着灰白两色办公大楼的后面，有着三栋红楼职工宿舍和一片美丽的花园。我像蝴蝶一样快乐地穿梭在这花园中。密密的冬青树，青郁郁的，排列得整整齐齐像一面围墙，保护着园内的花木。玫瑰花、腊梅花、桃花、栀子花、夹竹桃花，姹紫嫣红，漂亮无比，成百上千的花朵，散出的香味，让我对"香"有了第一印象。

大院中的父母们在忙啥？我们并不懂，也不去管他们。大院的孩子们每日每夜围在大大的草坪上玩耍，坐在草地上唱"丢手巾，丢手巾，轻轻地放在小朋友的后面，大家不要告诉他，快点快点捉住他"。一遍遍地唱，一圈圈地跑，累了坐下来讲无聊的故事："从前有座山，山上有座庙，庙里有两个和尚，小和尚要大和尚讲故事。大和尚讲道，从前有座山，山上有座庙，庙里有两个和尚……"这样一遍又一遍循环地讲，正如一段简单轻快的儿童圆舞曲，不断重复。大伙儿拼命地笑，没完没了，一直到天黑，我们还逗留在花园里捉迷藏，男孩、女孩追躲在花丛中，开心得不得了。

父母们忙忙碌碌在干什么？我们并不关心，孩子们总是结队成群在二栋、三栋之间的开阔地带乱跑，相遇，互访。那个年头，没有太多的玩具，我有个会眨眼睛的布娃娃和几个积木，算是小伙伴喜欢玩的玩具。但我们有无数的沙包、小石子、树枝、肥皂泡泡，那就是那个年代不离手的玩具。但最好玩的，还是那个开放式的垃圾箱，新鲜的垃圾和臭味混合，抓得我们的小手黢黑。我们在垃圾箱上爬上跳下，没有大人会说，"不干净""不能捡""不能玩"。

孩子们

童年的世界很热闹，二栋、三栋的孩子亲密无间，一栋的孩子也和我们常来常往。大年龄的一帮，小年龄的一帮，各有各玩的空间。大的孩子会追赶小的，小的孩子也互相打闹。男孩在女孩面前逞威风。我被淘气的男孩在脸上划了一道口子，满脸是血。我捂着伤口去了儿童医院，那是个周日，一名护士在值班，给我涂点药处理了一下，至今留下当年的伤疤。有人说，"这条疤划走了你所有运气"。或许是这样子，我总是经历着各个年代的不顺。

我们喜欢跑到远处的黄孝河去玩，它的河水是黑油油的水，污浊的泥流像石油一样，只有一座并不结实的小木桥横贯两岸，我们穿过时看见脚下的河水激流和河里的淤泥。木船匆匆穿过，搬运工们光着脚泡在河水中，一股淤泥的臭味扑进我们的鼻内，搬运工的号子深深注入我的记忆。好玩！

大院以外，最近的是市委党校，门口有士兵站岗，我们常常晚上翻过那高高的院墙，进去看电影。有一次，我们翻过墙去，就被看守人抓住，大孩子一溜烟跑得无影无踪，我却没有逃脱，看守的人让我从墙上反爬回去，那是一人高的墙啊，他看我没办法，便把我举上墙头，让我返回原来的墙外边，可我心里是多么不甘心。

有时候，我也去钻市委大院中密密的树林，听咕咕鸟叫"咕咕""呱呱"，好听。我曾在回家的路上，唱着"我在马路边，捡到一分钱，把它交到警察叔叔手里边"。忽然，脚下一枚五分钱在闪亮，我立刻捡起来拿着它高高兴兴地向花桥派出所走去，快到了，还有几米，心情那么激动。意外发现，路边有个卖菱角的老头，让我止住了脚步，我把五分钱放在老头的手上，换回了一包熟的菱角。派出所是去不成了，这是至今想起来仍令人羞愧的故事。

童年的我（左）和玩伴梁松（右），摄于文联大院

童年的我（右）和玩伴梁松（左），摄于文联办公大楼前

叔叔阿姨们

文联大院的叔叔阿姨们都很年轻、漂亮。我们孩子们都叫他们名字,再喊叔叔阿姨。比如叫我妈妈陈松阿姨,还有王侠阿姨、阳云叔叔、杨平叔叔……在大院里,我常常去各家串门,去碧野叔叔家,杨静阿姨会摆个小桌子小凳子,放上饭菜让我吃。每当我一去,就会说"小凳子",还喜欢摆弄他家的一把黑色的鹅毛扇子玩,看着他们和蔼可亲的笑容。我也常去好朋友玲铛的家,她妈妈给玲铛穿上桃红色小罩衣,我羡慕这个颜色。她的姥姥有一双小脚,缠裹得像粽子,乌黑的头发后挽着一个发髻儿,操着一口不同于江浙和湖北口音的山西话,语调很有旋律感。

没忘了大院食堂黄师傅的妻子,大家叫她黄嫂。夏天的时候,黄嫂推着一个小车卖冰棍,那时我最不明白的是,为什么小车上盖有棉被,捂得严严的。大院里孩子们可以随时买冰棍吃,我父亲还专门买个同样的冰棍筒,装上几支,让我们在家吃。大家都知道黄师傅有八个孩子要抚养,他们很辛苦。

"文革"的突然到来,一下子改变了这个有花园的文联大院的气氛。叔叔阿姨们不在办公室里了,都在外面。男的忙着在墙上贴大字报,女的被安排坐在一行椅子上排队,有人剪下她们的秀发,剪成同一样式的革命发型。人来人往的大院,到处是口号,许多人被推出大楼,头上顶着纸糊的高帽子。我惊讶地发现,我的爸爸也在里面。一次意外的撞见,爸爸见我呆呆地看着他,就微微对我笑笑,好像他们正在演什么戏,随后就都不见了。

再见到我们熟悉的叔叔阿姨们,是奇怪的争吵,互相之间气氛很紧张。怎么回事?我一点也不懂。原来知道他们是好人,怎么一下子又是坏人?要打倒他们。之后,又有新的一些人被揭发出来,接着又被打倒了。办公大楼的那台三角钢琴也被抬到外面,后来,有人把钢琴用来晒煤球,把捏好的煤球放在钢琴的三角平面上。

翻箱倒柜的声音，被砸的玻璃的响声，十分刺耳，花园乱糟糟，失去了往日的温馨。以后几年的炎热夏天，再也见不到黄嫂卖冰棍的小车了。

我的父母

我出生在北京一座四合院里，听哥哥姐姐常讲北京的家，环境优美，快乐，幸福。爸爸说："快要实现共产主义了，人们不需要钱了，吃饭也不要钱了，再生个孩子。"母亲同意了。我姐姐出生在春分那天，大哥出生在夏至，小哥出生在冬至，他们期望我能出生在秋分。计划有误，我出生在10月11日，过了秋分近20天。

在北京的家我住到4岁，父亲满怀激情地要去写中国建设，因为国家有计划建设三峡大坝，充满激情的爸爸，便把家从北京搬到长江三峡的下游武汉市。他要去工地采访，书写浩大的三峡工程。他说："大坝建好之后，长江下游的人民不再有水灾肆虐，农田不再被淹没。"于是我们住进武汉市花桥的文联大院三栋一楼的一套房间。

我的父母都是浙江南浔人，年轻时父亲在南浔教书，爱上了年轻貌美的女学生——我的母亲，他们在上海结了婚，我的妈妈一直遗憾她没有穿白色的婚纱。

年轻时的母亲陈松

中年时的母亲陈松

母亲陈松摄于家中书房

母亲陈松和抱着洋娃娃的我

母亲对武汉这个地方很不习惯,武汉方言不懂,武汉的食品不合口味,武汉的气候是冬天寒冷,夏天炎热,难以忍受。国家当时规定,长江以南不安装暖气,可武汉有着北方的寒冷。我家请来父母家乡的金阿姨来看顾我,又能做家乡可口的饭菜。父亲则喜欢上了这个城市,很乐意在这里生活。

每天下班后,爸爸一定会背我去附近的解放公园,回家的路上可以吃到冰淇淋。爸爸买来一个大杯和一个小杯的冰淇淋,问我:"你要吃大杯还是小杯?"我毫不犹豫地拿了大杯,高个子的爸爸拿了小杯吃了起来。每天中午,大院内能听到金阿姨在满处叫我:"小音,回来,回来,妈妈叫你回来吃饭……"我对吃饭总是没有胃口,家里不得不去老通城饭店买些炒好的菜回家,通常都是清淡的冬笋炒肉片之类,那种香味至今还有记忆。

父亲徐迟在三峡坛子岭

母亲来武汉之前,她要求去了一趟农村,参加四川的一次"四清"运动。可她精神紧张了,便患上了甲亢,眼睛突出,脖子肿大。爸爸找了同济医院的裘法祖医生,通过手术治疗,母亲身体基本恢复正常。

父亲常常买回古典音乐的唱片,家里每天都充满了音乐的旋律,有的音乐让我感到害怕,不知道是什么样的旋律和声,发出了很恐怖的交响。我5岁时,父母带我到了三楼,向武汉著名钢琴家汪培华学习钢琴。我每天下午被送上楼上课,然后还留在汪老师家吃上海点心,听汪老师的女儿华华姐弹钢琴协奏曲"黄河",同时,还和汪老师的儿子大林林一块学写字。最害怕的是汪老师给我剪指甲,弹钢琴是一定不可以留有长指甲的,有时候指甲因触键而疼痛,老师会点一点红药水,就不疼了。后来,我才知道父亲有个好朋友马思聪,是个音乐家、作曲家、小提琴演奏家,所以父亲一定是要我学音乐了。妈妈说,我在她肚子里就起好了名字,用音乐的"音"字。我学钢琴一直学到"文化大革命"开始,不得不停了下来。

"文革"刚开始,爸爸教我唱了个歌谣:"头发梳得光,脸儿抹得香。支援农村,她不生产,人人说她脏。"

不久,父亲被打倒了,批斗、关押在哪里都不知道。我那时常常一个人在家,有时候,由邻居看管。那时大院中的孩子们也和我一样,东玩西玩,打架吵架,都成了野孩子。"造反派"头头见我叫"黑黑",因为我是"黑帮"的孩子,我回家高兴地告诉妈妈我的新名字,看见她一脸惊讶地重复:"叫你黑黑?"妈妈满脸都是泪了。我并不懂得为什么会因为这个名字而痛苦,可怜的妈妈。

20世纪70年代初,省文联大院被"文革"的浪潮推向另一个浪尖,下放干部和家属去农村接受贫下中农再教育。

见到家人和其他邻居们正忙着打包、装箱,我舍不得放下那个曾经装有许多冰棍的冰棍筒,有好几年没有吃到冰棍了,每次想起它,便打开冰棍筒闻闻里面留下的冰棍香味再把它盖好,这样过了好多年。

父亲徐迟在三峡

老年的父亲徐迟

父亲徐迟与著名钢琴家汪培华

我们被送上了安排好的大卡车，经过漫长的路程，来到名叫"沙洋"的地方，那里是一个无边无际的沙地平原。大家都分配住进一排排寒冷、透风、漏雨的芦席棚屋子，没有电灯。有一首儿歌唱着：拔萝卜，拔萝卜，嘿呦嘿呦拔不动。小朋友，快来帮我们拔萝卜。这是首充满快乐、幸福的歌曲。可是在那个年代，我只知道天还没亮，全体人员被号召下田拔萝卜，我们这些被带到乡下的孩子们，也随父母来到伸手不见五指的田里，顶着冬天的寒风在地里拔萝卜。

……

啊！一晃50年过去，经历了多少人生的迁徙起伏，品尝了多少生活的苦难艰辛！我离开了熟悉的美丽花园，父母也离开了人间。我忘了花桥路边的文联大院，忘了惠济路口的老通城饭店，忘了24路公交车站，忘了黄孝河，忘了一师二附小。

再想起来文联大院的时候，便是给女儿讲那时候的故事，留给她的，只有那个时候的儿歌，"布娃娃，大大的眼睛，黑头发……""丢手绢""一分钱""小白兔"和"拔萝卜"……

徐音：徐迟、陈松的小女儿。原住文联大院三栋二门一楼。

2017年9月4日,我与丈夫让和女儿阿美丽从巴黎回武汉

怀念我的父亲蔡明川

王阿洁

1963年夏,父亲蔡明川带我们姐弟在武汉东湖游玩
左一为女儿王阿洁,左二为小儿子蔡小革,左三为大儿子蔡体夏

怀念我的父亲蔡明川

王阿洁

我的父亲离开我们已经20多年了，但他仿佛一直在我们身边，我们时常想起他，他的谆谆教诲经常响在耳边。父亲蔡明川（1927—1994），河南泌阳人，1948年毕业于河南信阳师范学校（今为信阳师范学院），旋即奔向解放区，在中原大学学习。1949年随解放大军南下武汉，入中南文艺学院进修，结业后到中南文联担任《长江文艺》的编辑。

父亲蔡明川摄于20世纪50年代

父亲终生从事文艺编辑工作，尽职尽责，呕心沥血，是新中国第一代文艺编辑家，曾获全国"文学期刊编辑荣誉奖"。他业余写作，笔名苏群，1951年开始小说创作、发表小说《在肥沃的土地上》，其后，创作了《山花烂漫》《枣木猎豹》《连根树》等，其中《连根树》被收录于中国青年出版社出版的《青年作家小说选》。著有长篇小说《大别山人》《风雨编辑窗》《孤岛就要沉没》《圈套与花环》等。其中《圈套与花环》获首届屈原文艺创作奖。

在我们的印象中，父亲工作很忙，经常出差，回到家也很少与我们交流。小时候我们似乎对他还有些意见，后来我们长大了，逐渐明白事理了，对他的确有些理解了。父亲1949年就参与了《长江文艺》的创刊，是新中国文艺期刊的开创者之一。几十年来，父亲无数次走矿山，下基层，深入生活，和普通工人、农民同吃同住同劳动，和他们有说有笑，亲密无间；对工人、农民等作者的作品认真审

1953年冬,父亲蔡明川与母亲王淑培合影,摄于武汉

父亲蔡明川在写作中

1982年，父亲蔡明川在荆州创作

苏群（父亲笔名）著《孤岛就要沉没》（长江文艺出版社出版）

1978年，父亲蔡明川在上海的工作照

读，提出很好的修改意见，对创作进行面对面的辅导。在我们的记忆中，家里经常会有些基层的工人、农民作者和父亲像朋友一样，来家里吃点便饭，聊一聊天，久而久之，连我姥姥和妈妈也跟他们成为熟人了。父亲还经常深入到工矿企业和农村去看望业余作者，还带领年轻同志一起下基层体验生活。大冶铁矿有一个业余作者叫李声明，"文革"前就在《长江文艺》上发表作品，所以父亲和他很熟。一次父亲带领刚走上工作岗位的年轻编辑一起去看望他，据该同志回忆，他们按照矿山的要求，戴上了工人的安全帽，坐了罐笼车下到几百米的深井下，走进巷道看工人如何在掌子面上打炮眼采矿……后去了原华煤矿，头带矿灯，下到几公里深处，跟工人一起采煤，在呛人的煤粉尘中爬行。还走进他们的食堂一

1962年冬，父亲蔡明川与农民作者

父亲蔡明川与鄢国培考察葛洲坝工程工地时合影

起吃饭。到基层体验生活，走进工矿、企业、农村是他的工作内容之一。有时到农村去和农民同吃、同住，一住就是几个月。他写长篇小说《大别山人》时，到英山县深山老林与农民朋友同吃、同住达半年之久。大别山区生活条件艰苦，冬天床上都垫的竹席，上面盖棉被，吃的是腌菜辣椒，就这样的环境他们创作出了贴近老百姓生活的作品，而且与当地的农民和工作人员结下深厚友谊，成为很好的朋友。

在我们家庭中，父亲很会做家务，在五七干校学得了一手红案白案功夫，但他主要精力放在工作上，很少做家务。他负责的小说组的工作量每期要占刊物的一半以上版面，所以常常要加班。他经常说当编辑，既是一个讲知识水平的鉴赏活儿，又是一个讲文字功夫的技术活儿，所以他对工作兢兢业业，一丝不苟，值得我们晚辈学习。

1979 年出版《大别山人》

1982 年出版《风雨编辑窗》

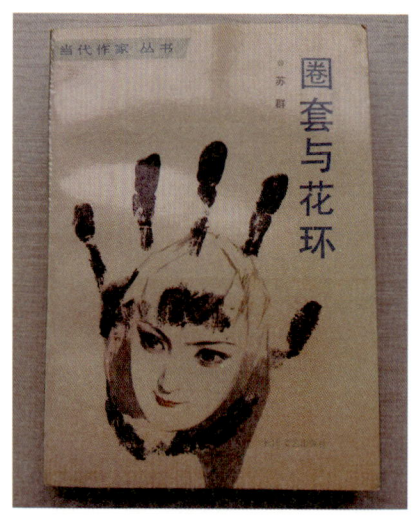

1987 年出版《圈套与花环》

2008 年出版《湖北作家文库·苏群卷》

党的十一届三中全会召开前夕,《长江文艺》得以复刊,又改为月刊,工作量很大。父亲带领小说组的同志,积极主动开展工作,在此期间老作家和新作者都积极投稿,工作搞得热火朝天,《长江文艺》创造了新时期又一次辉煌。加入党组织后,父亲焕发出极大的工作热情,他担任小说组组长,担任编辑部副主任、主编、湖北省第七届人大代表,后来担任湖北省作家协会副主席。工作之余,创作激情焕发,接连写出了几部小说,1978年发表《大别山人》,1981年发表了《风雨编辑窗》。《风雨编辑窗》写的是20世纪50年代一个文学杂志社的故事,实际上也是他从事了一辈子编辑工作的真实写照,1982年经上海文艺出版社出版后,又再版,中央人民广播电台安排著名播音员虹云进行连续演播,一时广为流传。接着,1983年发表了《孤岛就要沉没》《圈套与花环》。1985年获湖北首届屈原文艺奖。1988年获全国文学编辑荣誉奖。

我们是一个非常普通幸福的家庭,1951年至1958年,住在汉口黎黄陂路中南文联,1958年住在花桥文联大院二栋一门一楼后面两间房。母亲王淑培,性格开朗,是一个贤妻良母,她把一个清贫的家料理得很温暖,并在父亲的工作中给予了默默无声的很大支持。20世纪90年代之前,武汉也和其他城市一样,物质供应并不丰富,许多东西都要凭票供应,但不管什么时候,只要父亲把外地作者接来家中,母亲就会热情接待,并无怨言。一次山西省作协主席马烽半夜抵汉,我家住武昌紫阳路,当时就连一般筒子面都不好买,母亲就用手擀面加肉丝招待了他。母亲曾说过:"我跟着老蔡几十年,全国各地的作者我们接待了不少!"20世纪80年代末,中国作协安排全国各地部分老作家到深圳西丽湖度假村休闲度假,并邀请诸位的老伴同行。父亲十分开心地同母亲前往。其间,许多作家老友都对父亲说:"这些年你取得了这么多成绩,也有你老伴一半的功劳啊!"

现在,全社会都在呼吁优秀的传统文化的回归,其中的一个孝字,是中国几千年传统美德的精髓!在我们家,由于父母的身体力行,我们在孝敬姥姥这方面在文联大院中有口皆碑。姥姥1956年来汉,几十年来,我们全家人尽心尽力地

1973年武汉全家福
前排左一为母亲王淑培,中间为姥姥,左三为女儿王阿洁;
后排左一为小儿子蔡小苹,中间为父亲蔡明川,左三为大儿子蔡体夏

1976年夏全家合影,摄于武昌
左一为母亲王淑培,左二为姥姥,左四为小儿子蔡小苹,左五为大儿子蔡体夏

照顾着她。父亲说过："你们姥姥在咱们最困难的时候和我们在一起,帮助我们渡过难关,我们要好好孝顺她,给她养老送终。"父亲还用自己的行动带头孝敬姥姥,他出差宁夏,给姥姥带回一个网帽;出差苏州,给姥姥买回一件短袖真丝对襟上衣;姥姥八十大寿到来之时,又是父亲提议:咱们家现在四世同堂,办个家宴,给姥姥庆贺庆贺……在父母的引领下,我们周末回到家中,给姥姥梳头、洗脚、买各种小食品那是常事,感觉就是天经地义的。

我家姐弟三人,我生于1954年,当过知青,1979年毕业于湖北师范学院物理系,后在武钢技校当教师。1986年调省科技厅工作,退休前为处长。大弟蔡体夏,1956年出生,当过知青,大专学历,后在中国地质大学(武汉)做财务工作,会计师。小弟蔡小革,1958年出生,大专学历,现在武汉工业大学机械学院工作,担任技师,我们姐弟三人的成长离不开父亲的严格要求。

时光荏苒,我们也进入了人生的老年阶段。回忆父亲,让我联想到——在父亲去世以后,组织上在介绍他的生平时这样写道:蔡明川同志为湖北省文学编辑工作的发展和建设作出了重要贡献;为湖北的文学创作事业的繁荣和发展作出了突出贡献;为党为人民奉献了他毕生的精力和智慧,是我们永远的学习榜样!我想,这也是组织和人民给他的最高的荣誉和最深沉的怀念,父亲若有知,会感到慰藉的。

王阿洁:苏群(蔡明川)、王淑培长女。原住文联大院二栋一门一楼。

王阿洁近照

陪伴父母的日子

阳　凌

年轻时意气风发的父亲和母亲合影

我 11 岁以前和父母还有弟弟居住在老文联大院时合影

陪伴父母的日子

阳　凌

一

在我幼年和童年的时候，一直和父母还有弟弟住在汉口花桥解放公园路48号的文联的大院内（三栋一门一楼）。在这个大院里，我们经历过"文革"，依稀记得父亲被批斗的样子，还有沉默寡言愁眉不展的母亲的神情。1969年前后文联大院的知识分子开始一批批到沙洋五七干校接受锻炼，父亲先是去了五七干校，可到了1970年秋我和弟弟又跟随父母到了沔阳农村安家落户。看着父母很快和当地农民打成了一片，挑水、种菜，插秧割麦等农活样样都干，也就是那个阶段，瘦瘦的父亲的脊柱弯曲了，弱弱的母亲的背也开始驼了。我也正是在那时起开始第一次学做饭，我在灶台上炒菜我弟弟则给灶里添柴，这对于儿时的我们还是很新鲜的。庆幸的是农民对我们非常好，或许有文化、谦虚低调的父母同样给农民带来了新鲜有趣的东西吧。那时候每天晚上我们家都成了生产队最热闹的地方，煤油灯下好几个农民围坐在父母身边谈工作谈学习也聊村里大大小小的事情，其场景非常温暖。临近春节时家家户户又将一簸箕一簸箕他们制作的麻叶子、荷叶子等土特产送给我们品尝，我们家的床上都堆得满满的，农民视我们如亲人！过年前忙得不亦乐乎的自然还有我父亲，他要为家家户户写春联，写好的春联摊满了整个院子，这个场景我一直难忘。

两年后父母又从农村分配到了襄樊市的第一针织厂，父亲被安排在厂办做宣传工作，经常熬夜写材料，母亲则被分配到了化纤车间的办公室。他们工作积

2001年秋,我带着父母重返当年下放的洒阳和当地生产队村干部农民合影

1976年,我们一家在襄樊合影

极、任劳任怨同样得到了工人们的好评和尊重。和农民一样,工人们对我父母也非常好,家里同样常常高朋满座。那个年代虽然知识分子被批斗,可我们遇到的工人农民都非常地尊重和保护文化人,这也是那个年代父母仅有的欣慰了。

　　1980年,即将步入老年的父母落实政策从襄樊调回到了武汉,重新开始了他们热爱的文学事业工作。从农村到工厂,这一晃就是十年!悲催的是我出生之前,我的父亲就已经被打成了"反革命",母亲则被错划成"右派"。

二

年轻时的父母在武汉

终信浮云难蔽日。随着20世纪80年代政策的落实，我的父母数十年的冤案得到昭雪，这时我才恍然知道，年轻时的父母，可都是思想进步、才华横溢、激情满怀，立志要为新中国文化事业奋斗终生的人呢！

父亲阳云（1924—2012），原名覃锡之，笔名阳翚，阳云，四川广汉人，在青少年时期就受到两位兄长——著名诗人覃子豪和覃汉川的影响，开始接受新文化思想，"违背祖先的遗训，越出山的藩篱，去寻找通往世界的路"。

父亲于1942年参加"平原诗社"，从事诗歌运动；1943年开始发表诗歌和散文；1945年8月赴中原解放区参加革命；1948年随军南下到了大武汉，成为中原大学文艺学院创作组最早的教员、中国作协武汉分会编辑。先后出版了诗文集《晨星集》《彩色的河流》《涉滩的纤手》《火焰的舞蹈》《心中的城》。父亲一生都在寻找"彩色的河流"并忠实于为之憧憬的"心中的城"。

重返文学艺术工作岗位后，父亲在湖北省作协的《长江文艺》杂志社任编辑、顾问、编审，为湖北文学事业的繁荣发展和文学新人的健康成长殚精竭虑，做了大量默默无闻的工作。父亲曾获得中国作家协会颁发的文学编辑荣誉证书，以及中国作家协会向参加抗日战争老作家赠送的"以笔为枪，投身抗战"的纪念牌。父亲是中国作家协会会员、中国作家协会湖北分会第五届理事。在从事文学编辑工作之余坚持业余文学创作，有多首诗作被收入到国内各种选本。

父亲阳云出版的部分书籍

父亲有兄弟三人，大伯覃子豪，二伯覃汉川，都是当时进步的诗人，他们三人因战乱各分东西后便再也没能相聚。三兄弟中以大伯覃子豪文学成就最高。覃子豪（1912—1963），学名覃基，现代诗人、诗歌评论家，1932年到北平就读于中法大学。1935年东渡日本入东京中央大学，两年后回国，曾在浙江永嘉县县政府、国民政府军委政治部任职，在浙江福建编辑或主编过报纸副刊。1947年到台湾，曾主编《自立晚报》的《新诗周刊》。1954年参加创办蓝星诗社，任社长，主编《蓝星诗周刊》《蓝星诗季刊》等。他还担任台湾中华文艺函授学校诗歌班班主任，培养了不少青年诗人。病逝后，台湾文艺界为他出版《覃子豪全集》，四川广汉老家房湖公园内建有覃子豪纪念馆。下面的图片"覃氏三兄弟"是父亲亲手将三兄弟各自的照片拼成的，这也是父亲奢望却永远没法实现的一种念想。

父亲亲手拼图的"覃氏三兄弟"
左为父亲覃锡之（阳云），中为大伯覃子豪，右为二伯覃汉川

母亲林焰（1929—2013），原名林瑶珠，出生于开封的一个衰败的书香门第。对于母亲来说，1948年6月24日这一天是最值得纪念的日子，也是她生命的新起点。怀揣少女梦的母亲，背着家人偷偷离开学校，报名参加了革命并当即将原来的名字改为林焰，这一举动表示她和封建大家庭的彻底决裂，寓意着要让熊熊火焰烧掉腐朽的过去，照亮她崭新的未来。母亲和一帮中学生披着黎明的曙光，冒着枪林弹雨，跟着由赖少其带领的部队，向着有太阳的地方奔去。

作为中原大学第一批学员，母亲现场聆听了陈毅司令员为他们上的第一堂终生难忘的课，这对母亲的一生都是莫大的鼓舞和鞭策。20世纪50年代初，母亲进入与新中国同时诞生的文学刊物《长江文艺》编辑部，在为他人做嫁衣的工作岗位上辛勤耕耘，培养并发现了不少有潜力的青年作者。由韦麒麟创作后来具有很大影响力的广西民歌体长诗《百鸟衣》就是当年母亲在一堆被忽略的稿件里发现的，与此同时母亲也开始发表作品。从武钢走出来的老作家李建刚老师多次向我描述当年母亲的风范和她为他们文学青年讲课的情形：声音好听、

母亲亲自整理并出版了自己的散文集《风雨人生》

2006年,父母与我和弟弟林川在家中合影

文采飞扬、旁征博引、光彩照人(可母亲的这一面我从来就没有见到过)。1979年拨乱反正后母亲被调回湖北省文联《湖北画报》社做文字编辑工作一直到离休。母亲晚年回忆她几十年的生活,将自己多年写的文章编辑出了一本散文集,书名是父亲亲手写下的四个字《风雨人生》。

三

父母前半生遭遇种种不公正待遇和精神折磨，虽然后来过上了一段舒心日子，可是晚年又无数次被病痛缠绕。可以想象，数十年的坎坷经历对于他们的身体有多大的摧残。作为女儿（弟弟后来一直在深圳工作，曾回武汉陪伴父母一年），我陪伴了父母几十年、目睹了他们与病痛抗争直至去世的全过程。我也就在他们步入老年了才渐渐了解到他们过去的经历和内心世界，一想到这些心中就会发疼，我发誓要倾注全部精力照顾好他们的晚年生活。

父亲是一个多次创造过生命奇迹的老人！第一次，也就是1990年，父亲被检查出食管癌，经过长达4小时的手术，他的整个食管全部被切除，从前胸到背后留下一道十多公分像蛇一样的伤痕。父亲用他的乐观和坚强控制了癌症的继续发展，同事和朋友们都说父亲不简单！

2002年夏，父亲阳云去上海看望好友贾植芳先生

让我刻骨铭心的是2002年的夏天。当时我想尽孝心，执意要在我出远门前带父母去上海看望多年未见的大姑妈和父亲的好友贾植芳伯伯。一路上我把他们照顾得周到细致，游玩了上海的大大小小景点，还登上了高耸入云的电视塔，见到了姑妈也探望了父亲的老朋友贾植芳伯伯，几个老人们在一起进行了长达两个多小时的兴奋对话，几天后我们高兴而归。到达武汉那天，我特意护送他们进了家门才返回自己的家。精心陪同这些天，心想我该松口气了，然而就当我双脚刚迈进自家门的一刹那，电话铃声响了：母亲说父亲摔倒了！

父亲开始神志不清，最后昏迷进入重症监护室。医生断定一个70多岁的老人遭遇如此重创很难过关，他们让我们做最坏的准备，可我无论如何都接受不了这样的事实。好日子刚刚开始他怎么可以那么早就离开我们？冥冥中我只有一个信念：父亲一定会苏醒！

一个乡下亲戚告诉我赶紧去为老人准备寿衣吧，那样兴许会逢凶化吉。我和母亲一起到商店为父亲精心挑选了一套寿衣。母亲很弱小，可面对突如其来的打击，表现出惊人的坚强和冷静，每天她用她那特有的浪漫为昏迷中的父亲朗诵父亲早年的诗文："暮霭朦胧，我在窗下倾听远方传来的呼唤。我想起，黄昏的牧羊女，正在呼唤她失散的羊群；海边上的渔夫，正在等待最后一片归帆；我想起，在这黑暗的时候，我们各自点亮一盏小小的灯，像点点萤火，相互照耀……"母亲还用她瘦小的双手为父亲推拿按摩，说这样可以促进他的血液循环。医生、单位领导、同事、亲戚、朋友也都伸出一双双援助的手。我们所做的一切真的是感天动地了，父亲出现了一点点好转，不久由重症病房转进了普通病房，只是神志仍然不清。我们每天要频繁给他喉管里做抽痰，做雾化，往切开的食管里喂食，像照顾婴儿一样为他榨蔬果汁，用米粉配鱼肉汤熬粥为父亲增加营养。几乎所有致命的并发症都在父亲身上发生过了，那一道一道关口宛如尖刀从我们的心口穿过。

2002年10月的一天，天气晴朗，我缓缓拉开病房的窗帘，一缕阳光照射到了父亲脸上,我突然发现父亲的眼睛抽搐了一下,接着两下……啊!我看见了我期待已久的画面:父亲的眼睛慢慢睁开了!那是一双多么无神无助、新生儿一般的眼睛啊!父亲啊父亲,您是不是被老伴的深情朗诵、儿女们的执着呼唤感化了?您在黑暗隧道中徘徊挣扎了那么久,终于战胜黑暗重见光明。好样的,女儿为您献上鲜花!我把我的脸靠在父亲的脸旁,窗外突然传来激昂的运动员进行曲,那是附近的一所学校正开着一场别开生面的运动会,随风还吹来了年轻人的欢声笑语……情景交融,我已经是泪流满面。连医生都诧异:年轻人都难以抵御的病魔竟然被一个老人征服了。

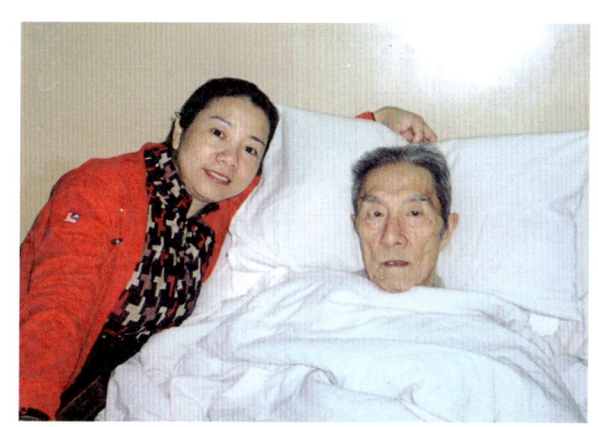

2002年10月,我与在病床上刚刚苏醒的父亲合影

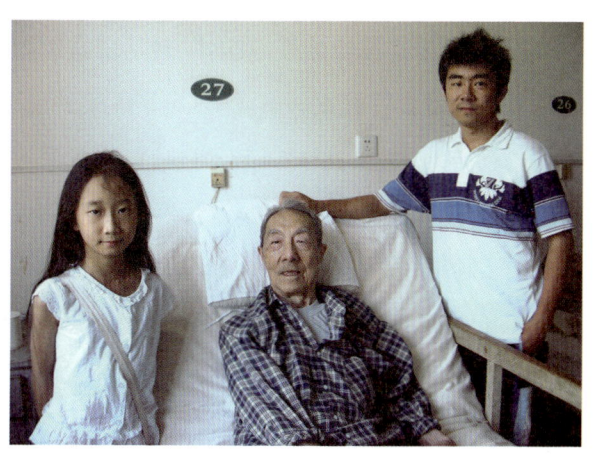

父亲的孙女覃枫桥和外孙喻阳在医院看望父亲

父亲很快可以坐起来了，我试着把报纸拿给父亲看，当他念出"楚天都市报"时，我高兴地为他鼓掌；他握着久违的笔，在写字板上一笔一画写出他的名字时，我向他伸出了大拇指，父亲的每一点进步都让我们振奋，得到鼓励的他则露出孩子般的笑容。知道父亲创造生命奇迹的事情后，报社的记者登门拜访了，楚天都市报也做过相关报道。

2008年11月10日父亲84岁生日那天，也是在病房里度过的。当亲爱的父亲再次坚强地迈过这道坎时，等待他的是一个更新的生活。不久父母搬进了一套170平方米有暖气有电梯的新居，窗外鸟语花香，房内简朴温馨，我想象着的画面就有老两口坐在窗前吃饭、看书、打盹、晒太阳……

2009年父亲85岁生日时，恰恰那一天我为他编辑整理的新书《心中的城》印刷出来，这是给父亲最好的生日礼物！

说来惭愧，也正是利用帮助父亲整理新书资料的机会才让我第一次认真看了父亲的许多文章，开始了解过去从未了解的父亲，读书成了一场父女间的心灵对话。我懂得了，父亲心中有座城，那是对和平、美好生活的向往和憧憬！于是我将父亲的《心中的城》这篇诗歌的题目作了书名，对于女儿来说，父亲您也是女儿心中的城！

母亲晚年也不断地在与病魔抗争。2009年开春母亲因帕金森病引起肺部感染，当医生做出必须住院的一刹那，母亲强忍痛苦看我一眼，用含糊不清的口齿问医生："我是不是很快就能出院？"我从母亲眼里看到了强烈的求生欲，我们安慰她说您很快就会好起来。事实上，母亲住院的前期病情很重，被抢救过两次。白天我强打精神地在医院照料母亲，可是，每当夜深人静时，多少次泪水打湿了衣衫。

待在家中的父亲已养成习惯，晚上定要到老伴的床边转转，看看她的被子是否盖好，睡得是否安稳？据保姆说，母亲住院的日子，父亲夜里仍情不自禁地走进母亲的卧室，同样，住院的母亲也念念不忘地要回家，口齿不清地询问父亲的情况。他们手牵手，经历了诸多风风雨雨，可他们用特有的方式表达着对彼此的爱，终生不变。

父母用他们特有的方式表达着对彼此的爱

2009年冬,弟弟林川从深圳回武汉和父母亲一起过春节

2009年,父母搬入新居后的生活照

2011年10月1日我请来武汉著名摄影师彭年生老师上门为父亲拍照,临别前彭老师希望保留一张父亲写的字,已经不能用毛笔写字的父亲颤颤巍巍地用钢笔在一张小纸上写下了这两句话:"世纪烟云随风去,人间苦乐留此生。"哪知这竟然是父亲生前最后留下的文字。

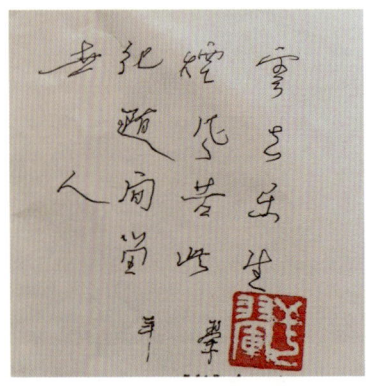

父亲最后留下的一段文字:"世纪烟云随风去,人间苦乐留此生"

父母晚年的快乐时光

安息吧!我亲爱的爸爸妈妈!你们的晚辈一定都会好好地活着,只有这样才是对你们最好的祭奠和慰藉。你们的孙辈也都在健康成长,学有所成。他们是我们家的希望!写到这儿,我仿佛看见天堂中的爸爸妈妈笑了!

阳凌,原住文联大院三栋二门一楼。

随父母下放崇阳的记忆

易晓云

1962年冬,有奶奶的全家福

随父母下放崇阳的记忆

易晓云

一　离开文联大院

1970年3月前,我们家住在解放公园路48号,文联大院三栋二门三楼右边的套间。

经过三年的"文化大革命",文联大院已失去了往日的生气,大字报上"将资产阶级走资派、反动学术权威扫地出门"的口号,已变成现实。省市文联此刻都成了被砸烂的单位,省文联大批著名的作家、画家、音乐家、剧作家、文学编辑,1969年底被下放到沙洋五七干校。我们儿时一起唱歌跳舞、踢毽子、跳皮筋,清晨爬到办公楼楼顶练体操的小伙伴,也陆续随父母离开了大院,老三届的哥哥姐姐们响应毛主席的号召奔赴了广阔天地。"文化大革命"初期父亲所在的武汉市文化局戏剧研究室被"文化旗手"江青点名批评宣扬封资修、歌颂帝王将相罪责难逃。省文联同事朋友的下放,使他们在猜测和焦虑中不知道自己将会被下放到何处?1970年春节就是在这种没有喜庆、惴惴不安的气氛中度过的。二月初春节刚过,爸爸他们接到通知,市文联、市文化局大多数人下放的地点是:湖北省崇阳县沙坪区沙坪公社,他们将会插队落户到各个小队,而不是他们期盼的咸宁某五七干校。

我虽然不知道崇阳县是个什么地方,但打心眼不想离开正在上学的武汉市第四十中学。在学校我参加了付平平为队长的校宣传队,我们排的"海内存知己,天涯若比邻"歌颂中国和阿尔巴尼亚友谊的舞蹈,"同志们勇敢的前进"苏联卫国战争时期的系列歌舞,在武汉市中学中独树一帜。校宣传队还在酝酿排

父亲易原符工作之余

父亲易原符1957年编著出版的书

芭蕾舞剧《白毛女》，我和莫晓梅不时学跳着"窗花舞"。学校举办的"毛主席是世界人民心中红太阳"的图片展，我是六个讲解员之一，我还参加了学校合唱团"教育成果展"的合唱，上学让我充满快乐，让我感到奋进。可是没有办法，很多家庭都是"连锅端"（全家一个不留），我刚满14岁，独自留下来上学从没想过似乎也不可能，只有在极不情愿下随父母去崇阳县插队落户。

自从知道了下去的日子，妈妈就不停地清洗被褥，缝补衣服，过去的线袜子还要做底，她夜以继日地为每个人做一双袜子，想方设法攒了几筐蜂窝煤准备带下去，为以后未知的生活添一点保障。1958年住进大院时很多家具都是公家提供的，有的人家连字纸篓都是公家的。爸爸清理出钉有标志小牌的书架、书桌、床、台灯，准备还给公家，还有一件重要的事就是清理图书，这是文联大院的大人们临走前共同要做的一件事，正应了"孔夫子搬家——少不了书"这句俗语。姚雪垠伯伯（《李自成》的作者）家卖书最多，板车、三轮车拉了两三次。爸爸书可能不算多，这次他自己很为难地亲手剔除的书中，有学生时代就喜欢而保存下来的，有工作后省吃俭用买的音乐、文学、历史、戏曲和文艺理论等方面的书籍，有同事朋友之间馈赠的，还有父辈读过传下来的线装古籍书，他不是"反动学术权威",也不是"大家",只是个勤奋学习,曾在琴弦上在文字中默默耕耘的读书人吧。读书人最看重的是书籍资料,现在都没有用了,以后还会用得到吗……他清理了一大堆要卖的书籍,围着要卖的书踱来踱去,过一会又会从书堆中挑回几本,放回打包盒里,反反复复割舍不下。姚雪垠伯伯的老伴王梅彩阿姨说他们家清书也是这样,不舍丢弃。正是爸爸的犹豫不舍,才将他亲大舅、红军先烈王霁初(《八月桂花遍地开》的作者)的诗稿墨迹得以保存。20世纪80年代王霁初的诗稿重新在期刊上得以发表,王霁初抄写唐诗的一本墨迹我现在得以保存。在清理书时,我记得爸爸首先留下的是人民文学出版社1958年第一版的《鲁迅全集》。

二 落户崇阳县兰家门

在春寒料峭的1970年3月17日,我们一家六口人除姐姐外,随搬家的卡车离开居住了十多年的文联大院。没有锣鼓声,没有欢送的人群,没有依依惜别的泪水,只有母亲向女儿珍重的叮咛。我默然麻木地向熟悉的大院告别,向花园告别,向梧桐树告别。现在网上一搜就知道崇阳县沙坪镇离武汉市只有200公里左右,当初对没有出过远门年少无知的我,觉得那是一个很远很远的地方。我坐在卡车上第一次看到蜿蜒起伏的盘山公路,我们的车到达山顶时,能看到山下正在盘旋的车队,我多么希望车就这么盘旋着盘旋着,又回到了武汉!唉,不可能了!中午(可能是在咸宁)吃饭休整后继续前行。越走感到山越高,路也越来越窄,行人也越来越少。记不清下午何时过了一条河后车停下了,司机说:到了,你们的新家沙坪公社担水池大队七小队兰家门,还有800多米车开不进去了,等小队的人来接你们吧。不一会从山坳走出一队拿扁担的社员,帮我们搬卸东西。我晕晕乎乎地随人群沿着一条靠山崖的小路走进村庄。社员们把东西卸在了一个依山而建的土坯房,这就是我们在崇阳县兰家门的新家。一个有50多个平方的两间土坯房,住人的一间稍大点,墙被刷白了,另一间烧火做饭堆杂物,一个灶台就占了半间房,后门推开有不大的三块地还有一口让我们惊喜的水井。队长说这是你们家种菜的地,井水不能吃是苦水但可浇地。稍作安顿天已黑了,我到处找电灯开关,找不到,爸爸说这里没有通电,要用煤油灯。他们有备而来,妈妈点上了从武汉带来的煤油灯,我看到黑暗中家人在煤油灯下跳晃的影子非常失落,少年不知愁滋味的我,竟然流下了伤心的泪。一天之间天壤之别,早上还在湖北省艺术家们聚集的文联大院,晚上就落户到了这穷乡僻壤的小山村,没有电,吃水要自己挑,烧饭要自己砍柴,吃菜要自己种,茅厕都要自己盖,除爸爸一人还保留工资和商品粮外,我们4口人都成了吃生产队口粮的兰家门社员。最要命的是他们说的话,我一句都听不懂。

  记得到兰家门的第二天,一早和妈妈去提水,看到一群女孩在薄雾中,每人提着一个大竹筐,拿着个铲子在种满草籽的稻田里挖着什么。她们看着我们母女后停下手里的活,叽叽喳喳不停地说什么,我们走过她们身边不禁好奇地问:你们在干什么?问了几遍没有一个人回答我,只是抿嘴而笑。我想起爸爸昨晚和队长交流是边写边说的,我也拣了个树枝写下:你们在干什么?她们笑得更厉害,原来这一群七八岁、十几岁的女孩都没上过学,不识字。连比带划说后她们告诉我,她们在"打蔸草"(打猪草),"大毒草?""打蔸草!"这该死的"打蔸草"让我们认识到崇阳话真难懂!有些说话是习惯不同,字面上还能理解,比如说男孩女孩是"男仔女仔",说话是"哇事"。可有的单听发音完全不是那个字,如水,他们发音为 fèi(费),猪发音为 dōu(蔸),狗发音为 jiào(叫)。爸爸说崇阳县地处湘鄂赣交汇地区,有湘鄂赣语言的特色,说话中还带有很多古汉语的语音词汇。上学,他们说"去学堂(克壳堂)";她(他)说,是"伊哇";称老妇人为"嫫妣"。崇阳话是我国最难懂的方言之一,早已受到国内外语言学家的重视,并称之为"研究古代历史的活化石"。为了融入当地的生活,成为他们中的一员,我们都努力听说当地话,互相交流自己的学说心得。不久下放干部学着用当地的话调侃地说:"我上午去'伦敦'(通城)'洽饭'(吃饭),下午到'法国山'(花果山)打'费'(水),哈哈,在崇阳沙坪一天去了两个欧洲国家。"

哥哥易晓武小时候

我和姐姐晓文、弟弟晓全在文联大院

三　上学的路

不管"读书无用"也好,"读书做官"也罢,连队(爸爸他们下去后组织按部队编制称呼)要联系我们这一拨下放干部的子女上学了。学校在沙坪镇,离每个人的家远近不一,最近的5里路,最远的是我们家约12里路。到了学校报名才知道,这里学制和武汉市不一样,初中没有初三年级,一批在武汉读初三的孩子我哥易晓武、吴依群(吴乙天的儿子)、陈排江(陈方既的女儿)、范业明(朱淑兰的女儿)等就没学可上了。他们要么回生产队当个小社员,要么混入社会成无业游民。怎么办?大人们也无计可施,只有劝孩子们插到沙坪中学初二的两个班继续上学,走一步看一步。就这样,我、吴晓萍(吴依群的妹妹)、陈排江、范业明、肖淑萍等成了初二(2)班的同班同学。

1970年3月武汉市第40中学我班女生合影

三排左二是我；二排左二为王秀芳（王振生之女）；前排中为吴晓云（吴奚如之女），右二为王丹洁（索峰光之女），右一为孙茜（孙莹之女），都是文联大院的孩子

1971年1月，崇阳县沙坪中学毕业合影

前排左三是我

我们家3个孩子终于可以到离家十多里路的沙坪中学上学了。弟弟晓全只有11岁，读小学五年级，也得到沙坪镇上学。妈妈每天起得最早，做好早饭，还要炒好我们中午在学校吃的菜。我们书包里除了上课的书本外，还要带上米和一个铝制的饭盒，用玻璃瓶带上中午吃的菜。沙坪中学食堂旁有一口远近闻名的古井，水又清又甜四季都不干涸，夏天水沁凉冬天水是温的，我们走到学校总是先喝口井水，再来淘米，淘好米在饭盒上放上两分钱的蒸饭票，师傅将饭盒放到大蒸锅里，中午就有饭吃了。我们每天上学往返要两三个小时，早上出门天还是黑的，村里的狗会对着我们叫，狗的主人总是高声地训斥它们，告诉它这是我们兰家门的学生，日久眼熟后，狗见了我们会摇头摆尾显示一种亲热，可是我还是害怕。十里上学的路程，春天到来时，桃花李花在村前屋后竞相开放，金灿灿的油菜花镶嵌在绿色的田野，清澈的溪水里可以看到游来游去的小鱼，可是我无心赏花观景，特别害怕从村里突然蹿出来的恶狗，几次恶狗对着我狂叫让我心惊肉跳汗毛直竖，甚至不想上学了。村里老农告诉我，狗叫莫怕，狗追过来也不要跑，要蹲下装着捡石头的样子吓退狗，这个法宝我还真没试过，只是拽紧书包随时准备扔向追来的狗。

　　每天上学的必经之路是那条河，3月份去时河里好多地方都没有水，大大小小的鹅卵石裸露在河床里。村民告诉我们，雨季来时河水会暴涨，平时搭的石板桥都会被冲垮，你们上学就要绕道走一条有水泥大桥的路，这样上学就会多走两里路。城里的孩子对大自然的规律、大自然的威力，没有多少认识，洪水泛滥，泥石流我都没有见过。记得6月底，学期快结束的一天，雨下个不停，早上上学我还是走老路，发现水已要淹到石板桥了，放学回家时忘了要绕路走水泥桥，还是按习惯走了老路。还没走到河边就听到轰隆隆的河水声，走近一看傻了眼，完全不是上午那条河，河面有平时两个宽，河水滔滔，裹挟着泥沙和上游不时漂来的木材奔涌而下，没有一个过河的人。天色已晚，返回过水泥大桥还要再走三个多小时，怎么办？这时哥哥弟弟和一个老农出现在河对岸，老农指点我们往上游走，说上游不远处还有一座石板桥可能没冲垮，可以去试试。我们兄妹隔着河向上游走去，上游的石板桥也被水淹了，隐约看去还没被冲垮，听着咆哮的河水，心里阵阵发悚，只见天色已黑，感到再不过就没机会了，只能豁出去了！挽起裤腿把书包顶在头上，不管三七二十一地下了水，下水踩在石桥上时，水就淹到了大腿根，在跟跄中拼命地往前走，就在离岸还有一两米时，水浪打来脚下一滑，人掉下石桥，水一下淹到了胸部，眼见就被洪水冲走，我们兄妹大声呼叫，"来人啊，救命啊"，一个捞木材的农民正巧路过，听到呼叫跑来递过手中的竹竿把我救上了岸。当晚回家我就发高烧，两天不退，村里人都说我的魂给吓走了。有好心的娭毑要帮我把魂叫回来。她拿着个饭碗，围着村子围着我家房子，边走边敲，念念叨叨自说自应，这种巫术似的治病方法，在缺医少药的农村，当时还常常用上，我也算入乡随俗被做了一次叫魂治疗。

其实到学校提不起我上学的兴趣，两三个老师包下四五门课程，语文课讲得像政治课，政治课就讲党的九次路线斗争，物理化学生物叫工基农基，连体育课也不上，但我们还是风雨无阻的到学校去，与其说是在上学还不如说是在安放无处搁置的青春。现在很多孩子一出生，从上幼儿园开始，年轻的父母就对孩子进行人生规划，可当时我们的父母自己都过得忧心忡忡，孩子的前途只能顺其自然了。稀里糊涂到了1970年底，我们家两个孩子初中要毕业了，对我们来说美好的学生时代就要结束了。这时传来一个好消息，沙坪中学给了下放干部子女两个上高中的名额，希望之光又燃起，可僧多粥少，十几双渴望上学的眼睛，名额会给谁？不知什么标准，反正不用考试，由连里干部定夺。我知道这种幸运不会降落到我们家庭，因父母从来不会找组织上麻烦，从来就是服从组织安排的好人。我们没有选择受教育的权利，无奈地面临小小年纪回家务农的现实，所有的梦想随着下放崇阳逝去。妈妈怎么也舍不得还未满15岁的我回家种田，在她的劝说下，我同意再读个初二。这个初二很幸运和低我一年级的李玫（李冰伯伯的女儿）成了同学，很幸运遇到了武汉师范学院毕业到沙坪中学任教的武汉美女樊老师。她很喜欢我和李玫,我们三人经常能说些课堂以外的话题,她时常拿出20世纪50年代他们和苏联小朋友的通信,他们互相赠送的明信片、贺年卡。她也乐于在我们面前谈她在复旦大学帅气的爱人,有时在煤油炉子上做点"好菜"会叫我们到她二楼的宿舍共同进餐,她给暮气沉沉的中学带来一道风景,也给我们心里打开了一扇窗。1971年11月我们随父母到了咸宁蒲圻县蓼坪茶厂五七干校,我和李玫又成了湖南临湘县羊楼司中学的同班同学。

沙坪中学樊老师赠给我的照片
相片反面写着:奔流……摄于1967年1月19日长征结束

1971年,暑假我（右）和李玫摄于通城

作家柳青曾说:"没有一个人的生活道路是笔直没有岔道的,你走错一步,可影响人生的一个时期,也可以影响一生。"我哥哥跨出沙坪中学的大门后,再也无缘进校门学习,回兰家门做了一个老乡们称赞的"干活下得力的好后生",1971年秋随父母作为知识青年到了蒲圻县羊楼洞茶厂。

四 我们的邻居保娭毑

我们家在兰家门的村西头,一条不长的小巷子进去后,里面住了3户人家都姓兰,我们成了第4户外姓人家。说来也怪,三四十户人家的小队就两户坏分子,竟都成了我家邻居。在我们隔壁是住着青砖瓦房的贫农会计家,斜对面住着当过日本翻译官的坏分子,他家是个茅草房。"翻译官"身边有一双儿女,我们从未和"翻译官"家打过交道,在我看来他就是那种不用化妆就可以上镜的坏人,驼背龅牙,没有血丝的脸上带着一股戾气,一双儿女时常被他打得嗷嗷叫,队长总是说他偷奸耍滑出工不出力,看得出来村里人都不喜欢这家人,我们也避之不及。我家正对面是一个四世同堂的富农家庭，富农之子是个40多岁的光头，不怎么爱说话，是个有健壮肌肉的庄稼汉，他老婆个子不大，眼睛也不大，不温不火中透着股精明，我们随村里人叫她保娭毑。村里人不怎么重视教育，特别是对女孩子，七八岁的女孩每天挎着个大竹筐到处打猪草，煮猪食，帮家里喂猪带孩子，保娭毑却让她家两个女孩都上到小学，村里人没有刷牙的习惯，她家3个孩子每天早上都会用牙粉刷牙，我们说话她懂得快，她说话似乎也比别人好懂一些，就这样在不经意之间，妈妈就会和她家走动多一些。爸爸看在眼里不高兴了，经常提醒我妈：连里叫我们下来后多和贫下中农打交道，注意和坏分子划清界限。爸爸经常要到公社开会到连队学习，不开会学习时也到队里出工。父亲很虔诚地下来改造自己，在干农活上总是不服输，在兰家门他曾经和男社员们一起挑100多斤的料材（一种细棍状木材），走20多里的山路被压得吐血。得知爸爸在崇阳劳动吐血的消息，急坏了我在武汉的奶奶和姑姑，她们从武汉寄来止血的药，在妈妈的精心调理下爸爸慢慢得到康复。村里人都很关心他，后来杀猪都会留一块猪肝给我父亲补血。1970年5月公社为了普及样板戏，发现了爸爸这个做过音乐编辑、文学编辑，还能拉琴的"人才"，公社请他去辅导排练样板戏。爸爸1948年进中原大学文艺学院学习，1952年在中南文工团（武汉歌舞剧院的前身）就是首席二胡，兼拉中提琴，京胡、板胡也是可以拉的，为了普及革命样板戏他每天竭尽全力，任劳任怨地辅导那些说着崇阳话的"演员"们唱京剧《智取威虎山》片段和《沙家浜》片段，经常忙得回不了家。

端午节是我们到崇阳后过的第一个传统的节日，崇阳的粽叶又宽又长，妈妈按老家的习惯包了很多菱角形粽子，和村民包的不一样比较秀气，引来好多娭毑都来参观，连连称赞这个城里人能干！我喜欢过端午节，最喜欢煮粽子时飘出的那股粽叶的清香，当地村民过端午节除包粽子外，还要蒸新麦馒头，由于他们平时很少吃馒头都做不好。我妈妈是河南商城人做得一手好面食，端午节被请到村东头村西头好多家去蒸馒头。兰家门的人可高兴了，好多家都"吃到了馆子里都买不到的好馒头"。因爸爸有言在先,保姆驰家我妈没去,看着她家的没发起来的馒头,妈妈心里总觉得有点歉意。

春去秋来,我家后院菜地种的黄瓜、豆角、西红柿已罢园,菜地要深翻种其他蔬菜。农谚说:"季节不等人,一刻值千金。"妈妈知道爸爸在公社忙指望不上,自己扯完枯藤拿着把铁锹准备翻地,对门保姆驰看见了说:"老陈啊,你这样翻不行,明天让我家老头子帮你整一下吧。"第二天中午收工回来,一吃过中饭,他家老头拿了把有两个齿的角锄,顶着大太阳来我家翻地。到底是干活的把式,没多大工夫两块地就快翻完了,妈妈凉上绿豆汤准备表示谢意,爸爸不知何时回到了家,看到"富农"在我家菜地挥汗劳作,很不高兴地沉着脸说:"谁要你来的,不干了回去吧。""富农"像犯了什么错误似的,二话不说拿起角锄就走了。妈

2009年,我和母亲在解放公园

妈非常过意不去，觉得爸爸太不近人情，爸爸认为你和谁来往都行不要跟富农坏分子搅在一起。"哪来那么多坏人，他爹是'富农'分子他又不是，照你这么分，你我出身不好也不是什么好人，所以才会放到兰家门这坏人窝里来"，妈妈气不打一处出，"你知道他家富农帽子是怎么戴的吗？会计的妈告诉我，村东头的兰赖子家过去殷实得很，他吃喝嫖赌家败光了，临解放卖田卖地，保姆驰公公买了他家几亩地，新中国成立后划了个富农，兰赖子倒成了个贫农"。见爸爸没作声，妈妈表明自己的态度，"我们是低头不见抬头见的邻居，没有必要把别人看成瘟神"。妈妈后来告诉爸爸，村里经常来工作组，进村就说阶级斗争一抓就灵，每次就把"富农"和"翻译官"批斗一番，工作组一走，村里人该叫爷的还是叫爷，该叫叔的还是叫叔，小队长有事还征求"富农"大叔的意见，不像城里人，不是

2015年4月，我和姐姐在阿尔卑斯山脚下

全家福,摄于 1996 年

父母在旅游途中

检举,就是揭发,落井下石,六亲不认。

  秋季生产队陆续给我家分了上千斤的苕,是来年的口粮,堆在那里像个小山,妈妈发愁这怎么办。保嫉驰手把手告诉她怎么储存苕,什么品种的做苕粉,什么品种的做苕丝苕片,不然开春了没口粮吃。她总是对我妈说:你们不会一辈子在兰家门的,要把眼前的日子过下去,你们会回去的。保嫉驰只是一个普通农妇,没有先知先觉,几句安慰的话,让人觉得生活有盼头。1971年11月,我们真的随父母离开了崇阳县兰家门,到了蒲圻县蓼坪茶厂五七干校,虽然父母还要接受思想改造,干各种农活,但毕竟有了食堂,不用自己挑水种菜了,我们也恢复了商品粮,一切似乎都在向好的方向发展。

  1972年7月我们回到武汉。父亲原分配到武昌文化馆,但文化馆一时解决不了住房,就去了能解决住房的关山中学。他不愿意教书,选择了做没有意识形态之争的水电工(成了关山中学拿"高工资"的水电工),妈妈在学校幼儿园工作。父亲买来书籍学习水电工技能,他还和木工师傅学做木工活,我1974年高中毕业当知青带下去的箱子、他自己的书桌都是那时候学做的,他似乎很有成就感,我感觉那时的他更愿意实实在在做点有技术的事,而不愿意和说不清的事谈不拢的人纠缠。在关山中学稍稍平静的几年里,他和母亲年年都拿回先进工作者的奖状。1978年父亲归队回到市文联,在《武汉文艺》任编辑、小说组组长,1980年《武汉文艺》改刊名,经他提议改刊名为《芳草》,得到领导批准使用至今。在粉碎"四人帮"归队后,他以极大的热情投入工作,在看不完的稿件中注意和发现文学新人,俞杉(发表了《女大学生宿舍》)、王振武(发表了《最后一篓新茶》)等不少年轻的作家及文学新人都得到过他的帮助。在重新工作期间他激发出极大的创作热情,自己也发表了几十万字的文章,光荣地加入了中国共产党,完成了自己历经风雨痴心不改的追求(我的伯伯易原毅和叔叔易原绥选择加入了民建党)。我们国家职称评定工作冻结20多年,1988年父亲从市文联离休前才获得了国家一级专业技术(编审)职称。父亲易原符于2004年去世,母亲陈敦惠也于2013年离开我们。40多年过去了,几段随父母下放崇阳的往事从记忆中渗出,我已年过了花甲,从湖北大学职业技术学院退休5年了。几十年来我深深感到个人的命运和国家的命运紧紧相连。我们经历了风雨飘摇的蹉跎岁月,也赶上了中华民族复兴走向全面小康的新时代。天佑中华,让每个人过上有尊严的生活,愿我们的祖国更加强大更加繁荣昌盛!

易晓云:父亲易原符,母亲陈敦惠,姐姐易晓文,哥哥易晓武,弟弟易晓全。1958年搬进文联大院三栋二门三楼右边套间。

我的父亲刘传蘅

刘　方

父亲刘传蘅(1908—1986),昆剧艺术家

1981年10月,父亲刘传蘅在昆剧《花鼓女》中的剧照

我的父亲刘传蘅

刘 方

我的父亲刘传蘅（1908—1986），江苏苏州人。民国十年入昆剧传习所。师承尤彩云，工五旦、六旦，以演配角戏为主。后因倒嗓改攻武戏，改演四旦。曾从王益芳、林树堂、夏月恒等京剧名家学艺，练就了一身跌扑功夫与"攮刺"绝技，名声大振，成为"传"字辈中独一无二的刺杀旦。代表性剧目有《渔家乐·刺梁》（饰邬飞霞）、《铁冠图·刺虎》（饰费贞娥）、《翠屏山·杀山》（饰潘巧云）、《水浒记·杀惜》（饰阎婆惜）、《义侠记·杀嫂》（饰潘金莲）、《白蛇传·盗库、盗草、水斗》（饰小青）、《蝴蝶梦·劈棺》（饰田氏）、《西游记·借扇》（饰铁扇公主）等。

1951年4月17日，父亲曾在苏州参与中华人民共和国成立后首次"昆剧观摩演出"。同年8月，武汉市委市政府考虑到文化事业发展的需要，由著名电影导演、表演艺术家崔嵬同志将父亲作为艺术人才从苏州引入武汉，参加中南人民艺术剧院工作。以后长期在武汉歌舞剧院，致力于中国民族舞蹈的教育和编导工作。多年来，父亲探索将昆剧传统表演艺术的精华与民族舞蹈相融合，取得可喜的成果。在对演员日常基训中所编排的女子古典舞身段组合（包括花旦云帚、团扇、趟马等表演程序），以及与新文艺工作者合作编导的大型古典民族舞剧《槐荫记》（中华人民共和国成立10周年献礼），开创了湖北戏曲与舞蹈相结合之先河，填补了武汉地区舞剧的空白。

1959年，父亲刘传蘅参与编导的戏剧与舞蹈结合的大型民族古典舞剧《槐荫记》剧照（主演刘凤、冼原）

父亲刘传蘅在广西教学（团扇组合）

父亲刘传蘅教学（云帚）

父亲刘传蘅教学

著名舞蹈家吴晓邦（前排右二）来汉时与父亲刘传蘅（前排左二）及同仁合影

1963年，由香港鸿图影业公司和珠江电影制片厂联合摄制的彩色越剧艺术片《毛子佩闯宫》，为武汉越剧团久演不衰之名剧。该剧由斯蒙导演、何厚安编曲，父亲刘传蘅任戏剧艺术指导。金雅楼饰毛子佩，华倩饰薛梅，筱宝奎饰张书昭，筱灵凤饰正德帝，筱湘麟饰毛龙。

1985年，父亲的学生萧玉珍在学习昆曲中国古典舞蹈身段组合的基础上编演新作，并举办了独舞晚会，演出的节目有《思凡》（云帚组合）、《村姑》（花旦身段组合）、《荷娘》（团扇组合）、《挡马》、《黄四姐》、《昭君出塞》等。在表演上既展现了古老昆曲的技艺，又不拘泥于传统戏曲的表现程式，既借鉴而又大胆创新。引起了各地舞蹈界的重视，曾先后应邀至广东、广西、江苏等省市讲学。

父亲于1958年12月加入中国共产党。由于工作成绩卓著，多次被评为省市先进工作者，1960年曾出席湖北省和全国文教群英会。历任武汉市文联副主席、中国舞蹈家协会湖北省分会主席、名誉主席、武汉歌舞剧院艺术顾问等职。1981

年11月，他返回故乡，参加昆剧传习所成立60周年纪念活动，获纪念匾。1982年3月，应邀赴宁为江苏省昆剧院武旦吴美玉等传授《红线盗盒》。在授戏前，父亲已做了充分的准备，不仅对脚本的枝蔓做了删节，使情节更集中，还选换了一些与剧中人性格、年龄相适应的曲牌，尤其是将主角红线原使用的"双剑"改为"双刺"，以便将王益芳师所授"攮刺"绝技更好地传于后代，并应用于当今昆剧舞台。同年5月，他荣获"两省一市昆剧会演"大会颁发的荣誉奖状。

1986年2月10日，父亲因心肺病在武汉逝世，终年79岁。

2001年5月，联合国教科文组织宣布，中国昆曲为首批"人类口述和非物质文化遗产代表作"。中国昆曲博物馆已将我父亲刘传蘅作品及其生前遗物列为馆藏作品。

1964年著名舞蹈家刀美兰（右一）来武汉观摩大型舞蹈史诗《东方红》后，到剧院与父亲刘传蘅（前排左三）等合影

父亲刘传蘅（前排左四）与文艺界领导莎莱（前排左五）、骆文（前排左六）及同仁合影

1981年11月，16位健在的"传"字辈老艺人在苏州"昆曲传习所"旧址合影
前排自左至右：姚传芗、张传芳、邵传镛、王传淞、郑传鉴、倪传钺、刘传蘅、方传芸、王传蕖
后排自左至右：薛传纲、周传瑛、沈传芷、周传沧、沈传锟、包传铎、吕传洪

1979年,在文联大院一栋二门口拍摄的全家福
前排右起:父亲刘传蘅,母亲施巧珍;
后排右起:兄长刘家龙与嫂子,中间为妹妹刘红(小名玲玲),左为刘方(小名凤凤)与丈夫

1960年,兄妹三人合影

2014年,兄妹三人合影

刘方：刘传蘅之女。原住文联大院一栋二门一楼东边。

文人相亲
——父亲李蕤和碧野伯伯的世纪友情

宋致新

1996年2月，碧野（左一）80寿辰时，与前来祝寿的父亲李蕤在家中合影

文人相亲

——父亲李蕤和碧野伯伯的世纪友情

宋致新

一

从20世纪60年代起，碧野伯伯家和我们家有七八年同住在花桥文联大院的三栋红楼里，成为近邻。

50年代，碧野伯伯作为中国作协的驻会作家，两次到新疆深入生活，直到1960年初才因夫人杨静阿姨有病，把家搬回北京。这时恰逢湖北省委宣传部长曾惇来京开会，希望中国作协能派作家到湖北去，写一写正在上马的丹江口水利枢纽工程，中国作协决定派碧野去湖北。由于他要长期在丹江口体验生活，就把家安在了武汉，住进了文联大院。

他们一家人搬到文联大院后，住在一栋一门一楼的套间，那时我的父母双双被错划为"右派"，父亲下放到东西湖农场劳动，母亲留在大院养猪种菜。一天，我听父亲悄悄地对母亲说："碧野回来了。"母亲没有吭声。我当时哪里知道，父亲和碧野伯伯竟是20年前的老友！

后来据碧野回忆：

……1960年秋，我也调到武汉，当时我在文联里找不到李蕤，一打听，才知道他已被打成"右派"，下放到东西湖劳动去了。他的爱人宋秀玉也受到牵连，在文联大院内养猪、种菜，我听说后十分震惊。有一次，我看见一个小个子的女同志挑着一担猪食，看上去很像宋秀玉，她走过我的身边，唱了一句《黄水谣》中的歌词："妻离子散天各一方。"我一听,立刻就明白了。

(碧野《无尽的怀念》)

不久,父母先后"摘帽",落实了有关政策。1961年10月,陶铸主持召开中南局高级知识分子座谈会,传达周恩来总理讲话,对一度出现的浮夸风和"左"的倾向进行纠正。我父亲和碧野、裘法祖、陈伯华等一起参加了这次会议。在会上,陶铸对大家行了"脱帽礼",与会代表非常振奋。碧野伯伯和我父亲在会议上,"两人住一间房间,白天开会,晚上在一起谈心,仿佛有说不完的知心话,有时谈到夜阑还没有入睡"。(碧野《无尽的怀念》)

"文革"期间,父亲和碧野伯伯不在一个单位,父亲在武汉市文联,碧野伯伯在湖北省文联,各人都吃了很多苦头,挨批斗、关牛棚、下放劳动,遭遇大同小异,就不必多说了。

新时期,父亲的冤案得到彻底昭雪。那时父母已搬到汉口鄂城墩,而碧野伯伯的家搬到武昌水果湖,两家虽然离得远了,但来往却更密切了。1985年,武汉市文联组织了全国性的"黄鹤楼笔会",碧野伯伯参加了笔会,在会上吟诗作文;1991年9月,武汉市文联为我父亲庆贺80寿诞,碧野和吉学沛等父亲的好友专程前来祝寿。

到了20世纪90年代,他们年纪都大了,外出串门已不方便,但还是经常互通电话,一聊就是半小时,"从思想、创作,到生活小事,无所不谈"。碧野伯伯是多产作家,每当他出版了一本新书,总是在扉页上写着"李蕤兄,映雪嫂惠正",钤上鲜红的印章,寄送给我的父母。他送给我父母的著作,在父亲的书架上被专门摆成一列。

《碧野文集》(四卷本),长江文艺出版社,1993年版

新时期,碧野新书出版后赠送给我父亲的作品集

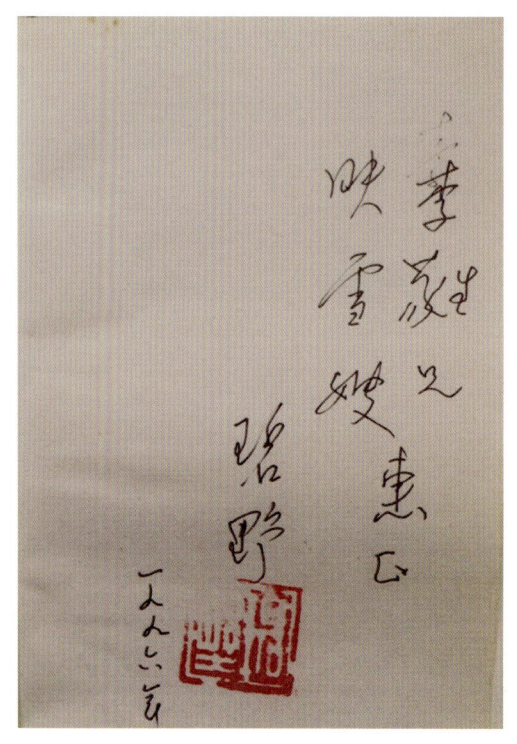

1996年,《碧野散文选集》扉页上,
碧野的题赠和钤印

    1982年,我大学毕业后,分配到湖北省社会科学院文学所,从事现当代文学研究工作,与文学界前辈们的接触多了起来。1986年4月我的父母赴济南参加臧克家诗歌研讨会,我也是这个会议的代表。一路上,碧野伯伯和杨静阿姨与我们同行。在济南,我们受到臧克家伯伯、郑曼阿姨的热情接待。诗歌研讨会结束后,我们又和碧野伯伯、杨静阿姨,以及于黑丁伯伯、李根红叔叔等到青岛,共登泰山,随后又到崂山。一路上大家心情舒畅,谈笑风生。而我和这么多文坛前辈同行,竟没有多听听他们谈话,多照几张照片,至今引为憾事。

1986年4月29日,碧野与我父亲李蕤参加臧克家学术研讨会后游历崂山,在崂山风景区合影(宋致新摄)
左起:张金三、碧野、杨静、宋秀玉、讲解员、李蕤、青岛市文联秘书长张健

1991年9月,武汉市文联为父亲李蕤庆贺80寿诞,碧野和吉学沛前来祝贺。在座的还有我母亲,及武克仁、刘烈城、易原符、索峰光、楚奇等老同事

忘不了1996年元宵节，是碧野伯伯80岁的寿辰。前一天，父母早已买好了花篮，准备过江到碧野伯伯家中为他祝寿。我因有一位同事，同一天过60大寿，便只送父母到碧野伯伯家中，替父母、碧野伯伯和吉学沛叔叔等照了几张合影后，匆匆离去，赴同事的寿宴去了。那一年，我父亲已是85岁高龄，母亲也是83岁高龄，我没有为前辈们难得的团聚而尽力，如今想来，是多么不懂事呀！

1998年1月14日，我父亲在东湖疗养院突发心肌梗塞，遽然离世，全家人万分悲痛。1月18日，父亲的追悼会在汉口殡仪馆举行，那天气候严寒，飘着雪花，没有想到的是，82岁的碧野伯伯，竟冒着严寒，拄着手杖，从武昌乘车赶到汉口殡仪馆来为老友送行！

1999年1月14日，《李蕤文集》首发式在汉口举行，碧野老又前来参加，并作了发言。他还为我父亲写了《无尽的怀念》的悼念文章，发表在1998年5月19日的《文艺报》和1998年第6期的《长江文艺》上。在这篇祭文中，碧野伯伯追述了他和我父亲60多年的友谊，直到这时，我才了解到他们之间的友谊多么深厚！

1998年1月18日，82岁高龄的碧野伯伯冒着严寒前来参加我父亲李蕤的追悼会

1999年1月14日，碧野在《李蕤文集》首发式上发言

二

碧野伯伯是全国著名的散文家、小说家，一生著作达千万字，在文学上成就斐然，被湖北文坛誉为"三老之一"。自21世纪初，由于本职工作需要，我成为碧野伯伯的研究者，承担了研究碧野生平和创作的课题。

2004年，我曾和同窗好友李辉烈多次到水果湖碧野伯伯家去采访，听他讲述抗战时期的历史。那时碧野伯伯视力已经很弱，行走起来拄着拐杖，迈着小碎步，但记忆力却异常清晰。他对我们讲述了抗战初期的忻口抗战、中条山抗战，以及在洛阳《阵中日报》经历过的许多陈年旧事。

通过对碧野生平创作的研究，我了解到，碧野从1935年在北平时，就经谷牧、魏伯等介绍，参加了北方"左联"，他的处女作《窑工》，就是在北方左联的机关刊物《泡沫》上发表的。当时，我父亲虽身在河南，也通过在北大读书的同乡好友魏伯和洛阳师范的教师孙席珍介绍，参加了北方"左联"，成为一名孤悬中原的"散兵"。父亲也在北方"左联"的刊物《浪花》《今日文学》上发表《掘坑兵》《在子弹房里》等文章。我父亲和碧野伯伯同在"左联"的旗帜下，结下了相识相知的因缘。

1937年7月，全面抗战爆发后，魏伯、碧野等随着平津学生南下，到了陇海线上的郑州。碧野和田涛这两个热血青年准备搭乘平汉铁路的火车，到华北前线去。他们路过郑州时，我父亲正在郑州《大刚报》当记者，碧野通过魏伯的关系找到了我父亲，两人很快就成为朋友。

不久，碧野和田涛参加了冀察游击队，在滹沱河和太行山一带打游击，写下

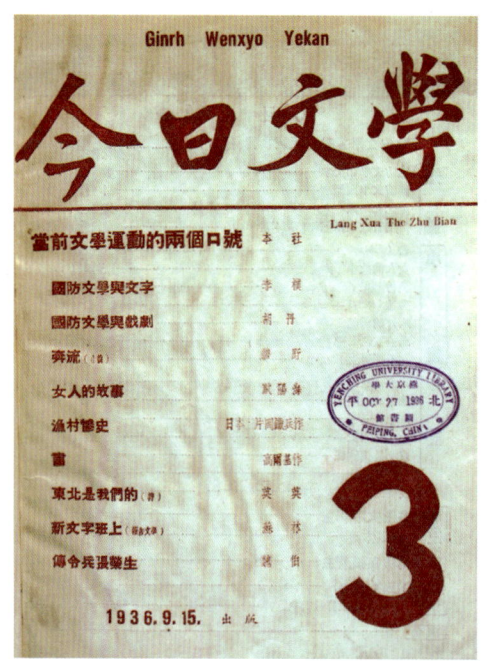

1936年9月15日，北方"左联"机关刊物《今日文学》封面

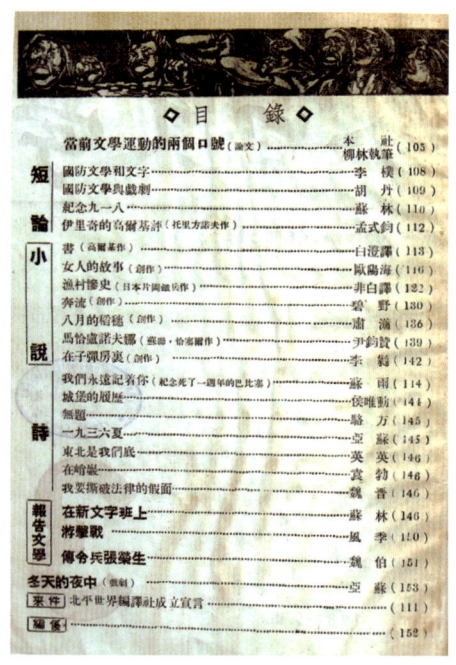

1936年9月《今日文学》目录中，有碧野的《奔流》，我父亲李蕤的《在子弹房里》和魏伯的《传令兵张荣生》，三人在同一期刊物发表作品

了纪实文学《滹沱河夜战》等作品。1938年2月，碧野在"保卫大武汉"的声浪中来到武汉，在武昌"两湖学舍"安下身来，不久，田涛、于黑丁、曾克、姚雪垠、李辉英和我父母等都先后来过"两湖学舍"，这里成了青年作家的天下。碧野在武汉连续出版了《北方的原野》《太行山边》《在北线》三个报告文学集，被茅盾称之为"从前方带回来的礼物"，"显示了作者的才能"，文学大师的奖掖使年轻的碧野一举成名。

《阵中日报·军人魂》报头。1939年至1940年，碧野伯伯和我父亲曾共同在这个文艺副刊上耕耘

1938年10月，武汉沦陷，碧野又受到魏伯的邀请，随他到了晋南中条山区，随军采访。1939年，碧野受洛阳《阵中日报》的聘请，到文艺副刊《军人魂》任编辑。洛阳当时是卫立煌为司令长官的第一战区所在地，而燕京大学学生、中共地下党员赵荣声正是卫立煌的机要秘书。赵荣声通过好友魏伯，把碧野介绍到报社，就是为了增加报社的进步力量。同年9月，碧野又把在老家赋闲的我父亲介绍到《阵中日报》，作国际新闻编辑。

从1939年秋到1940年秋，碧野和我父亲这两位早年"左联"的文化人，同心协力，把副刊《军人魂》办成了一块坚持抗战、进步和团结的文化阵地。以至于社会读者把《阵中日报》称之为"半拉报",即认为报纸社论和新闻是国民党中央社写的,而文艺副刊则反映了广大民众抗战的呼声。"军人魂"还通过"作家通讯"等形式广泛联系散落在各地的进步作家,向他们组稿,把"军人魂"这一块小小的副刊办成了名家荟萃、佳作迭出的生气勃勃的文艺园地。

抗战初期国共合作形势很好,但自1939年初以来,国共摩擦加深了。1940年春,碧野得到国民党顽固派又要逮捕他的消息(此前他已被捕过一次),他把这个消息告诉我父亲,劝他和自己一块逃走。当时我父亲刚接到萧乾的信,萧乾因为要到英国剑桥大学留学,推荐我父亲到香港替他主编《大公报》的"文艺"副刊,可是我父亲因为一家老小都在洛阳,不愿离开,香港《大公报·文艺》即由杨刚接任。后来,碧野得到一个机会,乘坐第一战区苏联军事顾问部翻译的卡车,逃离洛阳,到老河口李宗仁为司令长官的第五战区,与臧克家、姚雪垠、田涛等进步文化人一起工作。碧野逃走后不久,1940年秋,我的父亲也被国民党三青团抓进了"劳动营"。

1940年夏,碧野、姚雪垠、臧克家、田涛在老河口第五战区合影

1948年春,碧野和荒芜等一起,从北平奔赴晋冀鲁豫解放区,进北方大学艺术学院;同年秋,我父亲也从北平回到故乡,带着全家人从老家荥阳奔赴豫西解放区,进入中原大学,成为新中国的一代文化人。

1949年7月,全国第一次文代会在北平召开,我父亲和碧野在文代会上又见面了。从1937年相识,到1949年重逢,已经有12年时光,在天翻地覆的社会巨变中,两个老友能走到一起,实在令人兴奋不已。碧野为我父亲题词:"十几年深挚的友情,再加上高度的革命同志的友爱,这是我俩今天的关系,希望在毛泽东文艺道路上,我们并肩前进。给李蕤同志。"

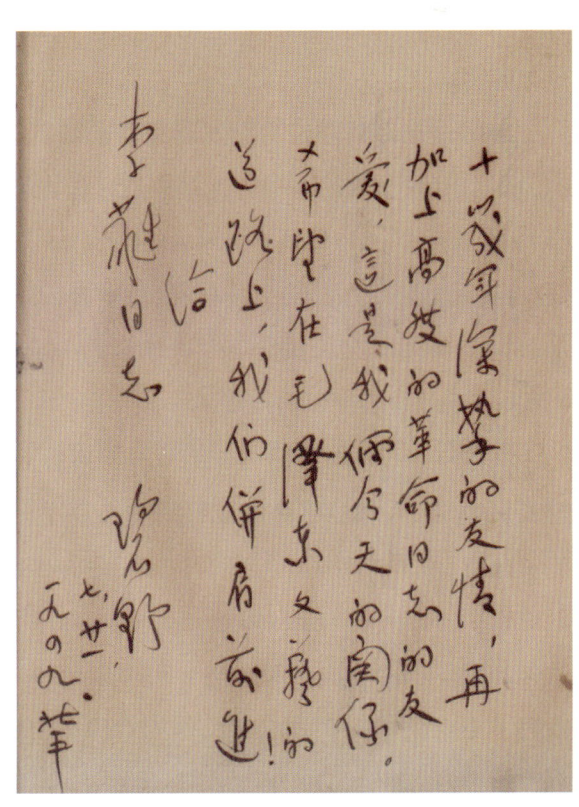

1949年7月21日,碧野在全国第一次文代会上为我父亲李蕤题词

这以后，碧野成为中国作协的驻会作家，两次下新疆，写了大量反映新疆建设成就的文学作品，我父亲则留在河南，创建河南省文联，参加巴金率领的"赴朝创作组"，以后又调到武汉，任中南作协第一副主席、《长江文艺》副主编（主席、主编均为于黑丁）。

三

2005年，我从单位退休，2007年，因为要照顾年迈的母亲，便随大哥一起到了北京，经历了长达7年的北京生活。2008年，我听到碧野伯伯在汉去世的消息，感到既悲痛又惭愧。由于家务繁忙、文坛风气变化及出版资金困难等原因，我对碧野伯伯的研究课题虽已写了大部，还没有最后完成。相信终有一天，我会实现这个愿望。

2016年是碧野伯伯的百岁诞辰。我编著的《国统区抗战文学钩沉》（上下册，武汉出版社出版）一书，就是在这一年出版的。书中汇辑了碧野伯伯和我父亲1939年秋至1940年秋在《阵中日报》办"军人魂"副刊时所发表的百余篇反映抗战的通讯报道、散文及小说、诗歌等，并对其时代背景加以说明，对其内容加以评点。这本书，反映了国共合作时期一段鲜为人知的历史，被评论家认为是"填补了现代文学史和抗战史的一段空白"。

《南怀花》，是碧野伯伯在抗战时期耗费大量心血所写的一部反映忻口战役的长篇小说，可惜后来在动荡时局中散佚了。我在整理《阵中日报·军人魂》的资料时，发现"南怀花"是忻口战役中一个重要战场"南怀化"的别称，碧野伯伯曾在《军人魂》上发表过《南怀花》的几个章节。我就根据这些片段，大致勾勒出了长篇小说《南怀花》的轮廓。2016年，我在《长江丛刊》第7期上发表了《碧野与南怀花》一文，作为对碧野伯伯的纪念。

2004年夏,我到碧野伯伯家采访时与他合影(李辉烈摄)

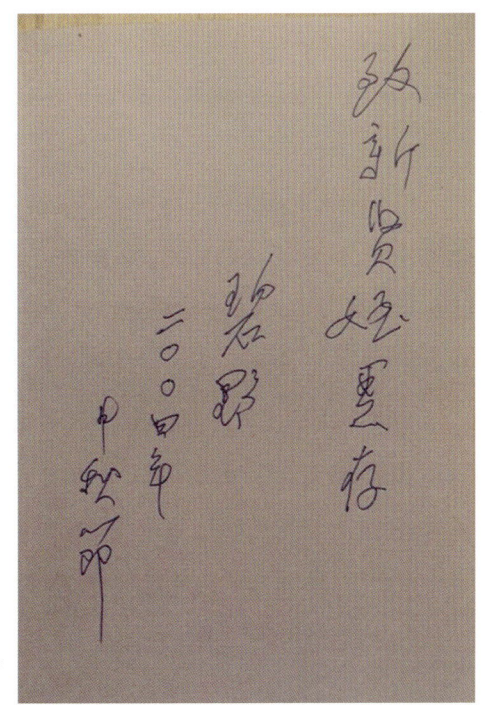

2004年中秋节,碧野伯伯赠我新出版的《晴光集》,在扉页上题字

2004年秋，碧野伯伯的特写照片（王金忠摄）

我父亲曾写过一篇散文，叫《文人相亲》，大意是古代有"文人相轻"的说法，可是真正志同道合的文人是相亲的。父亲和碧野伯伯60多年的友谊，是对"文人相亲"的最好诠释。碧野伯伯在《无尽的怀念》一文中也写道：

我这一生走南闯北，结识了不少朋友，但相比之下，李蕤在我心目中是分量很重的一个，他既是我的朋友，又堪称我的老师，因此我称他为"师友"。尤其使我不能忘怀的是我们在洛阳共事的那段日子，那时我还很年青，不成熟，周围的环境又十分险恶，而他在政治上已经比较成熟，对我又十分关心，可以说，他是对我一生的生活道路都起了作用的人。我记得，在洛阳时，有一个冬天的夜晚，我俩沿着近郊的城墙散步，当时路上积雪未化，一轮寒月当空，天地之间变得明澈皎洁，我们走着、谈着，他曾对我讲过的一席话，至今还清楚地留在我的脑际。他关心我、爱护我，告诫我要警惕，同时又让我坚定信心。当时我感到世界很晶莹，和我们的心情差不多。一个人在关键时刻有个过心的好朋友指点一下，是会终生难忘的。

……

美留人间
——忆父亲卢柏森

卢 琳

父亲卢柏森（1936—1997）

美留人间——忆父亲卢柏森

卢 琳

父亲对待绘画是一种自然的点点滴滴的喜欢，不带任何附加条件和功利目的，是发自内心的热爱。这种爱是一种人与人、人与大自然的亲和力，它创造了生活中的美。

父亲留给我最深刻的印象是他的勤奋和吃苦耐劳。凭着对绘画艺术的挚爱，无论是严寒还是酷暑，他都会带着学生一起，背上沉重的画箱，跋涉千里，上高原、下工地、访渔村，深入山区和乡村进行写生和创作，他更多的是到普通的人群、鲜活的大自然和朴素、真实的情感之中去寻找灵感。往往一出去就是一个多月，回来时人又黑又瘦，全身晒脱一层皮那是常事，而背回的却是一整箱浸透汗

1989年，《水上人家》，110cm×85cm（布上油画）

1996年,《湖乡系列》,80cm×60cm（布上油画）

水的画作。也正是他这种亲近自然、贴近生活、不畏劳苦的工作方式,使他创作出一幅幅散发独特魅力、充满时代气息和生活情趣,并被人们广泛接受和喜爱的绘画作品,同时也赢得了同行和学生们的钦佩。

他在总结自己艺术创作时写道:"每一个有成就的艺术家都必须对生活有其独到的见解,也必须从十分熟悉的生活中去挖掘,艺术创作不可能是一朵飘浮不定的云,缺乏生活、脱离现实的作品必然是苍白无力的,艺术家只有永远热爱生活,艺术才会青山不老,绿水长流。"

父亲18岁考入中南美专,学生时代创作的油画就获得"1956年湖北青年美展"铜奖,与当时在该校任教的关山月、杨之光等教师同台领取奖牌。1959年,他因创作油画《建设中的武钢》获得很高的声誉,得到了湖北省美术界的高度评价和重视。同年受省委委派赴北京,为首都人民大会堂湖北厅主笔创作油画

《武汉长江大桥》。毕业后,他一直在武汉生活工作了40多年,在这片培育他成长的沃土上,他用那支饱蘸绚丽色彩的画笔,勾勒出《江南水乡》《高原牧歌》《洪湖秋色》《黄金海岸》和故乡东莞的《渔港之春》《龙舟大赛》,如诗梦幻般的画面表达了父亲对祖国和故乡的挚爱之情。

进入20世纪90年代后,父亲的油画艺术步入成熟期。他潜心画艺,陆续创作了《南巡第一站》《巍巍大别山》《水上人家》《飞架》《起步》《西陵烟雨》《香溪》等30余幅作品。作品连年入选全国第六、七、八届美术大展。先后在北京、南京、武汉等地展出。他曾两次应邀赴马来西亚举办他的个人画展,受到了该国的艺术界、政界、商界的广泛关注。由于传媒影响,印尼的国会议员和美术界同仁专程赶至庆贺,与其探讨艺术交流感悟。1997年春,沉睡在长江底的"中山舰"打捞出水,他不顾身体虚弱有病,两次去现场写生观察,抱病创作了《中山舰蒙难》,这是他生命之花最后的绽放。

1994年,《高原之子》,80cm×100cm(布上油画)

1992年,《江南水乡——泊》,80cm×65cm(布上油画)

1992年,《江南水乡——拱桥》,80cm×65cm(布上油画)

1996年,《牧童》,80cm×65cm(布上油画)

1985年,《葛洲坝工地写生》,70cm×53cm(布上油画)

1988年,《大坝合龙》,50cm×38cm(布上油画)

1985年,《大江之底》,70cm×53cm(布上油画)

1989年,《大江激流》,180cm×110cm(布上油画)

美是照亮他生命的太阳,美是他生命的依托!

父亲逝去已十多年了,不经意间再品味他的画作,仿佛又看到了他曾喷薄激情的岁月。他用毕生精力,创作的一幅幅斑斓的图画,如不死的精灵,舞成绝美的人生,这是他生命意义之所在。徐志摩曾说过,美是进入天堂的秘匙,我们双手空空地来到人间,当我们滑向坟墓时,金钱和功名像一缕轻烟散得无踪无影,唯有曾创造的、不经意酿成的美不死在人间。

父亲卢柏森,广东东莞人,中国美术家协会会员,1957年中南美专油画系毕业后留校研究。曾任武汉画院院长,武汉美术家协会副主席,国家一级美术师,武汉市艺术系列高级职称评委会评委,新加坡中华艺术宫艺术顾问。

1994年,被中国社会科学院中国现代文化学会授予"世界铜奖艺术家"荣誉。

父亲擅长人物画及风景画创作,长期以来勤勤恳恳、融合古今,坚持高层次的现实主义创作道路,艺术风格自成一格。他的画不但重视光色空间和质感的研究,同时善于处理自然及人物的神韵,展现时代风貌。对自然社会以及生活,他充满热情并从中吸取养料,使得他的不少作品皆显得气概纵横、充满活力。

作品《巍巍大别山》《水上人家》《飞架》入选全国第六、七、八届全国美展,后期有不少作品在香港及东南亚国家展出并被藏家收藏。

1997年病故。

卢琳:卢柏森之女。原住在文联大院二栋二门二楼。

远去的白帆
——怀念父亲陈牧

陈 榕

青年时期的父亲陈牧

晚年时期的父亲陈牧

全家福,父亲陈牧,母亲白萍,大哥陈枫,二哥陈松和我

远去的白帆
——怀念父亲陈牧

陈 榕

我的父亲陈牧，1924年6月出生于辽宁省海城县，为著名话剧表演艺术家、中国戏剧家协会会员、中国戏剧家协会湖北分会顾问，于1998年4月病逝，享年74岁。近20年的岁月阻隔，作为儿女也许已很难再记起他生前的点点滴滴，但他的人生和艺术风骨，却像一叶远去的白帆，久久荡漾在我们的记忆深处。

父亲出生时家境尚好，少年时就酷爱戏剧表演，1944年参加演剧团。他演出的第一部戏是《还我河山》，那是在1945年抗战胜利后，他怀着一腔热情，在舞台上揭露和控诉日本法西斯暴行；之后他又演出了《放下你的鞭子》《钢盔》《钦差大臣》《以身作则》《火烛小心》《沉渊》等进步话剧，这些不同角色的扮演让他积累了丰富的舞台经验。由此，他和戏剧结下了不解之缘。

1949年新中国成立后，原演剧团解散，父亲成为流浪艺人；之后于1950年进入北京人民艺术剧院，正式开始他的艺术人生。

1953年，父亲陈牧随解放军南下，并转入中南人民艺术剧院（后改为武汉话剧院）。他首次出演的话剧是苏联喜剧《锦绣花巾》，他在剧中扮演集体农庄的生产队长麻浦伦。麻浦伦是个小角色，演出中他力求准确地把握好人物的基调，将麻浦伦的心理特征表现得淋漓尽致，尤其在语言运用上，更是出神入化，真实鲜活，让这个小角色显示了丰富的人性内涵。他塑造的麻浦伦这个人物走进观众的心里，深受群众喜爱，《锦绣花巾》成为当年话剧院的保留剧目。之后，他先后饰演了《雷雨》中的周朴园、《渔人之家》中的父亲姚努兹、《叶尔绍夫兄弟》中的叶尔绍夫、《赤道战鼓》中的黑人青年姆旺卡、《第二个春天》中的刘自强、《江姐》中的华子良、《西安事变》中的杨虎城等50多部话剧中的主角或重要角色。他塑造的这些人物,具有鲜明的性格特征,无论是表演或台词,都饱蓄有一种苍劲、厚实的韵味,得天独厚的形象气质和嗓音条件,尤其是对艺术个性的追求,加上深厚的艺术表演功底,使他在人物特定时代背景和独特内心世界的把握上独具慧心,被人们誉为武汉话剧院"四大须生"之一。

1957年,父亲陈牧在话剧《玛申卡》中扮演奥卡耀莫克

1961年,父亲陈牧在曹禺的著名话剧《雷雨》中饰周朴园

1962年,父亲陈牧在话剧《渔人之家》中扮演老渔民姚努兹(左一)

1963年,父亲陈牧在话剧《江姐》中扮演华子良

1963年,父亲陈牧在话剧《叶尔绍夫兄弟》中扮演普尔车·叶尔绍夫

1965年,父亲陈牧在话剧《赤道战鼓》中扮演姆旺卡

"文化大革命"开始后,父亲被打成"右派",并被下放到湖北省嘉鱼县的五七干校劳动改造。那段艰难困苦的岁月,进一步加深了他对国家、对社会、对政治、对艺术的领悟与追求。

沧海横渡,浴火归来,1976年粉碎"四人帮"后,父亲终于摘掉了"右派"帽子,彻底平反。多舛的命运并没有磨平他艺术的锋芒,重返舞台后,他进入了艺术创造的巅峰时期。

1973年,父亲陈牧在话剧《第二个春天》中饰演刘自强　　1973年,父亲陈牧在话剧《江流》中扮演中央首长江流

1980年,父亲陈牧在话剧《报春花》中饰演李健

1982年,父亲陈牧在电影《R4之谜》中扮演公安局长(中)

《报春花》中大公无私、坚持党的正确路线的厂长李健,《公正舆论》中投机钻营、以原则作交易的报社社长克里斯蒂诺,《江流》中一个有着党性原则的高级领导干部,这些人物形象让观众记忆犹新。《九·一三事件》中,他创作并饰演的与林彪、"四人帮"作斗争的陈毅元帅的凛然形象,为拨乱反正时期的中国树立了一个正义的丰碑。

《魏征》是父亲出演的最后一部戏,在这部多幕话剧中,他扮演魏征,如何把握这样一个特定的历史人物,如何呈现他与帝王李世民之间的矛盾与斗争,有较大的难度。为演好这一人物,他埋头读史书、不辞辛劳地跑到华中师范大学历史系向教授们讨教,只为准确把握这两个人物既有和谐又有矛盾的戏剧冲突,最终在舞台上成功地塑造了一个有鲜明性格特征的人物形象,他以艺术家的魅力及精湛的表演征服了观众,给自己40多年的舞台生涯画上了圆满的句号。

1982年,父亲陈牧在话剧《魏征》中饰魏征(哈珊饰魏夫人)

由于在艺术上的深厚造诣，父亲在广播和影视领域也有众多的建树。他先后在省、市广播电台演播了大量文学作品、广播剧等；在电影《R4之谜》中出演公安局长，在电影《秦始皇》中出演秦始皇，在十八集电视连续剧《包公》中出演洪州知府，在电视剧《父亲》中出演毛主席的炊事员老王，在电视剧《白栅栏》中出演乔父，在电视剧《台湾黑猫旅社》中出演国民党高级将领等。众多栩栩如生的屏幕形象，至今留给人难以忘却的记忆。

生活中的父亲安于平易，淡泊名利。对社会，乐于奉献，常怀感恩之心；对艺术，不懈追求，终生不渝；对同事，真挚诚恳，谦逊友善；对家人和蔼慈祥，豁达乐观。父亲晚年患有阿尔茨海默症，于1998年4月病逝。

时光荏苒，沧海桑田。转瞬之间，父亲已离去近20年了，但他塑造的众多经典形象，他对新中国话剧艺术的贡献，已永远镌刻在属于他的时代！

话剧《全家福》演员合影
从左至右：前排：哈珊（饰妻子），陈牧（饰丈夫）；
后排：石琦（饰女儿），郭正，严青

陈榕：陈牧之女。原住文联大院一栋二单元二楼。

我们的音乐之家

冯　凯

青年时代的父亲冯仲华

我们的音乐之家

冯 凯

父亲冯仲华，1926年2月生，江苏灌云人，国家一级作曲家。1949年毕业于南京国立音乐院，1951年至1986年任武汉歌舞剧院及武汉爱乐乐团作曲人，并兼任剧院合唱队及歌舞团乐队指挥。系中国音乐家协会会员、武汉音乐家协会会员、湖北合唱协会艺术顾问、武汉音协合唱艺委会顾问。主要作品有：男声合唱《长江大桥，我们向你致敬》（本人词，曾发表于《长江歌声》，为歌舞团保留曲目）；男声独唱《丰收不忘广积粮》（一度是吴雁泽独唱会压轴曲目，曾录制唱片，1975年发表于《战地歌声》，1984年刊载于《武汉纪念建国35周年音乐作品选集》）广受欢迎；器乐曲《钢琴协奏曲"迎春"》获湖北文化厅创作奖及第一届琴台音乐会创作奖；歌剧《第二次握手》共演出50余场，获武汉市1980年音乐创作评比一等奖，其中独唱《眼睛是爱的信使》曾录成盒带发行（吴雁泽演唱）。合唱曲《终于盼来这一天》经中国合唱协会推荐，在1997年首都"迎回归，爱祖国"万人歌咏大会上，由秋里指挥专业合唱队及管弦乐队演唱，因其表达了国人百年的盼望之情，演唱中数次爆发了掌声。歌毕，在场的全体国家领导人与观众热烈鼓掌。次日《人民日报》头版刊登江泽民等国家领导人出席大会的报道，其中说道："《终于盼来这一天》等歌引出了人们的无限情思……"1983年至2003年，父亲冯仲华任武汉高校老年合唱团指挥的20年间，无偿地为该团创作及改编了大量合唱曲，并指挥排练演出数十场，所作《中华之魂》，由他率团在2001年中国（威海）老年合唱节参赛获金曲奖。2003年武汉音协等单位举办《冯仲华合唱作品音乐会》，由5位指挥（包括时年77岁的父亲），率5个合唱团，共演唱了16首作品，盛况空前，也是父亲后半生对我国合唱

父亲冯仲华在作曲　　　　　　　　　　父亲冯仲华与著名作曲家李井然切磋歌曲创作

事业长期作无私奉献的一次见证。2013年《冯仲华合唱作品集》正式出版，刊出其创作及中外名曲改编共29首，其中有6首是父亲85岁之后的作品。由于他多年来倾心为社会主义精神文明的建设作出不懈的努力和一定的贡献，因而荣获中国湖北省委高校工委和高校老协授予的"1990年度先进老人"的光荣称号；2007年荣获"湖北音协第二届湖北金编钟终生成就奖"；2013年（中国合唱百年）荣获中国合唱协会颁发的"中国合唱终身贡献奖"。

母亲汪培华，浙江杭州人。1931年3月出生，国家一级演奏员。1951年毕业于上海音乐学院，1951年至1986年任武汉歌舞剧院及武汉爱乐乐团独奏演员，钢琴演奏家及教育家。系中国音乐家协会会员、武汉音乐家协会顾问、武汉音协钢琴教育委员会会长。1956年代表湖北参加第一届全国音乐周并演奏《浔阳古调》获好评。20世纪50年代曾参加中南五省在广州举办的艺术节并获得钢琴演奏奖。任职期间曾演奏多首中外名曲及钢琴协奏曲《黄河》,均甚受欢迎。

1979年至1983年,母亲担任"吴雁泽独唱音乐会"的整场钢琴伴奏在全国巡演,因其技巧过硬、配合默契使音乐会增色不少,因而倍受赞誉,产生较大的社会影响。1972年起从事儿童钢琴教学以来,有不少学生先后考入国外的音乐学院及中央音乐学院、上海音乐学院、武汉音乐学院及华师大和江汉大学音乐学院等专业院校深造,其中一些学生已当了老师。1986年及1988年曾两度应邀组团率部分学生赴日本大分市访问演出,为两国人民友好及文化交流作了有益工作。1989年、1994年及1999年曾先后在武汉剧院举办了三届"汪培华学生演奏会"(前两届的曲目包括《黄河协奏曲》,由交响乐团协奏),反响强烈,1992年湖北电视台特为母亲录制由她主讲的《儿童钢琴讲座》电视教学片20讲,已由许多省市电视台播出,影响广泛。

我的姐姐冯晓华曾任武汉师范学院汉口分院艺术系(武汉江汉大学音乐学院的前身)主任及武汉市文联副秘书长和武汉音协驻会主席,至今仍热心从事儿童钢琴事业。这些成绩的取得,都与母亲从小给她打下了良好的钢琴基础有关。

鉴于母亲多年来在钢琴演奏及教学方面的卓越贡献,1981年,母亲被选为第四届全国文代会代表,1983年被选为第七届武汉市人民代表大会代表,1985年被选为第四次全国音代会代表,并于2009年荣获"湖北音协第三届湖北金编钟奖终身成就奖"。

冯凯:冯仲华、汪培华之子,在武汉爱乐乐团工作,是国家一级演奏员(小提琴)。原住老文联大院三栋二门三楼。

青年时代的母亲汪培华

母亲汪培华在进行钢琴演奏

1979年,母亲汪培华在吴雁泽独唱音乐会上做整场钢琴伴奏,并进行全国巡演

父母在家中弹琴演唱

姐姐冯晓华与父母合影

2009年,父母双双获得湖北音乐金编钟奖终身成就奖

冯凯与父母合影

冯凯（第二排中间）在音乐演奏会上

2018年11月20日，手捧鲜花的92岁的父亲冯仲华仍在指挥合唱

舞台一家人

莫晓梅

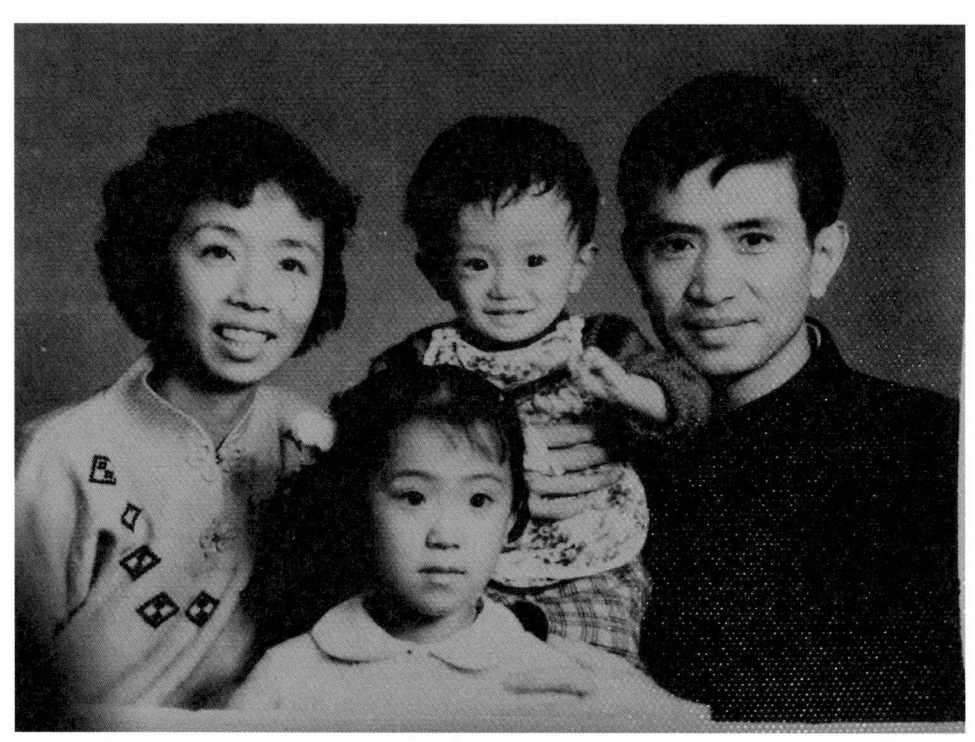

1961年全家福,父亲莫先铨,母亲林琳,我和弟弟莫光远

舞台一家人

莫晓梅

一 文联大院的青少年时代

我于20世纪50年代生于中国上海，住在上海四川北路山阴路口，后随父母迁到武汉，住在文联大院一栋。儿童和少年时代就读于武汉育才一小、武汉第四十中学。对儿时记忆颇深的便是住在武汉解放公园路文联大院里的那些日子。这所集文化和艺术大全的大院给我留下了许许多多对父母、家庭、父辈的朋友以及儿时伙伴们难以忘怀的美好记忆，也为我对文化艺术的挚爱奠定了基础。

我的父亲莫先铨（1924—2011），曾是上海电影制片厂译制片导演，后为武汉人民艺术剧院话剧导演；母亲林琳，曾是中国铁路文工团（北京）演员，后为武汉人民艺术剧院艺术室副研究员。

父亲一生都敬业于他所热爱的话剧事业，他从1941年至1949年期间在南京国立戏剧专科学校（简称"国立剧专"）导演系就学，从本科生到研究生读了8年书。抗战时期辗转到重庆、江安，抗战胜利后又迁回南京。

"国立剧专"是中国有史以来第一所戏剧专科院校，当时是戏剧专业的最高学府。1949年后，它与华北大学艺校、东北鲁艺学院合并，成为中央戏剧学院，迁至北京。父亲于1958年至1960年期间，又回到中央戏剧学院，在苏联专家列斯里的"导演训练班"（简称"导训班"）进修了两年。

1948年在南京,"国立剧专"青年学子的毕业合影。后排左四为谢晋,后排右三为父亲莫先铨

1958年由父亲莫先铨导演的大型话剧《关汉卿》节目单

我父亲在南京"国立剧专"读书的8年中，一直和著名电影导演谢晋是导演系的同学、室友和志同道合的最好朋友。谢晋导演比我父亲大3个月，从大学时代起，我父亲就称他为"谢兄"。抗战时期，我父亲和谢伯伯一起在学校里排演抗战活报剧，并走上街头宣传，成为当时在"剧专"校园内的一段佳话。他们年轻时都有一腔热血，发誓要让中国的戏剧、电影事业蓬勃发展起来。

1948年，他们毕业后回到上海（两家都住在上海），谢伯伯任导演，我父亲搞翻译片，当时上海最大的电影院"大光明"均是放映美国好莱坞电影，所以那时的翻译片工作量很大。而后，我父母亲响应号召，"为蓬勃发展全国的文艺工作"转辗来到武汉"中南文工团"（据说当年程云和莎莱亲自到上海找到我父亲并游说他来武汉），该团后改为"武汉人民艺术剧院"（简称"武汉人艺"），我母亲也由于父亲的关系，从北京来到了武汉。谢伯伯则一直在上海电影制片厂任副导演、导演，后来成为20世纪中国最著名的电影导演。

20世纪五六十年代，我父亲在"武汉人艺"执导了大量话剧，有：《关汉卿》《夜店》《失去的信》《莫斯科不相信眼泪》《年轻的一代》《战斗的青春》《最后一幕》《南海长城》《迎春花》《千万不要忘记》《夜海战歌》等等，被称为武汉人艺的"多产导演"及"四大导演"之一。

那一时期，也是谢晋伯伯在上海电影制片厂蓬勃发展的时期，他曾两次为拍电影选演员到武汉来，都是先找到我父亲，住在我家，与父亲叙旧。他第一次来，是住在武汉人艺的宿舍式的家里（当时的人艺还是歌舞剧院和话剧院合在一起），他在我父母家住了一个多星期，认识了我妈妈林琳。记得父亲说，谢导那次来武汉，白天和父亲一同去武汉人艺几百号人进餐的食堂吃饭。当时谢导要为电影《红色娘子军》中的吴琼花挑选演员，父亲便推荐了武汉人艺漂亮的年轻女演员吴杏华，谢导在食堂里见到了她之后，非常满意。可惜在上海电影制片厂准备抽调吴杏华时，遭到武汉人艺歌剧院的回绝，原因是武汉人艺歌剧院的主要演员谢芳，刚被崔嵬调到北京电影制片厂拍电影《青春之歌》（谢芳饰演林道静），而吴杏华这位主要演员就再也不能放走了。

谢导第二次来武汉时，就住在我们在文联大院的家里，这时我就认识了谢伯伯，他和我父亲个子一样高，很有风度，在我们小孩子的眼中非常慈祥。

"文化大革命"开始，文艺界几乎所有的老前辈都受到了冲击，谢伯伯和我父亲也不能幸免。在当时江青等一伙搞"文攻武卫""逼供信"的施压下，一位原先也是国立剧专的老同学，当时是中央戏剧学院的教授，经不住拷问胡乱交代，把谢伯伯和我父亲在大学时排演的抗战活报剧说成是反共活报剧，使我父亲和谢伯伯都深受牵连。从"文革"起，较长一段时间爸爸和谢伯伯联系较少。

"文革"后期，下放农村的父亲被调回到武汉，被分配到商业局的土产公司，在卖杂货时有人问他多少钱，他说："随便给吧。"别人听了替他担心："怎么能随便给呢？给少了怎么办？"他不在乎地说："毛把块的东西，少也少不了哪儿去，实在少了我补就是。"想到父亲失去了他所热衷的事业，心里是多么的寂寞和空虚啊！

随着时代的转变，我父亲又重新回到自己热爱的导演岗位上。那时我已成年，又常常看到父亲和谢伯伯的用竖着书写、从右到左的繁体字频频通信，且又称呼"谢兄"。爸爸和谢伯伯深厚友谊，是经过狂风暴雨的考验的。

中国的话剧，是一门新兴的艺术品种，它来自西方，20世纪初传入中国，30年代到60年代，是话剧最繁荣的时期；及至80年代，虽仍兴盛一时，但随着电影、电视的蓬勃发展，逐渐走向冷落。然而，可以说它至今仍然是演员们学习表演艺术的依据。

2007年，是中国话剧百年诞辰，有31台新创剧目在京登台亮相，32出经典剧目在全国巡演。这是一次对话剧的重新思考和激活。武汉人民艺术剧院一群老人重排名剧《夜店》，庆祝中国话剧百年华诞。父亲老将出马，担任了《夜店》的总导演。媒体报道说："闻太师扮演者马奕80岁，赛观音扮演者哈珊81岁，阿满扮演者石琦80岁，金不换扮演者王缓之78岁……总导演莫先铨83岁。"《夜

2007年，83岁高龄的父亲莫先铨执导庆祝话剧百年诞辰的剧目《夜店》

店》的成功上演，使得观众无不为之震撼。后来，这部话剧被定为中国话剧百年庆典巡回展演的优秀剧目之一，也是父亲导演的最后一部话剧。

父亲退休后，常常拟写一些关于文艺理论、中西方表演艺术、表演体系等方面的文章，还定期给"剧协"的刊物投稿，给"人艺"的青年演员们上表演课，发挥余热。

父亲和他的挚友谢晋导演一直是我尊敬和崇拜的长辈，我在美国有了孩子之后，常常会带孩子回国看望和拜访他们，2008年7月9日，我和女儿莫莉（14岁）途经上海回美国时，受父亲委托去看望谢伯伯，受到谢伯伯的热情接待。谢导递给莫莉和我他的名片，并让莫莉读读，说："看看谢爷爷是干什么的？"还问莫莉："你喜欢中国吗？愿不愿意以后来中国拍电影？"我的丈夫莫莉的爸爸是美国人，她生长在美国，当我问他莫莉的长相能否演中国姑娘时，谢伯伯说："当然可以，因为她有65%像中国人，中国话也说得不错，化上妆就像中国人了。"当莫莉说"我没有学过表演"时,谢伯伯说"不要紧,你还小,还可以学习,中文一定要学好"等。谢伯伯还说到他下次来美国时,争取来亚特兰大看我们。万没想到的是,在3个多月之后,谢伯伯和他的儿子谢衍先后去世,那一次见面竟是永别!

2008年7月9日,女儿莫莉和谢晋爷爷在上海合影

2010年春节,我和弟弟莫光远一同回中国看望年迈的父母双亲

不幸的是，父亲在执导《夜店》4年之后，于2011年12月12日，溘然长逝，享年87岁。为父亲送行的大都是话剧院的一些老演员，他们深情地为父亲写下送行文字，由年轻话剧演员认真朗诵。有人说："莫导演到天堂还会排戏的。"也是，父亲的毕生精力，都献给了他所热爱的话剧事业（见沈虹光《给莫导演送行》）。我母亲也于2015年5月25日与我们永别，享年84岁。我从小到大，从谢伯伯身上，从我父母亲和他的许多朋友同事们身上，看到了老文学艺术家们对文化艺术的真诚热爱，不懈追求，也看到了他们正直、善良、重友情的品德。

小时候父母给我起了个洋名叫莫卡曼，"文革"时，"造反派"给父亲写大字报说他"崇洋媚外"，据说有一幅漫画，上面画着父亲一手抱着一叠斯坦尼斯拉夫斯基教科书（他在中央戏剧学院"导训班"深造时，这些教科书使他受益匪浅），一手牵着我，我旁边写着"卡-儿-曼"，父母看到后诚惶诚恐，赶紧给我改名为：莫晓梅，意为"拂晓时绽放的梅花"。

由于我的父母辈和家人们在文化艺术界有诸多造诣，特别是父亲从我儿时起就对我进行"文学启蒙教育"，他常滔滔不绝地给我讲故事，什么欧美文学名著，莎士比亚12大巨作，中国文学四大名著等，我5岁时就开始听他津津有味地讲述"哈姆雷特"中的王子如何在梦中见到父王的灵魂，从而发展了这部世界文学巨作的全剧的精彩情节，还有《水浒》中好汉的故事，《红楼梦》中的金陵十二钗，以及中国文学、戏剧、京剧中的故事情节，这些文学艺术的熏陶奠定了我对文学艺术的热爱。

"文革"时期，学校也不太上课，学龄少年却无书可读，我只好如饥似渴地到处找书看。首先拿下父亲书橱里的《莎士比亚全集》，从我母亲所在的"人艺"图书数据室借书，或到文联大院里的发小（如作家碧野的儿子黄明、吉学沛的女儿敏敏）家里借书，连"文革"中收卖"废品"的小芬家的大缸，也是我的书籍来源；此外，我的表哥王俞（姑父是南京晓庄师范的元老王文奇），以及表哥的同学张文明都是帮我借书的热心人（那时的学龄少年想看书多么困难啊）。我几乎阅读了绝大多数世界和中国文学名著，无论是革命的还是封资修的都不曾放过。如，席勒的《阴谋与爱情》、巴尔扎克的《高老头》、托尔斯泰的《战争与和平》、大仲马的《基督山恩仇记》、普希金的《叶甫盖尼·奥列金》、荷马史诗《伊利亚特》、莎士比亚的《哈姆雷特》《罗密欧与朱丽叶》等12部剧作；《红楼梦》（看了三遍）、《水浒》《隋唐演义》《家》《春》《秋》等（当时都是"大毒草"），还有《钢铁是怎样炼成的》《林海雪原》《青春之歌》《野火春风斗古城》《战斗的青春》《铁道游击队》《苦菜花》《迎春花》《欧阳海之歌》等。我还经常去看各种大型文艺演出，从苏联歌剧《货郎与小姐》，到大型音乐舞蹈史诗《东方红》，革命样板戏芭蕾舞剧《白毛女》等，京剧、话剧、电影，不胜枚举。

使我记忆深刻的是，从小学起，我的同班同学中有一半以上都是"文联大院"的邻居，女生中有付平平、李洪、王筠、王阿洁、凤子、胡蓓、陈排江等，男生中有哈小姚、梁宏、龙石洋、孙昌明、刘自成等，还有我所尊敬的比我略年长的伙伴，如黄铮、黄明、王明明、张晴、师海云、冯晓华等，以及略小于我的凤凤（刘方）、王乔、敏敏、易晓云等。大家从童年到少年时代，不仅是学友和玩伴，也是多种文化艺术相互学习和影响的群体，这当然受益于大家同住一个"文联大院"，因为小伙伴的父母亲不是作家、戏剧家，就是音乐家、美术家、舞蹈家等。我们从小在一起读书、唱歌、跳舞、游泳、游戏、做体操，玩得无比开心。付平平的爸爸是歌舞剧院的导演，她很小就爱好舞蹈，有她这位好友，也促进了我和大院里的一些伙伴们对舞蹈的热爱。我们学习舞蹈，跳中国民族舞、芭蕾舞《白毛女》等。

进入中学后，我们几位都参加了学校宣传队，付平平当导演，排练演出了很多舞蹈节目，还参加中学生舞蹈比赛，上演了中学生版的舞剧《白毛女》，我饰演"窗花舞"的领舞等角，当年可是繁荣了学校的文艺宣传活动，比赛得了第一名，为学校争得了荣誉。那些早期的艺术实践活动，为付平平后来成为专业舞蹈编导，以及我们大家以后的艺术发展打下了基础。

文联大院发小合影
前排左起：师海云、我、张晴；后排左起：鲜子、王明明、黄铮、冯晓华

20世纪70年代，武汉第四十中文艺宣传队欢送战友入伍留影
中排右一：我；左四：付平平

随着"文革"的深入,我也经历过知青下放农村,回城转换过几个不同的工作,而后由工厂出资去华中工学院外语系学习,学成后在武汉电子科学院任情报室副主任、翻译和《电缆电视》杂志主编。

我在华中工学院外语系读书时,周末接外籍教授来文联大院家中做客,右边是弟弟莫光远

二　好一朵茉莉花

我于1987年告别中国，就读于默塞尔大学（Mercer University），学习传媒专业，毕业后进入商界，做业余的传媒工作，至今仍然居住在美国亚特兰大，后来成为我第二任也是现在的丈夫福特先生创立的"美国梅福特国际公司"（Mayford International, Inc.）的副总裁，再往后在美国"佐治亚进口贸易公司"等公司的国际部做经理直到现在。

到美国后，首先我看到美国的中小学的语文课本都有简易版的莎士比亚剧作《罗密欧与朱丽叶》，大学里英美文学的必修课更是全版的莎士比亚的《哈姆雷特》，我更加体会到我们儿时受父亲文化启蒙的重要性。他在"文革"那些年里，像保命一样的保全了12本全套《莎士比亚全集》。回想起在中国时，文化人都称呼莎士比亚为"莎翁"，而称我父亲为"莫翁"，不由得对父亲更为敬爱。

全家福，在美国亚特兰大家中合影
前排左为女儿莫莉，前排右为儿子王栋，后排左为丈夫 Skip Ford，后排右是我

受父母的文化艺术熏陶及儿时伙伴们在文艺方面的影响，我没有中断过对文化艺术的追求，总是念念不忘地要对中美文艺交流做点儿什么，由此，在我的业余时间，除了培养我的两个孩子的中国文化思想教育之外，还担当了文艺组织"中美综艺协会"的会长，"亚特兰大笔会"会员，真正成了中美文化艺术交流的使者。

我和父母对我在美国生长的孩子们也积极地传授中国的文化教育。首先我想说说我父亲喜欢对儿童讲故事的习性也带到了美国，表现在他对我儿子的教育上，他常常对外孙讲《汤姆·索亚历险记》(美国作家马克·吐温名著)、《老人与海》、《西游记》，还有寓言故事、唐诗、宋词等等，使我儿子从小就养成了爱读书的习惯，成为班级的读书典范。老师曾告诉我，"Donnie在等校车时都在看书"。儿子读书万卷的习性，对他大学毕业后顺利考上医学院都受益匪浅。

莫莉13岁时在芭蕾舞剧《白毛女》中扮演喜儿

我的女儿莫莉（Patricia Ford）更是受益于我们艺术之家的熏陶，从小喜爱文艺和舞蹈，她除了在校上学外，业余时间在亚特兰大专业舞蹈学校学习芭蕾舞、中国民族舞等多种舞蹈，曾经担演过不少芭蕾舞剧主角，如芭蕾舞《天鹅湖》《睡美人》《葛培莉娅》《白毛女》选段等，在亚特兰大侨界颇有名气。

莫莉14~15岁时在芭蕾舞剧《胡桃夹子》和《睡美人》中饰演女主角，左为老师魏东升

莫莉主演芭蕾舞剧剧照

2015年,莫莉在大学,前后3次请假同"亚专"一起赴中国参加了CCTV"出彩中国人"、《茉莉花》、《黄河》,以及《黄河儿女》演出,并获得了年度总冠军。

2016年6月18日,女儿参加了"美国小姐"旗下的"佐治亚小姐"的总决赛,经过数轮的选拔淘汰,最后胜出,获得"2016年佐治亚小姐"称号。

在CCTV舞台上,莫莉说:"能够当一个中国人真的是太骄傲了"

2016年6月18日。女儿莫莉获得2016年美国佐治亚州小姐桂冠

莫晓梅:父亲莫先铨,母亲林琳,弟弟莫光远。原住文联大院一栋一单元一楼。

我们的父母和文联大院的点滴往事

师海虹　师海云　师海鸣

20世纪70年代全家福,摄于武昌虹光照相馆

我们的父母和文联大院的点滴往事

师海虹　师海云　师海鸣

我们家在文联第三栋二门二楼靠西边的套房。通过西边的窗户，可以欣赏到夕阳在远方落下，黄孝河在广袤的田野中，弯弯曲曲流向远方。能见度好的时候，在天际线的尽头还可以看到长虫一样的火车，拉着白烟从左缓缓爬向右，又从右爬向左，是非常美丽的田园风光。不过好风景的代价，是夏天的西晒酷热和冬天的寒风刺骨。

我们家三个孩子在老文联大院的成长经历，有着上小学阶段的无忧无虑、充满美好幸福的记忆；也有后期"文革"的风风雨雨和胆战心惊，最后树倒猢狲散，各奔东西的凋敝惨景。如今每每路过故地，看当年的田园风光变成当今繁华的城市森林，旧貌难寻，只留下记忆如过眼烟云。若不是文联大院的娃娃们要出书，也不会想起动笔写写，这些记忆还真可能烟消云散，随风飘去。

我们家五口人，父亲师群，母亲陈为琼，大姐师海虹，二姐师海云，三弟师海鸣，父亲喜欢海，孩儿们名字都带海。

一　父亲师群

父亲跟我们很少谈论自己的往事以及工作上的事情，以下的记述少量是我们的记忆，多半是根据父亲去世后留下来的材料以及老领导老同事回忆文章整理出来的。我们也是通过这些材料更进一步认识我们的好父亲，敬仰他一生的革命艺术生涯，钦佩他坦荡正直的人格魅力。

1. 参加革命,以刻刀作武器

父亲师群,1921年7月1日出生在一个山东农民家庭,小时候上过私塾,后上小学。原名叫师顺章,参加革命后有许多笔名,师征、师群等。他自幼喜爱绘画,无师指导,就学着临画庙堂里的壁画、古典小说的绣像插图和戏曲人物等。也常给同学或乡亲画点"年画"或"燕窝"(一种挂在墙壁上放纸和文件的工具)之类。乡亲们都知道他是个能画画的青年。

1937年,卢沟桥事变,日寇大举入侵中华大地,并于12月占领了济南,老家章丘距济南一步之遥,处在危险区。面对日军到处烧杀掳掠的强盗行径,还在读书的父亲,凭着一腔爱国热情毅然回村组织了6名青年,手持棍棒,夜袭鬼子岗楼,遭到了日本鬼子和伪保长的追杀。捅了马蜂窝,村子和家是不能回了,只有离家出走,父亲于1938年春参加了共产党的抗日队伍——八路军,从此走上了他的革命生涯。

一群"土八路",正中间是父亲师群

202

1938年春末，父亲参加山东八路军游击第三支队三十七中队，是年冬调三支队宣传队。1939年调山东纵队宣传大队，1939年初作为第一批美术学员，到山东的鲁迅艺术学校美术系学习。1940年随部队到滨海军区政治部宣传科，1941年秋随部队机关转战滨海军区，先后在突进剧社、民兵剧社做演员兼美工。1943年秋调滨海军区宣传部（科）任干事和记者，有任务就到连队采访，为英雄人物写通讯报道。回机关就搞创作，画年画、宣传画和连环画印刷出版，发行连队或在农村张贴，对群众进行抗日救国宣传教育。

父亲的长处就是敢画，"初生的牛犊不怕虎"，凭一腔热情画揭露日寇暴行等抗日宣传画，写大标语等。搞绘画创作，不少作品印刷出版。

他先后创作了年画《春耕大生产》和《三娘教子》等，采用四条屏连环画的形式来启发教育群众学习文化；《身在曹营心在汉》是对汉奸伪军宣传不给敌人卖力残害群众；宣传画《桐柏民变》，表现国民党军队在河南残酷镇压农民的暴行；连环画《英勇奋斗十八年》上下两集，反映我党建军始末，英勇奋战的斗争历史。

连环画《英勇奋斗十八年》上下两集，父亲师群绘

父亲师群根据回忆创作当年敌后宣传的版画

父亲师群创作的版画《战斗》

20 世纪 50 年代的父亲师群

  1946年，父亲调到华东军区华东画报社，创作《模范班长陈双泰》等连环画并石印出版，发给部队作为教材，或在农村张贴。这些作品都是父亲自己背着行李和画稿，跋涉几十公里，到印刷厂驻地，亲自描板绘图，同工人一道印刷的。

  由于战争环境，木刻方便多次印刷，很适合部队宣传工作。父亲爱上了这门艺术，自学木刻版画。不懂如何刻法，也没见过别人刻过，什么工具都没有，在房东家找块巴掌大小见方的木板磨平，借把修脚斜角刀，画稿印在木板上便刻起来。在滨海军区编写《滨海八年》一书的插图就是这么创作的。在部队父亲除了作画外，也兼作记者，为部队报纸写通讯报道文章。由于战争环境，这些作品大部分丢失。

  抗战胜利后，1946年夏，父亲调往华东军区政治部《华东画报社》任记者编辑。这时国民党反动派进攻山东，父亲随部队机关撤退到鲁北渤海地区。1947年冬进华东局党校学习。

  解放战争期间，1948年春，父亲随新闻大队南下中原，到中南局，在中南新华书店任美术科长兼《新华画刊》编辑负责人。1949年7月，父亲作为中南区文艺代表之一，参加了在北平召开的第一次文学艺术代表大会，并在美协代表会议上被选为理事,是年9月来到武汉,先后在中南文联、《长江日报》任美术摄影组组长及中南美术创作组副组长。1953年秋调中南美专,任副书记兼办公室主任。1957年春武汉美协成立,任驻会副主席,主持协会的工作。1964年兼任湖北美术院党委副书记。"文革"中打成"走资派",指派为"黑帮组组长"。后下放沙洋五七干校,"文革"结束前又被解放,任文联专案组组长。1972年夏从干校回武汉,任湖北艺术学院党委委员、副院长。"文革"后,父亲历任湖北省文联副主席、湖北省美协主席、湖北美术学院副院长等。1991年5月16日因心脏病在梨园医院逝世,享年70岁。

2. 父亲与湖北的美术事业

父亲1955年筹建湖北武汉地区的武汉美术家协会,历任美协常务副主席、主席等职,他一直从事湖北省的美术组织领导工作,同时坚持美术创作。

据当年与父亲一起在美协工作的老同志回忆,20世纪五六十年代,父亲主持美协工作,就是坚持党的文艺方针政策,遵循"普及第一,生根第一""地方化,群众化,通俗化"的原则,开展党的美术工作。当时中南美专离开武汉迁至广州,武汉的美术家实力相对的减弱。但武汉社会民间中有一批有成就的画家、书法家、金石家。父亲提出:协会是群众团体,画家之家,要门庭若市,要把工作做到画家心坎上。当时协会二十几位干部,在父亲带领下,没有汽车,步行串门,到各个画家的工作单位,家里,甚至是画案旁,成为他们的知心朋友。把党的文艺政策方针落实下去,了解画家的困难,把他们的要求带上来,力争解决他们的困难。湖北美协在这十年里由70位画家,迅速发展到460位。一批有才华的艺术家如邓少峰、闻钧天、端木梦锡、赵子京、徐松安、唐醉石、董松涛、谢竹屯、赵合俦、曹立庵等都是其时加入的。父亲非常关心他们的生活、创作、工作。有些人生活相当困难,父亲定下实施方案,由美协出面联系土产公司成立画室,使其有安定的生活,这些人以后成为轻工局领导的武汉画院、武汉国画院的中坚力量,创汇的经济实体，并培养了无数仿古国画画工和设计师。使武汉的仿古国画，当时创汇名列全国之首，在日本、新加坡等许多国家中有很大的影响。

父亲极其重视湖北的民间艺术。1956年他组织协会工作人员对民间艺术进行调查。当时湖北剪纸、木雕、面人、挑花蓝印花布、玉雕等都已濒临灭绝，老艺人分散各方糊口度日都难，父亲心中十分着急。一方面让大家写文章用舆论向社会呼吁；另一方面，联系轻工业部门调入老艺人，传承技艺，成立机构。于是，剪纸蒋在普、木雕梅海涛、刘茂祥、竹雕章水泉、玉雕陈（柏）涛，均充实到有关单位。历史证明，传统的艺术、民间艺术得到发展，人才得到培养，在改革开放之初成为创汇的民间工艺企业。父亲还吸收这批老艺人入会，组织他们第一批登庐山避暑休养。把党的温暖送到老艺人的身上，湖北的民间艺术得以发展。

在建设美术队伍上，父亲除了在湖北美术学院培养专业人才，也极度重视从工农兵中物色美术人才。他安排大家深入工厂、农村、部队，要求大家为工农兵美术作者辅导和培训、甚至举办美术创作班。他自己也经常满腔热忱地讲授普及美术知识，以身作则，身体力行。这期间，湖北美协给予武钢的工人版画创作大力支持，直到现在，武钢工人版画依然名噪全国。其代表人物有李介文、宋恩厚、邓守财等一批工人版画家，其成就就是例证。又如，长航的美术国画组，新闻报纸为核心的漫画创作组，电影系统的电影宣传画创作组，都是省美协的工作重点。那个年代产生了一批很有成就的业余画家。协会工作还做到了部队，包括武汉军区、湖北军区、雷达空降部队，都有美术骨干在开展战士美术活动，并专门为他们举办战士画展，推动了部队美术创作的繁荣。其代表人物范迪宽、彭祖华、田克胜、雷创等，都是20世纪60年代部队画家的代表。为了巩固发展工农兵美术创作，父亲在组织建设上不拘一格选拔人才，参与协会的领导工作，范迪宽、宋恩厚等曾任美协主席团的副主席。

此外美协还出版一册"武汉美术家"内部刊物，由父亲来审稿。既有评论和创作研究，也有通讯、各种展览信息。为了方便全省美术工作者，由开始的不定期刊、季刊到定期月刊,这对于一个地方协会是很不容易的。它深刻且全面地反映了美协所走过的道路,至今读及仍是十分令人感动。

当时美协有展览部,要求的是月月有画展、联展、个展。各个画种,多方位办展。省级展隔一年举办,国内外交流美展经常举办,十几年里举办过的展览由每月一个发展到全年举办一二十个。父亲认为每一次美展都是推动发展创作的重要方法,是交流学习的阵地,是扩大美协在社会、群众中的影响的手段。并结合美展举办创作座谈会、评论会、研讨会。这是每次画展后必须办的。

父亲总是强调协会工作是组织工作,是搞服务性的工作。协会干部虽然都是专业画家,但必须肩负艰难繁重的服务工作,因此,总得牺牲点个人的事业,当时他做过一些规定,协会画家作品参加画种及省、全国的画展,但不举办个人画展,他自己也是严格遵守这个规定。协会专业画家,奉献于美术事业的组织和服务工作,而不考虑个人的名利得失,数十年来大家都这样做到啦。

20世纪五六十年代,也正是父亲的版画创作事业高峰,他画出自己的版画风格及黑白的艺术品位。然而大量的群众工作,上传下达,使他只能用小块业余时间来创作。对待协会的专业美术干部,他采取每年固定给创作时间的办法。但这种政策自己一次也未用过。他是美术家、版画家,但他用一颗无私奉献、勤勤恳恳金子般的心,为大家服务,生前没有举办过一次个人画展,出版过一本画册。

父亲为人正直,作风磊落,他是老干部,又是艺术家,坚决执行党的方针政策,坚持原则,但工作中从不以权势压人,一辈子没有整

父亲师群书法作品

过人。有件事特别值得大家敬重，他从不说，我们也是在父亲去世后才知道。有位在美协工作的同志这样写道："'文革'后美术界流传——湖北美协是全国各省唯一没有'右派'的美术分会。1957年春美协按照上级要求组织一系列鸣放座谈会，后来反右，上级给了'右派'指标，且确定了名单。师群同志反对这种做法，硬顶不划，保护这批同志免去劫难。……直到'文革'后十多年我才知道，当时我是其中之一。事情过去了我仍震惊感恩。师群同志坚持马列主义党性立场在我心目中是这样的高大。"

另有一位不在美协工作的画家写道："反右以后，我成了'右派'，和很多人都不再来往，这既是不愿看到某些人歧视的眼光，也是怕连累别人，说人家和'右派'划不清界限。然而在和师群同志的接触中却十分坦然。我深知他对我了解，可以信赖；更得知他在反右中坚持实事求是，保护了一些同志。像武汉美协这样有十几个知识分子干部的单位，竟没划一个'右派'，在全省全国都是少有的。身为武汉美协负责人的他，在当时强大的'左'的压力下，硬是不承认美协干部中有敌我矛盾，虽在以后的'反右倾'中，他因此成为斗争的对象，却赢得了许许多多正直人的尊敬。我觉得他所做的不过是按照党的原则做到了实事求是，而这在当时却是那么难能可贵！"

为此，父亲也在随后的"反右倾"斗争时付出了代价，挨整一年多，结论是"严重右倾"，这顶帽子压了他十多年才得以平反。我们小孩只知道，"文革"前的这段时间，父亲沉默少语，心脏病、胃病都是这时候落下的，不知他那时要承受多大压力。

3. 父亲的艺术创作

父亲在美协工作期间，由于党的需要，长期作组织领导工作，很自然会产生工作与创作之间的矛盾。父亲始终把本职工作即组织领导工作放在第一位，把自己爱好的美术创作放在第二位，成为双肩挑的干部。在不影响本职工作的情

父亲师群创作的版画《三峡》

1964年,父亲师群创作的木刻《清江放排》

1964年5月父亲师群创作的国画

况下，始终抓紧时间和机会致力于艺术创作。先后创作套色版画《风雪大别山》（与人合作，人民大会堂湖北厅），版画《三峡》《清江放排》（国家美术馆收藏）、《转移》《敌后宣传队》等。反映出他在艺术上孜孜不倦的追求。他也涉足我国传统的书法和国画。父亲在美协会员艺术档案中写道："我喜欢的是浑厚、朴拙和雄健明快的艺术风格。"

他的作品一如他的人品，朴实无华，来自人民，源于生活。有位同志描写道："1962年，武汉美协组织我和师群、邵声朗一起到长阳深入生活，在一个多月的时间里，我们背着画具衣物，沿清江步行而上，边走边画，随处食宿，住过茶场的土楼、学校的教室，也住过荒村小店；吃的有时只有苞谷饭、卤咸菜、连漆子油炒土豆都是美味佳肴了。但看到师群同志总是那样兴致勃勃，一停下来就和群众拉家常、画速写，我们也就丝毫不觉其苦了。一路上我们了解了许多风土人情、人民生活、革命历史、民间传说，也画了大量的速写和画稿，那是一次真正向生活学习、向群众学习的艺术实践。师群同志不论在做人上和治艺上都堪为我们的楷模。"

父亲参加革命一直从事美术工作，画画是为了抗日打鬼子服务，为祖国为人民服务。作画时只考虑思想内容是否对革命有利，对宣传人民群众和战士有利，只要能激起战士们的杀敌士气，就是当时我们父亲对艺术的最高追求。

二　母亲·家·幸福生活

母亲陈为琼，1929年武汉出生，护士学校毕业，在市立一医院工作。她性格活泼开朗，参加过单位迎接武汉解放的秧歌队，喜爱画画，常在业余时间为单位出个墙报画个宣传画。父亲随部队南下到武汉后，经战友介绍认识了小他8岁的做护士的母亲。当时是供给制，到父亲那里去做客，敦厚的父亲会倒上满满的一大搪瓷缸开水，送过来时边走边撒……"叫人怎喝呀"，母亲现在90岁了，谈及

父母结婚照

姐弟仨童年合影
左起：师海鸣、师海云、师海虹

这事儿，会开心地笑我父亲是个诚实本分的好人。他们在交往中相爱，结婚后相守了一辈子。

后来就有了我们三个孩子，两女一男。在记忆中，我们的家很和睦，父母从来没有吵过架，孩子之间也没有扯皮打架的事，父亲是最讨厌和人吵架这件事，为此海鸣、海云都受过父亲的一次教训。那时每天叫起床都是父亲的任务。三个赖床的孩子听到父亲一声洪亮叫声——起来！才会慌忙地爬起来上学。父母工作都很忙，像大院其他家庭一样，三个孩子的学习、生活基本是放养，有时请保姆照料生活，有时在食堂自己打饭，有时自己生火做饭。还记得我们用自行车到赵家条买蜂窝煤推回来；天不亮到菜场用砖头排队买菜；生炉子、做饭、炒菜，三个人各有分工。

父亲在文联大楼一楼右边有一间办公室，下课以后我们常去看他在干嘛，没时间的话就趴在窗台上看一会儿就走。有时看到父亲在搞创作，看到他在木板上用刀刻画《三峡》《阮文追》等版画，做起来非常认真，反反复复印起来好费劲啊，他乐在其中。受到父亲的影响，我们家三个孩子都爱画画，都参加小学的美术组，三个人的作品，并列摆在一起在宣传栏里展出。记得许多同学一起叫出我们三个人的名字，当时心里美滋滋的。回想小学那段时光，每天都感到愉快，特别是在家里，在客厅一个大书架里放了好多画册，有苏联《鳄鱼画报》《连环画报》《大众电影》等，我们百看不厌。墙上挂了一幅列维坦的金色秋天，还有一张精美的日本浮世绘持扇美女图。窗外是一排杨树沙沙作响，望出去是一片菜地，蜿蜒的黄孝河，更远处偶尔传来火车的鸣笛，风景美极了。院子里喇叭不时飘来"麦浪滚滚闪金光，田野一遍好风光……"，还有"金瓶似的小山，山上虽然没有寺，美丽的风景已够我留恋……"。现在这些歌，有时还萦绕在脑海，真的感到，这就是大人们为之奋斗的新社会，新生活。

夏天到了，暑假生活更令人难忘。因为没有空调，电扇都很少。天还没黑，每家每户孩子们，在户外地上泼水降温，把竹床、躺椅搬出来。吃完晚饭，都跑出来躺在床上摇蒲扇乘凉。横的竖的床上躺满了男男女女、老老少少，好不热闹，也是武汉独有的一道风景。我们小孩看天上的星星、银河,儿时天上的银河长大后几乎再也看不到了。大人们指认哪两颗星星是牛郎织女星,哪颗是北斗。围作一团聆听易晓云的奶奶讲不完的故事。贝贝姑姑教我们唱印尼名曲《宝贝》。致新带我们建竹房子,讲二战时的故事"刺花灯罩"。丹娜讲二战苏联朱可夫元帅还有什么空军的故事。姚运才叔叔组织文联一帮小孩唱大合唱《我们走在大路上》。平平、梅梅教大家跳舞。最活泼可爱的是王筠,她具有非凡的表演才能,常常模仿《列宁在1918》电影里的情节和各类高难动作,惟妙惟肖。引得大家开怀大笑。

还有丢沙包,打珠(jū)子,打pié pie,斗鸡,捉跑兴救,官兵捉强盗。"城门城门鸡蛋糕(几丈高),三十绿(lou)豆糕(六度高),七跨八,八跨九,超过城门跨一刀"(小时候老想好吃的东西,童谣都念成吃的了,哈哈)。太多美好的记忆,哪里写得完哟,这就是我们儿时的幸福时光。

少年时期
后排左起:海虹,海云,海鸣

三 "文革"·大院散伙·下放

政治运动裹挟的乌云逐渐覆盖了文联的上空，院里出现了"右派"叔叔阿姨。他们清洁花园打扫卫生、喂猪等等，称之为劳动改造，只听到孩子们议论纷纷：谁谁是反革命，谁谁谁是"右派"。但是在父亲这里从未听到任何有关院里的叔叔阿姨的事。他这一辈子也没有在背后议论别人的是非，他对待每一个同志的态度，都是友善，平易近人，一如既往。记得有位阿姨被运动整得彻夜不眠来到我家里，母亲热心地拿出西药眠尔通帮她解决睡眠问题。只要需要帮助到我家来的同志，父母都会热情地招呼。

随后"文革"到来，大院的美梦逐渐消失。好在大人们几乎都被打倒，小孩们都成了"狗崽子"，彼此没什么可自卑的，照样疯闹玩耍。停课闹革命，本来就没什么学习压力，这下就更加自由，各家养鸡养鸭，种菜种瓜，自有一番乐趣。但惊心动魄的场景也不时发生，全省的各派业余文艺工作者，纷纷进驻文联大院。我们家也被抄家，书画杂志、笔记手稿，尽数抄走。工资减发，单元房也分出一间给别人。我们大院再也没有平静的日子了，几乎所有的人家都受到波及，文联各协会的领导受到冲击最大。父亲当时是文联的"黑帮组"组长（不知是何组织任命），每天带领骆文、徐迟、杨平、碧野、安危、淑云等一群十几人，在文联大门口领袖画像前低头认罪十几分钟后，开始清扫院里的垃圾，做办公大楼各个地方的卫生，帮厨做饭。从不做饭的父亲也学会了快刀切萝卜丝，算是一大收获。

当时受打砸抢、造反、无政府思想的影响，海虹海云胆子够大，成天在外串联，完全不顾及父亲的处境。当时父亲的工资减为人均20元，姐俩在停止串联后又背着大人，也不带什么钱，偷偷溜去过北京、上海、广州、南京、广西凭祥等地。父亲开始还挺着急的，叫北京的战友孩子去找我们，最后我们又将战友的孩子们带回武汉玩，完全是无政府状态。有一事至今还令我们姐俩感到愧疚，在又一次的偷跑中，哄大人说中学组织我们在体育学院拉练，在一个多星期还不见人影后,害父亲带着十几岁的海鸣从花桥骑车过长江大桥到体院去找寻我们姐俩,找到傍晚无果,又带上弟弟骑车回家。当时父亲是"走资派黑帮",身体也不太好,真是又气又累。回想起来我们当时真不懂事。但父母从未打骂我们,只是一次次地在事后开家庭民主会,给我们讲道理。我们作检讨后,又故伎重演。

老三海鸣,因为"文革"开始时才小学毕业,姐姐们嫌他小屁孩碍事,从不带他外出串联。他气愤不过,找父母要了几十块钱,一个初中生,来了个自由行。北上北京,住父亲战友家,把北京玩了个遍。又是一年暑假,带了一堆介绍信,南下上海,顺带南京、无锡、苏州、杭州玩了个遍。巧妙安排,省吃俭用,满足于走马观花到此一游,写写游记,照一张相寄回武汉。也是儿时美好回忆,从此他爱上旅游和摄影。

回想起来,"文革"期间也不全是痛苦、可怕,反倒是给大院儿童们有一个松散、自由的空间,去本能的寻找、贴近自己喜爱的东西,这种氛围、条件,恐怕在当代或今后的中国乃至世界范围,都没有了,也不可复制。文联大院父母们即便被打倒了,还是文化艺术界精英,潜移默化影响着孩子们成长。这样的氛围反倒非常有益于一些孩子今后的成长,或影响到他们一辈子的兴趣爱好。看看其他文联娃娃的回忆,有的钻进了图书馆,那么他可能会以码字为生,起码一辈子有读书的爱好。有的跳舞,有的做体操梦。而我们家隔壁左右的邻居,对老三海鸣的影响就非常巨大。

比如对门住的是张(肇铭)爷爷,美协主席,大教育家、大画家,"文革"被打倒了,赋闲在家,我家父母姐姐下放的下放,上班的上班,只有海鸣守家。张家奶奶非常好,每天给海鸣烧瓶开水,张爷爷常来串门,童叟聊天。有时张爷爷组织他的孙子们和海鸣,在竹床上写毛笔字,到现在海鸣退休后又重习书法,这点爱好,回想起来还是张爷爷那时培养的"童子功"。现在还后悔,当时这么好的条件,没有跟张爷爷好好学国画。

又如,张爷爷的儿子在造船厂工作,但他的爱好是无线电,装半导体收音机,海鸣马上被吸引过去,从此一发不可收,一路从矿石收音机,玩到自装七管三波段。大院爱好无线电的还有小伙伴石头,我们都是省吃俭用,一点一滴地攒钱,每当买到盼望已久的元件时,炫耀一番,爱不释手。真正体会这种爱好的感觉,比吃肉喝汤还舒服。自己画图纸,腐蚀电路板,焊元件,组装调试等,一切自学,动手能力超强。后来他就是吃的电子技术的饭。现在常常疑问,如今的孩子为什么就没有爱得如醉如痴的兴趣了?是沉重的应试教育,抑或是他们没有身处乱世?

还有楼上大林林家,他妈妈汪培华,大名鼎鼎的钢琴家,"文革"中是武汉地区钢琴协奏曲《黄河》的钢琴演奏家。那不得了,每天练琴,海鸣睡梦中都是黄河水。潜移默化,对音乐爱得不得了。后来他练过小提琴,老了,又没老师教,只得放弃。但现在还时常去琴台音乐厅听交响乐,据他说每次都有心灵按摩的功效。这可能也和儿时收到楼上传来的"天籁之音"有关。

"文革"中的师家

218

紧接着一场干部下放、知识青年上山下乡的运动开始了。父亲跟随大队人马下放到沙洋的省五七干校（一个人去的），大院的娃们也各奔东西，年纪小的随父母奔赴五七干校战校学习，大多数人上山下乡，较少的人在继续读高中。我们家三个孩子陆续下放。记得那时母亲为了我们下放，给我们姐俩赶做从夏天的到冬天的衣服，还找熟人买了布票，最令同学羡慕不已的就是我们有斜纹卡其布长大衣，是母亲亲手为我们缝制的，而父亲教会了我们打背包，结实得很，那是他战争时的绝活，至今难忘。

老大海虹，本可以下乡，但她报名上山，奔赴湖北保康县马良区贫穷落后的大山区，一待就是九年。报名时，家里只有母亲反对，其他人都支持她上山，好革命哟。后来她被抽调到区里当工人，在区农机厂当学徒时开刨床不慎头部受伤，大门牙齿被机器撞掉了一颗，鲜血满面，都强忍住痛，没掉一滴眼泪。当时山里无医无药，随便包扎了一下，很长时间以后才安上一颗假牙。好不容易返汉回城后，带着两个孩子辗转多个单位，克服文化底子薄的困难，顽强自学成才考取了高级会计师，在湖北美术学院任职，现已退休。一对双胞胎儿子及两个儿媳都学美术，现任教于大专院校。

老二海云，下放到神农架林区。继承父亲遗传，爱好美术，后入美术学院第一届工农兵学员。毕业后从事外贸包装及展览设计工作，是国务院津贴高级设计师，女儿毕业于中国传媒大学动漫艺术学院，从事美术专业。

老三海鸣，上完高中后，1974年随湖北艺术学院的子弟，集体插队落户，下放到钟祥旧口农村，你说巧不巧，该村就挨着原省五七干校的团部，命运非得要他到父亲下放的地方待一段。好处是，在地里干活还可以听到干校的喇叭，最盼望的是广播传出晚上有电影，提前收工做饭，拿个小凳子看露天电影去。海鸣有时还去看看老省文联的梁思孔叔叔和龚阿姨（当时他们家还在干校团部），跟梁叔叔学学小提琴。梁叔叔什么都会，还扎针灸治疗海鸣的耳聋，虽然没什么效果。海鸣在农村当上了民办中学老师，除了语文，其余的课数理化英体美一肩挑。后经推荐返汉，到湖北广播电视学校读中专。因数学特别好，所以他在校期间校方有时还请他上数学课。后到湖北电视台，工作期间带薪读电大，有了他自己认为含金量很高的电子专业大专文凭。后一直在湖北电视台从事广播电视技术工作。因为技术过硬，专业基础扎实，英语、德语不错，考到日本、德国，进修广播电视技术。现为正高级工程师，退休。两个女儿，一个在北京任外语教师，另一个也考上了湖北美术学院。

在下放之后，院里的娃们各奔前程，再无联系，但回城这件事个个孩子都有故事，可谓是一波三折，翻江倒海，各显神通，纷纷奔回老家武汉。直到全院娃们都退休了有幸再聚，也只是一部分人。还有一些人，他们又在哪里，过得好吗？求上苍保佑这些曾经在文联大院里留下欢声笑语的孩子们，多寿多福！

师海虹、师海云、师海鸣：父亲师群，母亲陈为琼。家住文联大院三栋二门二楼西边套间。

我的父亲李冰

李 玫

1974年夏,父母与我和弟弟李纯摄于武汉

我的父亲李冰

李 玫

一

我的父亲李冰，出生于1925年9月2日。原名曹炳文，祖籍山西原平。不过，父亲的出生地并非原平，而是生长在塞上雁门关外的朔县（今山西省朔州市）他的外祖母家。朔州在历史上是个边关小城，父亲曾描述那里的自然风光和民风民情："山川辽阔，高寒而荒僻。有民谣说：'雁门关外野人家……早穿皮袄午穿纱，抱着火炉吃西瓜。'雁北就是如此风光。这一带是古战场，又是唐代名将尉迟恭、宋代名将杨业的家乡，民性强悍，不仅尚武，而且能歌善唱。"（见父亲的《从塞上到渭水》）父亲说，他的一些亲戚——远房舅舅、姨妈等，多是歌手。唱的民歌悠扬动听，唱到动情时，眼含泪水，很是动人。雁北一带，历史上长期属于边关，所以，一些唐宋时名将抵御外侮的传说故事十分流行，父亲沉浸在这样的文化氛围里，深受感染。独特的塞外风情，培养了父亲对民间艺术的喜爱，也在他心里种下了文学的种子。

1937年，"七七事变"爆发，战争的烽火开始四处燃烧，那年父亲12岁。这时，父亲的一位姨妈回朔州娘家探亲，这位姨父是军人，所属军队驻扎原平，我奶奶想趁着日军还没打到晋北，让父亲跟这位姨妈回一趟原平。原本只是

1950年夏，父亲李冰摄于武汉

1939年7月7日东北竞存小学师生在陕西凤翔校址合影
前排右五为校长车向忱,右一为父亲的级任教师聂长林;第二排右三为当时年仅14岁的父亲李冰

想让父亲回老家看看,然后回朔州,没想到父亲这一去,就和我奶奶天各一方,20多年没能见面。因为就在这段时间,日本人打到晋北,在朔州大肆屠杀,道路中断,父亲无法回到朔州,无奈只好跟着姨妈姨父到了陕西西安。之后进入由东北爱国教育家车向忱先生创办的、从东北迁到西安的竞存小学读书。

1939年夏天,父亲从迁至凤翔的竞存小学毕业。学校规定,毕业考试前五名的学生可免试进入竞存中学。父亲名列前五名之内,可是此时父亲已经被迫离开了姨妈家,学费和食宿费没有了着落。父亲找到当时的级任导师聂速番(聂长林)老师,诉说自己的情况,聂老师立刻带他到中学部见车向忱校长,车校长知道情况后，马上说，不能让你失学挨饿，于是决定让父亲做工读生，继续在竞存中学念初中。其实竞存小学和中学的经费非常短缺，基本上靠车校长四处募捐而来。

最近我读到聂长林先生的女儿聂明明写的回忆他父亲的文章《唯见青松雪里栽——怀念我的父亲聂长林》，可知聂长林先生对我父亲的这段经历也记忆深刻，文章里说道："记得父亲曾经与我讲过有一个叫曹炳文的学生，极有才华。但因家庭贫困读完小学就要辍学，父亲牵着他的手去见车校长，车校长特批他免费就读竞存的中学部。曹炳文后来参加革命，到20世纪60年代才找到父亲，他已更名为李冰，时任湖北文联副主席、武汉作家协会主席，是著名的诗人。他给父亲写来一封充满深厚感情的信，还寄来他的两本诗集：《刘胡兰》和《波涛集》。""1980年，父亲最钟爱的学生、作家、诗人李冰来沈阳公干，令他最遗憾的是未能和他的恩师见上最后一面。遗憾感慨之余，他信笔写下一首诗给母亲：'火神庙前下课后，两鬓霜染我才来。恩师已去无处问，唯见青松雪里栽。'"这篇文章写于2006年，从这些记述可以看到，父亲13岁时于患难中结下的这段师生情谊，师生二人都铭记在心。尤其我父亲对聂长林这位恩师给予他的关怀和帮助，没齿难忘。聂明明20世纪70年代末在武汉大学念书，到我家来过。她那东北姑娘精明干练、爽快健谈的性格，给我印象很深。读了她的这篇回忆文章，除了感伤、感动，也感到亲切。

14岁那年，父亲加入了"中华民族解放先锋队"。在竞存中学就读期间，父亲遇到了几位很好的国文老师，他常提到的有陈彤、许燕郊等。他读了不少杜甫、白居易的诗，也接触到19世纪俄罗斯诗歌和十月革命后的苏联诗歌，还读了一些我国"五四"以后的新文学作品。父亲说他那时尤其喜欢鲁迅、蒋光慈等作家的作品，对蒋光慈的《少年漂泊者》，印象很深。由此，父亲对文学以及诗歌更加喜爱，也对诗歌创作产生了兴趣，对新诗有了自己的理解。

1941年1月6日，"皖南事变"爆发。竞存中学里也变得不平静。因为宣传抗日，父亲和另外两名学生被抓捕，经车校长全力担保才获救。那年夏天，父亲加入了杨虎城将军所率的十七路军，在赵寿山率领的38军干部教导队从事地下工作，驻防地在豫西。身为军人，父亲仍然喜爱文学。1942年，父亲当时17岁，有感于那年河南大灾荒中的见闻，写了《逃荒》一诗，描写一位母亲带着孩子逃难的情形。这首诗在洛阳的一家报纸上发表，是父亲发表的第一篇诗作。

　　1944年6月，组织上为父亲重新安排工作，征求他的意见，父亲说希望去延安进"鲁迅艺术学院"学习文学，本以为只是幻想，没想到很快被批准，为此父亲十分激动。学文学是他的梦想，这个梦想在战争年代能够实现，太不容易了。也就是在将赴延安时，需要改姓名，因为我奶奶姓李，父亲遂改随母姓，更名李冰。从此与战国时在蜀郡治水、建都江堰的李冰同名。

　　去延安前，父亲从河南前线回到西安等待通知。他得知竞存学校的车向忱校长又在西安东关的一所尼姑庵开办了高中，便去看望他。此时父亲离开竞存中学已经两年半，对曾在困境中救助他的校长和学校非常想念。父亲这样描写这次见面："我走到炮坊街那所庵堂，又见到了老校长。他坐在木板床上，用粗毛毯盖着两条腿，关节炎病正折磨着他。他很消瘦，他的神态却异常沉静……他拉着我说，你长大了！又简单地问了我的情况。我问到他的身体，他对于病是不放在心上的。"（李冰《怀念老校长车向忱》）车向忱是位民主人士，是一位杰出的平民教育家，办学的钱是他一点一点募捐来的。在战争年代，为很多孩子提供了上学的机会，自己却备受艰辛。父亲最难忘的，是1940年车校长去重庆募捐回来，在学校的大操场上向全校师生报告重庆之行的情况，车校长说得很平静，像和亲人们聊家常似的，父亲听了，心情却难以平静。原来，车校长为了节省钱，是从渭南一路走回凤翔的。车校长说，天热走得口渴，只要吃点大蒜，喝凉水也不会泻肚子。后来父亲得知，那次重庆之行，车向忱见到了周恩来副主席，是周恩来给了他4000元钱作为办学经费。如此在战乱中坚持办学，对非亲非故的孩子们加以保护，精心培养，没有无私精神，没有民族大爱和家国情怀，怎么可能做得到！

1944年夏延安鲁艺的集体照,站立者二排右起第四人(站在穿白短袖衫者右后方戴帽者)为父亲李冰

1948年父亲李冰摄于开封

1944年父亲和车校长的见面，是他们最后一次会面，但是父亲对车向忱校长的感念，终生不渝。他曾说："东北人民、西北人民，忘不了这位教育家，中国忘不了这位教育家。"父亲后来对名利看得很淡，具有很强的社会责任感，应该与他青少年时期受教育的经历有很大的关系。

1944年夏，父亲奔赴延安后，参加了"鲁迅艺术学院"文学系的入学考试，他写了一篇散文，题为《夜过封锁线》，另写了一篇论时局的文章，通过了考试。之后，父亲进入"鲁迅艺术学院"文学系，获得了系统读书、学习文学理论的机会。1945年春天，父亲作为边区文教会议布置展览的工作人员，在文教会上听了毛泽东主席的讲话。父亲描述："他老人家作着弯腰鞠躬的姿势对大家说，知识分子要恭恭敬敬、老老实实向劳动人民学习，先当群众的小学生，才能当群众的先生。"（李冰《去延安学习》）父亲也曾见到周恩来到"鲁艺"观看话剧《粮食》的彩排，指导创作。这些奠定了之后父亲文学创作的宗旨。

1945年"八·一五"日本投降后，父亲参加了"鲁迅艺术学院"组织的"华北文艺工作团"，到了张家口，在"华北联合大学"工作。1946年加入中国共产党，同在"工作团"工作的诗人贺敬之先生是他的入党介绍人。不久后，父亲到冀中根据地考察，写下了后来深受好评的《大娘》一诗。这首诗20世纪50年代至60年代被收入中学课本，影响较大。

1947年，父亲到冀中参加土地改革复查，在那里住了将近一年。这期间父亲了解到一位年轻女子的婚姻悲剧。这位女子漂亮能干，被迫做了一家地主的儿媳，婚姻不幸福，主动要求离婚。基于这桩真实的离婚案，父亲开始酝酿长篇叙事诗《赵巧儿》。《赵巧儿》于1948年写成，1950年发表。父亲对叙事诗情有独钟，一直潜心探讨，不断实践，《赵巧儿》是他发表的第一篇长篇叙事诗，在他早期作品中具有代表性。唐弢、严家炎主编的《中国现代文学史》中评论这首诗，认为《赵巧儿》"运用了心理描写、插叙等手段，概括了较为广阔的生活内容"，"较为丰满地塑造了赵巧儿这个从土地改革运动中觉醒成长起来的劳动妇女的形象"。并评价父亲那一阶段的诗作，包括《赵巧儿》《大娘》（1946年6月，张垣）、《一条大道》（1948年11月，开封）、《红灯笼》（1949年8月，武昌）等，在艺术上"写作技巧较为圆熟，又善于构思，长歌短咏，描写集中，语言也流畅自然"。总之，《赵巧儿》在中国新文学史上占有比较重要的地位。

1948年，父亲南下开封，在中原大学工作。1949年5月，南下武汉，在迁往武汉的中原大学工作，任中原大学文艺学院创作研究室副主任。从1953年起，在中南文联工作，曾任中南文联作家协会副主席。这期间，父亲完成了长篇叙事诗《刘胡兰》，这首长诗在当时产生了较大的反响。1960年起，父亲担任武汉市文联副主席等职。

20世纪50年代至60年代，是父亲创造力最旺盛、诗歌创作收获最为丰富的时期。在武汉长江大桥建设期间，父亲曾到武汉长江大桥工程局挂职体验生活数年。不仅收集了大量有关武汉长江大桥建造的资料，还与长江大桥的建设者们——从领导、科学家、工程师到工人都成了朋友，与他们甘苦与共。武汉长江大桥于1957年10月15日建成通车，父亲到1958年末才离开大桥工程局。从那时起，父亲就酝酿长诗《长桥》的写作，也写了一些关于长江大桥的短诗，如《巡视长桥，巡查大道》（1957年10月）、《长桥夜曲》（1959年8月）等。长诗《长桥》在20世纪60年代本已列入出版计划，但是由于历史原因，出版计划搁浅。本来计划写三部的作品，只完成了一部。延迟至1978年，其中的一部分才以《深夜》为题在《诗刊》上发表。其他部分收入《李冰文集》，1998年10月出版。

这部关于长江大桥的长诗，父亲投入了大量心血和情感，记得父亲不止一次说到，他曾看到20世纪30年代至40年代茅以升先生关于建造武汉长江大桥的设想和图纸，图纸的标题叫作"长虹卧波"，父亲感叹道："多么美！"可是那时战乱频仍，就连1937年茅以升设计主持、好不容易建成通车的钱塘江大桥，不到三个月时间，为了阻止日本军攻打杭州，茅以升又亲自参与把桥炸掉（钱塘江大

父亲李冰的长篇叙述诗《赵巧儿》，发表于1950年，人民文学出版社，1953年版

1952年在湖南韶山
左起：父亲李冰、俞林、毛月秋、张水华、郭小川

1953年，父亲李冰与贺敬之在东湖合影

1958年，父亲李冰（前排左三）随中国青年代表团访问埃及

桥于1937年9月26日通车，同年12月23日被炸毁。至1948年3月又在茅以升主持下修复通车）。那个年代，建造长江大桥的梦想只能停留在图纸上。1957年建成通车的武汉长江大桥，是长江上的第一座大桥，这"万里长江第一桥"将多少代人的梦想化为了现实。父亲写《长桥》，就是想把建设长江大桥的曲折历史以及亲历建桥过程的所思所感抒写表达出来。

1958年3月，父亲随中国青年代表团出访苏联、法国、埃及、叙利亚等国家，先后在莫斯科、巴黎、开罗、大马士革等城市进行访问，参加了各项外交活动。父亲在旅途中以及回国后，写下了许多篇短诗，如《海上的歌》（1958年3月游地中海归来）、《红花》（1958年3月于大马士革郊外芜台果园区）、《晚会》（1958年3月于大马士革），等等，抒写这次出访的见闻和感受，这组诗的风格大多轻快明朗。后来这些诗多收入《春风集》。

20世纪50年代,父亲发表的诗歌作品主要有7部,计有:1.短诗集《红灯笼》(上海杂志公司1950年1月出版,收入"人民艺术丛刊");2.长篇叙事诗《赵巧儿》(北京新华书店1950年6月出版;人民文学出版社1953年9月重版);3.短诗集《花开季节》(湖北人民出版社1955年3月出版);4.写民间故事的叙事诗《火龙衫》(长江文艺出版社1956年出版,1979年5月重版);5.长篇叙事诗《刘胡兰》(中国青年出版社1956年10月出版);6.《桥头曲》(长江文艺出版社1958年9月出版);7.短篇叙事诗集《春天的故事》(湖北人民出版社1959年11月出版,1979年5月重版)。

这个时期,父亲不仅诗歌作品不断问世,还创作了其他体裁的文学作品。例如父亲与郭小川、俞林合作创作了电影剧本《土地》,后由张水华导演,继而公映。影片反映的是南方土地改革的内容。

进入20世纪60年代,在最初的几年,父亲的创作热情很高,几乎每年都有新的作品问世。1961年,父亲与郭小川、梅白等人一起,从长江上游到长江下游进行了一趟长途考察。本来计划写一部"长江大合唱",这个计划后来没有实现。不过,这趟考察旅行给了父亲丰富的灵感。在旅途中,他就开始写出和发表诗作,如《夜雨波涛时》(1961年11月中旬上峡途中于"江峡轮"上)、《兵书宝剑峡》(1961年于三峡途中)、《秭归歌》(1961年于三峡途中)、《香溪歌》(1961年于宜昌)、《夔门舵工》(1961年6月记于奉节,9月写于武昌),等等。那段时间,父亲发表了大量描写长江的壮阔景象和历史变迁的诗作,赞叹长江三峡的壮丽奇崛,也赞美世代生活在那里的人们的坚忍不拔。这些诗作大多收入《波涛集》。

20世纪60年代初,父亲的叙事诗创作也进入佳境。1963年出版的《巫山神女》(中国青年出版社1963年8月出版),从题材到风格都呈现新的风貌。《巫山神女》通过神女瑶姬的神话传说,塑造出瑶姬这个不畏艰险、牺牲自我、造福人民的形象,颂扬人的意志、勇气和力量,表达济世情怀,寄寓深远,风格豪迈,父亲对这部诗作较为满意。其他出版的作品还有:《春风集》(湖北人民出版社1962年1月出版);《波涛集》(上海文艺出版社1963年6月出版)等。《波涛集》出版后,受到当时许多年轻人的喜爱。父亲的这种创作状态,至"文革"开始便戛然而止。

1970年暮春,我和母亲随父亲去了五七干校。先是在湖北崇阳县的沙坪公社二小队。一年后,迁至位于湖北咸宁地区赵李桥的蓼坪——干校总部所在地。这期间,我在崇阳大沙坪镇中学念了一年初中,之后转学到湖南临湘一中读了一年高中。

湖南临湘羊楼司与湖北赵李桥的蓼坪相邻,从干校我家的住处步行到临湘一中需40分钟左右。我每天早上,沿着一条山边土路走到湖南去上学,下午放学走回在湖北的住处。现在回想起来,那条路沿途风景很美,尤其是春天,满山遍野的映山红,热烈无比,艳丽之极。我随父亲去干校的两年,弟弟李纯一直在武汉,跟着姥爷姥姥住在武昌东湖湖北省博物馆的家属区。到1972年冬天,我和父母离开干校,搬回武汉。1974年始,住进汉口一元路口、东临长江的洞庭街90号。

在五七干校的几年,看得出来,父亲在心里没有放弃文学创作。在崇阳期间,二小队有位妇女队长,名叫柳金水,当时才16岁。她年龄虽不大,但成熟干练,每天给村里的妇女们安排分配农活,干脆利落,自己干农活更是一把好手。父亲记录了不少关于柳金水的素材,说准备日后写成剧本。还例如,在蓼坪干校总部时,大概是1972年新年,干校开联欢晚会。父母亲所在的是武汉市文教卫系统的五七干校,下放干部中有一些不同行当的专业演员。那天在一个大礼堂里,演出了很多文艺节目,其中一个节目,是王云霞阿姨朗诵父亲为那次联欢会写的一首诗,诗的内容是回忆战争年代、歌颂英雄精神的。那么大的礼堂,王云霞一开口,大家似乎立刻屏住了呼吸,全场安静得掉根针都能听见。我当时念高中一年级,第一次领略了高水平的朗诵竟有这么好的表现力、有如此巨大的魅力,也领略了老一辈电影演员的不凡功力。王云霞是北影厂的电影演员,20世纪50年代曾主演《洞箫横吹》《粮食》等影片。父亲的那首诗通过王云霞阿姨的朗诵,极具感染力。朗诵后大家都为父亲的诗鼓掌,当然也称赞王云霞的朗诵。记得晚会后王云霞阿姨对我父亲说,以后把这首诗编进诗集啊!

1978年改革开放之后,父亲又重新开始了诗歌创作活动。不断去各处采风、体验生活,于是,又接连不断地有新作品问世。他常去山西朔州看望老同学,也常回陕西西安、延安、凤翔等地寻访故地、看望老战友。回忆过往,怀念故旧,写下了不少以追忆峥嵘岁月、讴歌英雄主义为主题的诗作,例如《夜空的星星》《生我的土地》《渭水童话》《这面战旗——上甘岭特功八连纪事》《勋章》《黄

父亲李冰在新中国成立后的部分著作

《李冰文集》二卷,1998年由武汉出版社出版

河》《小米》《飞驰的星》《山岭的回响》《旗——一个老兵的故事》《杨家岭的声音》等。同时,襄樊、洛阳等地也是父亲常去采风和深入生活的地方。1979年,湖北人民出版社重版了他的两部诗集:《春天的故事》和《火龙衫》;1986年出版了短诗集《南风集》(长江文艺出版社);另有诗剧《牡丹的传说》,1986年发表于《河南戏剧》,后改编成豫剧剧本,由洛阳市豫剧团编排公演。父亲还写出电影剧本《天涯知己》《将军何往》等,收入《李冰文集》(1998年由武汉出版社出版)。

父亲的文学创作,从他青年时代直到晚年,持续了数十年时间。父亲从他的角度,反映了我们国家从动荡战乱到和平建设的巨变过程,表现了那个特殊年代里有志者的精神风貌和家国情怀,表达了对祖国美丽的江山和人间美好的心灵的赞美,应该说具有永久的价值。

二

父亲对于我和弟弟,身教多于言传。我从小到大,脑子里关于父亲的画面,印象最深的就是他坐在书桌前,在台灯的光亮下,伏案读书写作的身影。他希望我们姐弟多读书,当然不仅是增长知识,更希望我们通过读书明理。很多时候,他是用行动鼓励我们要有志向,要有坚定的意志。

1970年,我13岁时,随父亲去湖北崇阳五七干校,最初我们一家住在沙坪公社二小队李家湾的一户村民家。房间很小,做饭烧柴草的烟垢加上陈年的灰尘使得房间的墙壁很黑,晚上点个小油灯,屋里光线昏暗。多年后的一天,父亲对我说:"刚到崇阳,住进小黑屋的那天,你没有表现出不高兴,我很感动,也很欣慰。"1975年秋天,我从武汉实验中学高中毕业,即将去汉阳县插队,这次是我一个人去农村。动身的前一天,母亲虽然没说什么,但看得出来她心里的担忧。父亲则显得若无其事,不断地和我们谈天说地,谈的大多是他经历的事情和历史掌故等,记得那天夜里一直聊到很晚,谈论的话题一点都不涉及下乡一事。很明显,

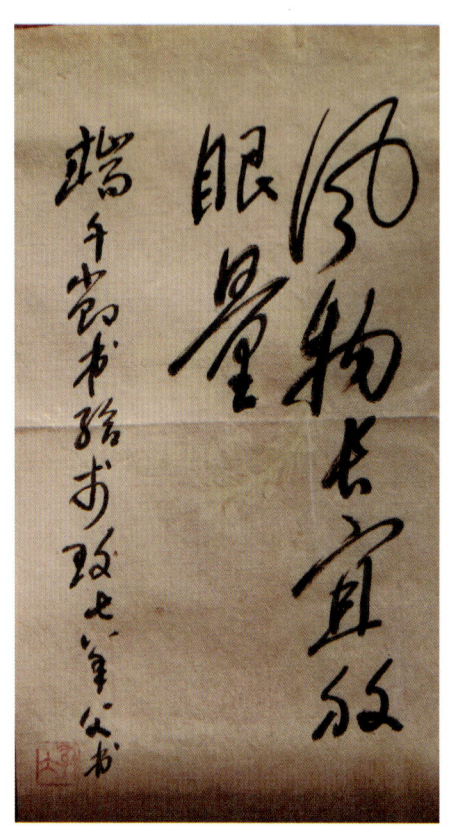

1978年端午节,父亲手书赠李玫:风物长宜放眼量

父亲是想冲淡离别的伤感气氛,也想让我能够冷静坚强地面对农村全然不同的生活。

父亲于1996年1月27日因病去世,享年71岁。对父亲,我切实感受到了"子欲养而亲不待"的遗憾有多强烈。在他生病之前,我总是在为自己的事情忙碌,学业、家庭、孩子……习惯了父亲对我的关心,而我对他的关心十分有限,不曾想到他会突然离开。他生病后,虽然我尽力帮着母亲和弟弟照顾他,但毕竟分在两地,我只能在北京和武汉两地跑,不能在武汉久待。他去世后,有好长一段时间,我无法直面这个事实。

我的母亲李竺瑛，湖北襄阳人。我的外祖父外祖母都出身于襄阳的富足大户，但他们对财富的态度十分超然。外祖父从上海沪江大学毕业后，一直在外谋职，自食其力，实际上放弃了家里的财产。两位老人对儿女的人生选择，态度很开明。我母亲在1949年2月上高中时就加入了共青团，同年5月从湖北省立第一女中高中毕业，还未满18岁就参加了工作，进入了武汉团市委所属的"青年文工团"。随后，全体青年文工团成员组成"文艺干部培训班"，到中原大学进修三个月。在此期间，母亲与父亲相识。1952年秋天，二人结为伉俪。

1952年青年文工团撤销，母亲先后在武汉市文联、武汉市文化教育委员会、武汉市政府等单位工作。1955年，人民大学档案系成立，母亲被推荐去人大档案系读书，但因为父亲的缘故，不能离开武汉，便没能去北京读大学。上大学一直

1953年，父亲李冰与母亲李竺瑛合影，摄于武汉

是母亲的心愿，后来母亲作为调干生考入武汉师范学院中文系，毕业后在中学任教。于1988年离休。

母亲与父亲一辈子相敬相爱，相濡以沫。母亲今年已87岁高龄，依然头脑清楚，在家里能自如地行动。这些天我写这篇回忆父亲的小文，遇到不甚清楚或者拿不准的地方，就给母亲打电话，母亲帮着回忆、提供了一些事情的过程和细节。

前些年，母亲基本上每年都到北京我家里住半年左右。我们时常一起外出游览或者购物，她还经常帮着炒菜做饭。2016年夏天，母亲又来北京我家里住了两个多月，那时已是四世同堂，家里多了个蹒跚学步的曾外孙，我能感受到母亲的欣喜。

现在母亲大多数时间住在武汉，和弟弟一家一起生活。20世纪70年代建成的洞庭街90号，那栋五层大楼已于2011年拆除，之后在原址上盖起了新楼。母亲于2017年春天搬入新居。新居很敞亮，阳台正对着长江。在阳台上可以时时眺望江水奔流、江面上船来船往。天气晴好时，可以清楚地看到长江二桥……母亲的晚年生活，平静安宁。

我和弟弟都获得了博士学位。我于1988年考入当时还在北京恭王府里的中国艺术研究院研究生部，读戏曲史论专业的硕士学位，毕业后考入中国社会科学院研究生院念文学博士学位。之后便一直在中国社会科学院文学研究所从事古代文学研究工作；弟弟李纯本科学的是建筑学，在武汉大学哲学系获得了美学博士学位，一直在华中科技大学建筑系从事中国古代建筑史的教学和研究工作。我们姐弟都算幸运，有自己感兴趣的专业，做着自己喜欢并且能够胜任的工作。

我想，父亲如果天上有知，会感到欣慰的。

李玫：李冰、李竺瑛的长女，弟弟李纯。原住在文联大院二栋一门二楼东套间。

2015年夏,我和母亲李竺瑛摄于东湖

2015年夏,母亲李竺瑛和弟弟李纯,摄于东湖

1994年,我获得中国社会科学院文学博士学位后留影

在父母的影响下走上舞蹈之路

付平平

1960年,父亲付静平、母亲张志平和我们姐弟俩,摄于武汉解放照相馆

在父母的影响下走上舞蹈之路

付平平

我的名字叫付平平,一直就任武钢文工团副团长(现已退休),系国家一级导演。我的童年是在汉口花桥的老文联大院里度过的,家住红楼一栋二门一楼。父亲付静平,是武汉市歌舞剧院创作组组长,国家一级舞蹈编导,湖北省文联舞蹈家协会的副主席。母亲张志平,是武汉市歌舞剧院资料室的干部,也曾是舞蹈演员,后期从五七干校回到武汉后,调入武汉市木偶剧团,做服装管理和制作。我有一个弟弟叫付小广,原来在江岸车辆厂工作,后转入深圳工作,现已退休。

记忆中,童年时代,我常常看不到父亲,好像他每个月都会去农村,特别是要到恩施宜昌地区下乡体验生活,专心致志地搞舞蹈创作,而照顾奶奶、我和弟弟的责任,以及全部家务,都由母亲一人担当。母亲一边紧张工作,一边要照料家庭。父亲是一个特别好客的人,经常邀请朋友们来家做客,喝酒聊天谈创作。当时国家经济困难,物质匮乏,母亲好不容易攒下一点花生之类的吃食,都会在父亲回家后的短暂时光,全部拿出来招待客人。母亲多少有些无奈,她心疼我们姐弟俩,总是把稍微好吃点的东西留给我们,自己常常吃咸菜和剩饭。

我的母亲张志平,身材纤细,很单薄。她原是一名舞蹈演员,后因体弱转向到了武汉市歌舞剧院艺术资料室。20世纪70年代,母亲和弟弟随父亲一起,离开了文联大院,下放到湖北阳新下面的生产队,我当时因为正读高中(与王筠同学),故而留在武汉,独自住在市歌舞剧院的演员楼里。暑假时我乘坐长途汽车下乡探亲,才得知父亲其实一直在干校总部,负责县里的文艺创作和演出,而母亲和弟弟则留在生产队,住在一个五保户老人的隔壁,每天吃的是咸菜和红薯。第二天我随母亲出工,看到她瘦弱的背影,穿着一件洗得发白了的绵绸军绿色上衣，一双雨鞋，挑着一副比她人还要高的草头麦子，艰难的走在细窄湿滑、高低不平的田埂路上，心里不禁隐隐作痛，真不敢相信这就是我的母亲。后来，父母从五七干校返回武汉，母亲被分配到市木偶剧团，而我恰在这时又被下放到农村，再次与父母分离，一别就是6年。为了能让我回城，母亲想尽了法子，她曾蹚着齐腰深的大水，奔波在航空侧路的湖北电影制片厂，最终，我还是由父亲的朋友帮忙，抽到了武钢。可惜的是，正当我和父母团聚，准备多尽些孝心时，母亲却因多年操劳，于1984年10月25日过早地去世了。

我的父亲付静平，原名付粤生，福建连城朋口人。1931年7月出生于广东。1949年以前，他是一个穷学生，1949年初，他在福建上杭参加了当时的"闽西革命行动委员会"政工班的学习，结业后被分配到连城支队，后改为独立第五团，随军解放连城，建立了人民的新政权。

中华人民共和国成立后，随着革命形势的迅速发展，为了培养一批有志革命青年，经组织介绍，父亲于1949年底到广州，改入广州市行政学院。1950年，他毕业于行政学院，被分配到广州市文教局，随后又到了市文工团。在华南文工团的舞训班中，开始了舞蹈艺术生涯。同年又经组织保送，报考北京中央戏剧学院舞蹈系（舞运班），被录取后，经两年系统的专业学习，1953年毕业后，在返穗途中，在汉口被当时的中南文工团留下，从中南文工团到中南人民艺术剧院，再到现在的武汉歌舞剧院，父亲一直从事舞蹈事业，历任演员、编导、编导组长等职。1964年，他出任中国舞蹈工作者协会武汉分会常务理事。"文化大革命"中舞蹈协会被"砸碎"，"文化大革命"后，于1979年正式恢复，并改"舞蹈工作者协会"为"舞蹈家协会"。父亲被选为中国舞蹈家协会湖北分会副主席，1980年又出任《中国民间舞蹈集成》（湖北省卷）领导小组成员兼编辑办公室主任，1983年改任编辑部主编。父亲退二线后，被聘为湖北省舞蹈家协会顾问、国家一级导演、《民舞集成》（湖北省卷）顾问、中国民族民间舞蹈学会副会长。1987年被聘为武汉市专业职称评审委员会委员。在历届湖北省文联委员会中，一直任

由父亲付静平创作的独幕舞剧《木箱记》，1959年在武汉剧院演出，由高小林、吕汉生表演

由父亲付静平参加创作并担任编导的舞剧《槐荫记》，1959年在武汉剧院演出，由冼源、李林林表演

文联委员。2000年10月30日,湖北省文学艺术界联合会授予父亲"老艺术家"的荣誉证书和证章。在中国共产党建党80周年之日,父亲被批准成为中共党员。父亲在暮年之时,终于实现了这份夙愿。

父亲创作的舞蹈作品,独舞《倚天剑》《双人剑》《莲湘》《在茶山上》《背嫁妆》《竹林新歌》等,都成为武汉市歌舞剧院多年的保留节目,其中流传至今的男子群舞《莲湘》,后改为《打起莲湘庆丰收》,曾与乌克兰访华舞蹈团进行交流,并被北京舞蹈学院选为民间舞的教材。《剑舞》曾两次赴朝演出,并被评为市里的优秀舞蹈之一;《在茶山上》(后改为《姑嫂采茶》)在省内外广为流传。

1959年,正当全国掀起舞剧热潮的时候,由父亲创作的第一个独幕舞剧《木箱记》被匈牙利访华舞蹈团搬回本国舞台演出。接着,父亲又参加了武汉市歌舞剧院第一个大型舞剧《槐荫记》的创作,并担任该舞剧的编导,为当时武汉剧院的落成上演了第一个公演剧目。"文化大革命"后,父亲又和另一编导合作了《大别山上红旗飘飘》。在赴日出访大分市时,父亲又为赴日演出队改编了《弓舞》(五人弓舞)。此外,他还用了一年多时间探索历史剧的创作,编写了两个大型舞剧文学台本《屈原》和《王昭君》,虽经几番讨论通过,因种种原因未能付诸实施,父亲到了晚年病重之时,常常跟我讲起此事,仍感遗憾!

父亲勤奋好学,在湖北省舞蹈界,是一个很有舞蹈专业理论和写作能力的人。1959年,在全省文艺汇演中,他为大会作过两次舞蹈专题报告,题为《让舞蹈艺术更好的发挥战斗作用》,一次是市职工业余汇演(由市总工会主持),一次是全省音乐、舞蹈、曲艺汇演(由省文化厅、市文化局主持),并在这次全省的汇演基础上,由他负责编辑出版了我省第一本《湖北民间舞蹈选》(湖北人民出版社版)。

在收集整理舞蹈理论方面,20世纪80年代,父亲在担任舞蹈家协会湖北分会副主席期间,分管民族民间舞部分的工作,因此,上级下达的《民舞集成》的任务,便落在了父亲肩上。父亲奉命出任《中国民族民间舞蹈集成》(湖北省卷)

 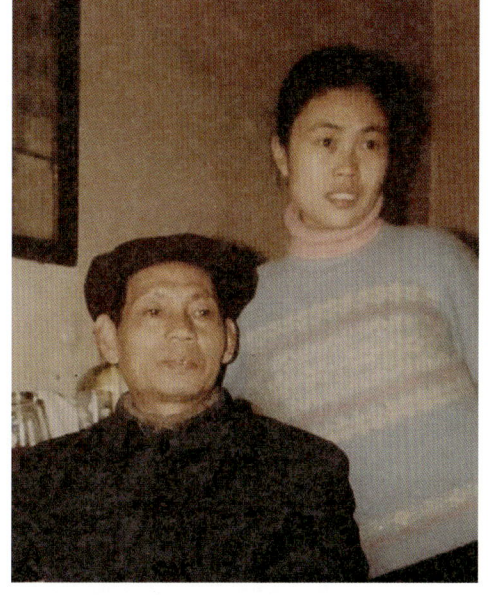

1985年,我和父亲付静平摄于武汉歌舞剧院的家中　　1985年,我与父亲付静平合影

编辑办公室主任、主编,在此期间,他还主编出版了一本《湖北民间舞蹈素材汇编》(由省舞协内部出版发行)。同年,我父亲又出席了在延安召开的全国部分省、市汉族民间舞蹈座谈会。由父亲主编的《湖北民间舞蹈素材汇编》(由省舞协内部出版发行)受到与会代表们的一致好评。

在对外文化交流方面,1954年,我父亲曾奉派赴朝鲜慰问演出;1956年父亲又随苏联乌克兰舞蹈团访华演出,并接受舞团艺术指导维尔斯基对他的个别指导——"舞剧编导艺术",这对他产生了深远影响;20世纪60年代,他又与柬埔寨皇家舞团进行了一次交流,父亲教她们《剑舞》,她们教父亲《百花园中仙女舞》;80年代,父亲又应美华文化中心之邀赴美访问。

我生于1954年,那年正值武汉发洪水,大水淹了城市的路面,交通极为不便,妈妈临产前是被同事送到医院的,进院后连病床也没有。我出生后,父亲才回家,对于我的降生,父亲非常喜悦。可是他工作太忙,不断出差,无暇顾及我。我两岁时,他从苏联交流演出回来,当时我妈妈因忙家务,暂时把我放在桌上坐着,我突然听到一阵雷声,吓得一下子从桌子上掉了下来,摔断了右手胳膊。歌舞剧院院长程云同志得知此事,在我爸爸回汉后,先不让他回家,而是请他到办公室去谈话,希望父亲不要因此事对我妈妈发脾气——因为大家都知道,我是父亲的掌上明珠。

我的童年,是在父母的悉心呵护下,自由而快乐地成长的。我常常把邻居小朋友们叫到家里,把房门当黑板,让他们坐在小板凳上,我则模仿老师的腔调,给她们"上课"——把妈妈的纱巾系在头发上,学着在歌舞剧院排练场看到的排练情景,带着小朋友们一起跳舞。在父亲潜移默化的影响下,我在中学——武汉市第四十中学就参加了校宣传队。一次,学校宣传队参加江岸区的舞蹈比赛,我负责编排了一个队列式群舞《歌唱祖国》,为了能够取得好名次,我们40名参加演出的同学,在比赛的头一天晚上,全部聚集到学校宣传队宿舍,我特地请来了父亲(时任武汉市歌舞剧院舞团创作组组长)和莫晓梅的母亲林琳阿姨(武汉市话剧院院办资料室老师),他们两位家长,亲自为每一个参加表演的同学化妆。小演员们一个个排队等候,化好了妆,就格外小心地端坐不动,连口水也不敢喝,生怕把口红或妆容给弄坏了,后来实在困乏,一个个不由自主东倒西歪地挤在一起,靠在了床上,但还不忘格外呵护上了妆的小脸……真的是功夫不负有心人,果真,在第二天的大赛中,我们的群舞获得了全区第一名的殊荣。演出反响很好,得到了观众很高的评价。我也就是从那时起,第一次实现了艺术创作的愿望,并执着地走在这条道路上。

今天,我已经成为一名国家一级导演,编创了不少文艺作品。在武钢这片热土上,勤奋刻苦地努力工作过。我们编排了企业文化的品牌之作《五一之歌》,在国务院国资委的直接领导下,多次在人民大会堂演出。我还和武钢文工团(湖北省青年艺术团)的全体演员,从武钢走向全国,并走向了世界舞台。我们多次

1981年，在襄樊隆中电视剧《诸葛亮》拍摄现场。我在剧中扮演诸葛亮夫人黄月英，父亲付静平来现场探班看望我

代表国务院侨务办公室，代表湖北省，远赴美国、加拿大、澳大利亚、新西兰、巴西、苏里南等多国演出。还在国家政府最高级别的专业舞蹈赛事上，多次获奖。从中央电视台的CCTV舞台演到了美国纽约林肯中心的舞台，给国内外的观众留下了深刻印象，也获得了极高评价。

1984年母亲去世之前，一直体弱多病。父亲又要忙于湖北省民间舞集成的写作编辑工作，又要照顾母亲，工作和生活压力很大。当时我从下放当知青的随州三里岗区，被抽调到随州县花鼓剧团担任了导演，执行导演了多部歌剧

《刘三姐》《救救他》和地方花鼓戏《哑女告状》《徐九经升官》等,直到我被抽回武汉,调到武钢文工团工作后,父亲才有了帮手。由于长年繁重的工作,父亲积劳成疾,2004年12月21日,他因病去世了。

  父母亲一辈子为繁荣祖国的艺术而创作,踏踏实实、兢兢业业地努力工作,热爱党,热爱自己的民族艺术。老人家一直坚信这样一个真理——"人民创造艺术,艺术应为人民",只有了解人民的艺术家才会为人民所欢迎。

  付平平:父亲付静平,母亲张志平。原住文联大院一栋二门一楼。

淡泊人生九十年
——我的母亲李文

李 洪

母亲李文近照

淡泊人生九十年
——我的母亲李文

李 洪

我的母亲李文，是"老文联大院"目前健在的老一辈人之一。她也是"老文联大院"十一年（1958—1969年）风雨变迁的见证人之一。1958年爸爸沈毅、妈妈李文的工作单位湖北省文联、中国作家协会武汉分会所属《长江文艺》编辑部（1954年中南大区撤销以前是中南文联《长江文艺》编辑部），由汉口黎黄陂路旧址搬迁到新址，汉口解放公园路48号，俗称"文联大院"。一直到1969年12月5日湖北省文联和各文艺家协会被迫停止工作，全部工作人员及部分家属迁到湖北省沙洋五七干校劳动。昔日环境优美、鸟语花香的"文联大院"成了破旧不堪的"大杂院"。十几年前，我陪妈妈去"老文联大院"怀旧，院子里杂乱无章、拥挤不堪。只有办公大楼虽然经过改造装修，还依稀能看出当年的样子。妈妈在此站立了很久，心中五味杂陈、百感交集……爸爸妈妈及同事们的中青年黄金时代，在"老文联大院"度过，经历了大跃进、"反右倾"、"四清"、"文化大革命"等政治运动。在工作精力最旺盛的年代，也力争排除干扰，实干工作，培养了诸多湖北乃至全国有成就的作者、作家，使《长江文艺》成为那几年全国最受欢迎的文学期刊之一。他们的业务水平和工作经验得到长足的提高，所以他们对"老文联大院"的悠悠往事难以忘怀，对它的留恋和伤感也挥之不去。

妈妈1929年出生，年龄已近90岁，她虽然满头白发，但是精神矍铄，身板硬朗，耳聪目明，中气十足，精气神倍儿棒！在过去的岁月中，妈妈40年在职工作，恪尽职守，淡泊名利，无私奉献；30年离休生活心态宁静，生活规律，身体健康。

坚守编辑岗位40年，无怨无悔"为他人作嫁衣裳"

我妈妈1949年元月参加革命，同年7月随解放军南下武汉，和我爸爸沈毅一起就读于共产党为新中国培养文艺工作者创办的大学——中南文艺学院中文系，毕业后又一起分配到当时中南大区的文学期刊《长江文艺》编辑部任编辑，直至1988年离休。他们是新中国第一代文学编辑，这份平凡而光荣的职业，一干就是40年。特别是妈妈，在《长江文艺》编辑部基本没有"挪窝"（除"文革"时期为支援三线，爸爸妈妈去郧阳地区工作3年）。

记得小时候，我们这些编辑的孩子对业余作者都很熟悉，宜昌的工人作者黄声孝伯伯、长阳的农民作者习久兰叔叔等多次来过我家，爸爸、妈妈总是热情接待他们，有说有笑很亲切。妈妈说，她刚进编辑部，时任《长江文艺》主编的李季同志总是教育年轻编辑："要对作者有感情，把他们当作自己的兄弟姐妹。要用心读他们的稿子，能用或者不能用的稿子都要告诉他们，决不能让稿子石沉大海。"所以，多年来，爸爸、妈妈与作者既是编辑与作者的关系，也成为朋友和知己。

1973年4月，因为《湖北文艺》（《长江文艺》在"文革"期间的名称）复刊，我爸爸、妈妈从郧阳调回武汉，重操旧业。新时期以来，《湖北文艺》又恢复到《长江文艺》。那时中国的文学艺术界经历了压抑、饥渴后，如雨后春笋亟待破土，爸爸、妈妈他们日以继夜的工作，组稿、约稿、看稿、谈稿、发现新人、推荐好稿，不亦乐乎地"为他人作嫁衣裳"。1979年的一天，妈妈在编务分给她的一摞稿子中，发现了一篇描写湖北恩施山区生活的稿子，题为《香池》，从它的创作题材、生活体验、故事情节、写作手法上看，地域性强、民族特色突出。妈妈对这个稿子看好，认为已具作品雏形，马上联系作者着手修改。当时交通和通信非常落后，为了能和作者面对面交谈，妈妈乘坐长途汽车穿越崇山峻岭，辗转两天来到鄂西大山区巴东县，找到作者叶梅，一个土家族女孩，和她约谈后，把指导修

20世纪50年代初,父亲沈毅和母亲李文,摄于汉口黎黄陂路《长江文艺》编辑部

1956年夏,父母和1岁的我

改好的稿子带回编辑部。稿子一经发表，给叶梅增添了创作热情和自信心。据叶梅自己回忆："1979年9月的一天，邮递员送来牛皮纸大信封装着的《长江文艺》。我迫不及待地拆开，取出厚厚的杂志，很快找到自己的小说《香池》。第一次登上省刊，那种兴奋之情可想而知，一颗快慰的心几乎要跳出胸口。"后来叶梅连续在《长江文艺》发表了多篇作品，还出版了小说集。当地领导非常重视培养这个有才有德的土家族女青年，从此叶梅在文学创作和领导工作上相得益彰、进步迅速。她当过建始县副县长、鄂西州文化局长等领导职务。创作上也是成果丰硕，她从事文学创作30多年来发表了300万字作品，其代表作有小说集《花灯，像她那双眼睛》《五月飞蛾》《我的西卡兰普》，长篇纪实《九种声音》，电影《男人河》，电视连续剧《饭碗》等，作品多次获奖，还被联合国教科文组织《世界小说选》翻译转载。2001年叶梅当选湖北作协副主席，后任作协党组副书记。2006年调到北京，任《民族文学》杂志主编。真是"山沟里飞出的金凤凰"。妈妈为湖北文学界能向国家输送人才感到欣慰。

妈妈认真的做事态度、敏锐的观察力以及给予他人特别是年轻人的帮助，使他们终生难忘。有人感慨地说："今天好多著名作家都是被这样的天才编辑发现的，对有写作潜力又刚起步的写作者，好编辑太重要了，他们能向写作者提出中肯意见的同时，还能给他们足够的信心。"

"为他人作嫁衣裳"，许多年来，人们一直沿用这句话来形容编辑工作。我在耳闻目睹爸爸、妈妈的工作后，认为"为他人作嫁衣裳"就是一种"人梯精神"，它体现了编辑工作者甘为无名英雄的崇高境界，是无私奉献的代名词，是无怨无悔的情怀。叶梅曾经深情地说，她深深感谢当年那些不计名利，一心提携年轻人的老作家、老编辑，正是他们如园丁一般的浇水施肥，才使得当年的一棵棵幼苗长大成材。

离休养老三十年，健康、宁静，安度幸福晚年

1988年爸爸、妈妈离休，多年的辛苦工作，终于可以歇下来去游览祖国的大好河山。张家界的旖旎风光、敦煌莫高窟的大漠风情，极大地激发了他们的旅游热情。

正当父母精心规划美好离休生活的时候，1997年我爸爸被查出患直肠癌，妈妈在爸爸病榻前悉心照顾两年零十个月，2000年3月爸爸走了！爸爸的去世，妈妈悲痛至极。他们俩同年出生，同年参加革命，同班同学，同年加入共产党，同在一个编辑部工作，夫妻近50年，相濡以沫，互敬互爱，感情至深。为了让妈妈回避难过伤心的环境，我把她从武汉接到厦门我家居住。每天早晨，我都看到床头一堆擦拭过泪水的纸巾，知道这是妈妈夜晚在想爸爸流眼泪。对于她心中的痛苦我从不去触碰。她是知识女性，她坚强、豁达，我相信她会随着时间流逝慢慢走出来。如今妈妈经常说："我要好好活着，我身上肩负着两个人的生命使命，除了我还有你爸爸。"

2003年，妈妈跟着我妹妹居住在广州，一住就是14年。这些年妈妈携一颗从容淡泊的心，过着她平静自在的晚年生活。她饮食科学，睡眠规律，注重锻炼，关心国事是她的生活守则。每天读点书，看看报，看电视。妈妈每天必看的电视节目是《养生堂》《新闻联播》《海峡两岸》《今日关注》。对于《养生堂》的有些内容还要记录，比如，各种"茶代饮"的中药成分；各类常见病的中药处方，已经记录了好几本。我问她记这些干什么？她回答很特别"预防脑痴呆"。多年从事文字工作，养成了动笔的习惯。外出旅游妈妈总是笔、本不离身，所到之处景点介绍都要记下来，偶尔还会写点心得。

父亲沈毅和母亲李文,20世纪90年代摄于延安杨家岭

1993年,父母合影

1993年,父母和我们
后排右起:弟弟沈环,妹妹沈奇志,我的儿子张小溪和我及我丈夫

幸福的四代同堂，妈妈和我的一家人
右一起：我的丈夫、儿子、两个孙女、儿媳妇和我

2019年国庆节前夕，母亲李文获得中央军委、中央宣传部、中央组织部颁发给离休老干部的"庆祝中华人民共和国成立70周年纪念章"

妈妈和我弟弟沈环及弟媳、孙子

身体健康是老年人的头等大事。妈妈十分注意锻炼身体,每天在小区上午散步一小时,下午玩运动器械一小时。已是耄耋之年的老人,蹬起运动器材还很自如轻快。多年来妈妈的体检报告各项指标比较正常,基本不生病。由于节约了医疗费,每年还可以从湖北省卫生厅领到千元的节约奖。她自己说"我就是活要健康,死要利索,不给孩子们增加负担"。热爱生活的积极态度,淡定、坦然的良好心态,是妈妈健康长寿之道。

2017年春节后,我把妈妈接到苏州,住进一家比较高端的老年公寓——苏州乐龄老年公寓。住进去一个星期后,她高兴地对我说:"不走了,这里环境很好,就在这儿养老吧。"妈妈有这样的心态我很高兴。她在老年公寓确实过得很愉快,每天生活有规律很充实,写毛笔字的时候,听着我们给她下载的经典老歌,时不时还轻松悠哉跟着唱几句。她让我们给她下载老歌《三大纪律八项注意》,说当年他们随军南下时,就是唱着这首歌进武汉的。在老年公寓的老人中,妈妈

妈妈的大孙女、沈环的女儿沈路一家

妈妈与我妹妹一家人,左起:妹夫、妹妹沈奇志及外孙女

的年龄是老三，大家对她很尊敬，"李老师、李老师"称呼她。妈妈对老年朋友也很热情，别人有心里话都愿意和她聊聊。老年公寓活动丰富，每天上午打太极拳做操，下午茶歇聊天；一周两次电影，一次健康养生讲座等。妈妈在这里生活得有快乐、有尊严。公寓向老人们征求意见时，别的老人或多或少总要提一点，可是每次妈妈都说"样样好，没意见"。正是因为她心中阳光、宁静、宽容，知足，就会看到好的东西多，看到不好的东西少。所以说"人生最曼妙的风景是内心的淡定与从容"。

这些年，每到春节，我们姊弟三人都会携全家人围着妈妈过年，广州、厦门、苏州轮着住，到这几个城市周边的景点作短途旅游。每当妈妈看到全家团聚、其乐融融、幸福满满时，总是满心欢喜。现在妈妈已经是四代同堂：3个儿女、4个孙子、4个重孙，全家共有17人。4个孙辈都很优秀，大外孙定居加拿大，工学双硕士学位，在福特汽车公司做研发工程师；大孙女中国人民大学硕士生毕业，在北京中粮集团工作；小外孙女和小孙子分别在广东省实验中学和厦门双十中学读高、初中，都是"学霸"级学生；4个重孙聪明伶俐、活泼可爱。我们姊妹三家分别居住在广州、厦门、苏州，妈妈可以在羊城广州、江南苏州、鹭岛厦门随便住，想去哪里，只要到机场办个"无陪托运"，安全、省事、放心，一条龙全搞定。妈妈很感恩现在的生活，总说自己很有福。我们对她说：希望您活到100岁。但是她说："到100岁我只有10年，10年一眨眼就到了，太短了，我还要多活几年呢！"

妈妈已经在人生的道路上走过了近90年，90年来她的人生秘籍就是淡泊宁静，与世无争，随遇而安，知足常乐。作为子女我们由衷地希望妈妈在夕阳红的路上，沐浴春风健康前行……

李洪：沈毅、李文的长女，1958年入住文联大院，1969年12月举家迁至湖北省沙洋五七干校。父母原是湖北省文联作家协会《长江文艺》编辑部编辑。弟弟沈环、妹妹沈奇志。原住文联大院二栋一门一楼。

深沉歌唱土地的鸟
——忆父亲吉学沛

敏 敏

1965年全家合影。父亲吉学沛、母亲张忠慧,我与两个弟弟

深沉歌唱土地的鸟

——忆父亲吉学沛

敏 敏

我的父亲吉学沛，原名吉清江，1926年4月生，河南偃师人。父亲年少时就热爱文学，1948年在家乡教书，开始发表作品。1949年调河南省文联《翻身文艺》担任编辑，1953年调中南作家协会从事专业创作，1954年成为中国作家协会会员。1956年在中央文学讲习所（即现在的鲁迅文学院）学习。他创作了大量风格独特的小说、散文、人物传记和儿童文学作品，受到广大读者的喜爱，在全国享有较高声誉。

吉学沛（1926—2016）

出生于河南偃师县一个普通农民家庭的父亲，对农村有着一种难以言表的深厚情感。自小在我印象中，父亲是一个很少在家的人。那时他长期挂职襄阳县委宣传部长，在农村蹲点，一直到20世纪70年代末期。在《长江文艺》担任文学编辑的母亲毫无怨言地鼎力支持父亲，除了忙自己的工作，还要抚养我们姐弟三人。1977年国庆节期间，小舅舅到襄阳探访同学，顺道去看望父亲。一间不到20平方米的陋室，一张小床，一张办公桌，一个书架，泛黄的草帽挂在墙上，土砖地上有一双沾满泥土的布鞋，父亲正在伏案疾书。他很抱歉地对小舅舅说："昨天刚从下面回县里，想赶紧写点东西。"小舅舅不好意思打扰，聊了几句便告辞离开。父亲很勤勉，即使回武汉开会，也是晚上开夜车写作。吃完晚饭，他总是让我们去副食商店给他买烟，每次买两盒，我们都知道,他又要熬夜了。第二天早上起来一看,书房里弥漫着浓浓的烟味,满是烟蒂的烟灰缸旁,是两个空空的烟盒和一摞书稿。长期的接地气的农村蹲点生活,给予他丰厚的营养,使他的文学创作源于生活而又高于生活。他的代表作品之一《两个队长》以及其他很多作品,都是取材于襄阳的蹲点生活。《吉学沛文集》三卷本所收录的200余篇小说散文,农村题材的作品超过百分之八十。

父亲作为一个写农村生活的作家,自然要到生活里面去。他常说:"生活在农村,生活在农民中间,倾听他们的声音,了解他们的希望和要求,并不断改造自己的世界观。因为生活对于文学创作来说,永远是一个取之不尽用之不竭的源泉。我把这些动人的故事和可爱的乡亲写进作品,以表达我对乡村和乡民的深情厚谊,也表达我对中国农村的深深关注。"他下乡体验生活所带的行李,不仅

1974年6月,父亲吉学沛在枣阳邓店与农民交谈

1982年夏天，父亲吉学沛与农民促膝谈心

有被褥、蚊帐、脸盆，还有雨衣、雨靴、手电筒。他在农民家里吃"派饭"，临走时悄悄把饭钱和粮票压在菜盘子下面。他在生产队住了两个月，全队200多人的姓名，甚至绰号他都能叫出来。他随身携带的小本子里，详细记录着所见所闻，甚至还有牲畜和农作物的生长情况。他以广阔的农村、广袤的土地为背景，塑造了庞大的农民群体形象，反映了1949年以后农村各个历史阶段的社会变革，农民和农村基层干部的生活。他的作品构思精巧、人物鲜明、语言诙谐，充满了浓郁的乡土气息。在20世纪50年代至60年代，《两个队长》《三个书记》等作品，是风靡全中国的农村生活小说的经典，曾蜚声于湖北乃至全国文坛。《一面小白旗的风波》《两个队长》等作品还被译为英、法、俄等国文字介绍到国外，改编成电影和戏剧，并选入中学教材。澳大利亚1983年出版的英文版《中国当代文艺作品选》，收入了父亲1961年创作的《两个队长》，在时过境迁的20多年后，能够收入这个选本里，可见其代表性和生命力。

父亲与农村，就像鱼和水。老家来人了，那是他最高兴的时候，一山一水，一草一木，庄稼收成，左邻右舍，都是他无尽的话题。喝着从家乡带来的小米熬的粥，他觉得格外香甜。直到晚年，他还是保持着农民式的简朴生活习惯，一碗粥，一个馍，一碟花生米，一盘青菜便是他的一餐饭。他牵挂着家乡，关注着家乡，吉家沟小学的校舍需要改建，曾经当过乡村教师的他立即捐款。当听说他的名字被镌刻在校舍重建纪念碑上时，他连连摇头，说"没必要，没必要"。父亲年迈体衰，不堪车马劳顿，不能亲自回家乡了，还一再叮嘱我们要常回去看一看。家乡人说："吉学沛是我们吉家沟走出去的唯一的作家，名气大，职位高，但他没有架子，依然保持着质朴的农民本色。"有一张照片被父亲悬挂在书房最显眼的位置，照片拍摄的是1982年夏天，父亲在河南农村与一位老农民在田头席地而坐，促膝交谈。草帽、布鞋、卷起的裤脚、土布衬衣，谁也不会将这些与曾任湖北省文联、湖北省作协领导职务，一级作家，享受国务院特殊津贴联系起来。确实，父亲虽然从农村出来了，但是他从来没有离开过农村，他依然生活在农村，扎根在农村。他在深入生活、体验万家烟火的过程中，坚持以人民为中心的创作导向，怀

1986年，父亲吉学沛，摄于贵阳花溪

着最朴实的感情书写着农民，歌颂着农民，实现了自己的艺术追求，并获得"代表了一个时代的中国农村小说，一个时代的中国农村记忆"的高度评价。

父亲不仅把深沉的爱奉献给了农村，也把如山的父爱呈现给了我们。父亲是一位性格比较沉稳、豁达，有事业心的人，又是一个正直、善良、和蔼可亲的人，他给了我们儿女无尽的父爱。他办事认真，坚持原则；他与人为善，乐于助人；他吃苦耐劳，敢于担当；他言传身教，清白做人。他对儿女要求比较严厉，并且以良好的家风培养我们成人。从他身上我们学到了很多，学会了直面人生，乐观对待生活。他的那些优良品质，将是我们一生中最宝贵的财富。

敬爱的父亲离开我们三年多了，但他的音容笑貌仍在眼前，他的谆谆教诲犹在耳旁。在泪眼蒙眬中，我翻开小说集《两个孩子的故事》《四个读书人》《有了土地的人们》《高秀山回家》《一面小白旗的风波》《三月里的风云》《农村纪事》《两个队长》《春草集》《三个书记》《苏春迟请客》《牛栏纪事》《燕桃花》；儿童文学集《南南》《飞出笼的小鸽子》《乔石头的故事》；散文集《早晨》《浪

父亲吉学沛出版的部分著作

2008年11月,长江文艺出版社出版了《吉学沛文集》三卷

花集》《黄河情》《延河长流》;人物传记《李大贵的故事》和诗集《接粮袋》,以及小说散文集《吉学沛近作选》和《吉学沛文集》(三卷),仿佛看见父亲带着慈祥的微笑,正从散发着泥土芬芳的字里行间朝我们走来;他的身后,是他60年写作生涯中呕心沥血塑造出来的鲜活的农民群体和农村的广阔天地。

  时光冉冉,岁月悠悠。敬爱的父亲安息在这一片养育他的土地上,他无愧于曾经哺育他的这片土地。著名诗人艾青在《我爱这土地》中写道:"假如我是一只鸟,我也应该用嘶哑的喉咙歌唱:这被暴风雨所打击着的土地,这永远汹涌着我们的悲愤的河流,这无止息地吹刮着的激怒的风,和那来自林间的无比温柔的黎明……然后我死了,连羽毛也腐烂在土地里面。为什么我的眼里常含泪水?因为我对这土地爱得深沉……"父亲就是这样一只深沉歌唱土地的鸟。

  写下此文,以纪念我敬爱的父亲。

  敏敏:吉学沛之女。原住文联大院一栋一门二楼。

2008年,父母在家门口留影

2012年4月,父亲吉学沛摄于家中

2012年，父亲吉学沛在书房留影

战士也有情,艺术家更有爱
——怀念我的父亲武石

武凤子

1965年冬全家合影

前排左起：我，小弟冯石林，大弟冯石于；后排左起：大姐鲜子，母亲鲜于明一，父亲武石

战士也有情,艺术家更有爱
——怀念我的父亲武石

武凤子

冬日里难得的一束阳光,从窗口投射到老屋挂在墙上的老相框里,相框里每张照片的主人公在阳光下笑得是那么温馨那么会意……

每次回到家来,我总喜欢站在这里凝视这个相框。每当这时我总觉得父亲就站在身边那张硕大的画台前,挥笔泼墨、写诗作赋;母亲则在客厅或在厨房永远不停忙碌。

父亲武石(1912—1998)

1951年冬,父母结婚后在湖北黄陂土改时合影

  这张照片是父母结婚不久的合影,年轻时的父亲,在我眼里,就是如今人们所说的男神:帅气、坚韧、睿智、担当。记得老文联大院的叔叔阿姨总是说:他们俩真是郎才女貌,珠联璧合。而今人已驾鹤西去了,照片则是不说话的永远记录,让人追思,让人遐想。还有几张是父母与我们兄弟姐妹的合影,虽然那个年代物资匮乏,娱乐单调,可是父母的呵护和关爱犹如一条环带人生的河流,那么柔情,那么温馨。这个相框见证了父母半个世纪的恩爱,记录着我们兄弟姐妹成长的点点滴滴。

  看到一张张或幼稚或成熟的笑脸,往事如烟在眼前氤氲开来……

一　革命风暴，艺术之种

父亲武石（本名冯子树），1912年出生于湖南湘潭赤泥冲一个大户人家。据他生前回忆，之所以日后走上艺术之路，与人民艺术家齐白石还是有关系的。齐白石的家乡与我们家毗邻，年轻的齐白石那时还在家乡发展，他起初做过雕花木匠，家里至今仍保留着他早年的木艺作品，那精湛鲜活、栩栩如生的图案曾经留给了父亲不灭的印象。齐白石还不时来父亲就读的私塾作画。父亲回忆说，这是他读书时最为快乐的时光。也可能是他被齐白石的艺术成就所震撼，当他1929年报考长沙华中美术学校时，就高声宣布自己的艺名："善良的母亲告诉了我为人道德准则，她姓武；做艺术就要向齐白石那样精益求精，我的艺名就叫武石。"我相信命运之说，也相信人在修炼中的开悟。试想一颗艺术种子遇到艺术雨露阳光，那该是一个什么样的情景？

父亲诗文旧学功底非常好，又是大户人家子弟，更难能可贵的是他受过新式完整的艺术教育，他不但读了长沙华中美术学校，还赴上海艺专深造，可以说是刘海粟的高徒。如果按部就班的发展，父亲艺术之路可能是学生，文人，画家，夫子……不过中华民族的命运抉择，决定了父亲全新艺术之路和人生轨迹：学生，文艺战士，革命画家，教授。真是艺术人生，风雨人生。

父亲1932年从上海艺专毕业，那个时代画坛受苏联普罗大众艺术观影响，在鲁迅先生倡导下，以木刻版画反映中下层人民的生活。作为"左联"领导下的文艺战士，父亲迅即以画笔、刻刀为武器，投身到揭露国民党专制统治、抗日救亡的运动中去。父亲1938年加入了中国共产党，把国内的《战地》《力报》《时代》等著名杂志，香港的《星岛日报》以及一些苏联刊物都作为一个个"战场"。《上前线去》《敌人就在那边》《联合起来》《去讨还血债》《哪怕山高水又深》《抗日何罪》等一幅幅木刻版画和漫画，时隔这么多年，即使我没有经历过枪林弹雨，光听这些名字就能感受到不是刀枪、胜似刀枪的文艺武器的力量。那何

1938年，武石木刻《路有冻死骨》，8cm×9cm，中国国家博物馆藏

1940年，武石木刻《纪念五一节》，7cm×6.6cm，中国国家博物馆藏

1985年，武石国画作品：《芦林突击》，48cm×73.5cm，中国人民革命军事博物馆藏

1982年，武石国画作品：《风云急卷》，104cm×76cm，中国人民革命军事博物馆藏

1984年，武石国画作品：《战地黄花》，61.5cm×61.5cm，中国国家博物馆藏

止是一幅幅画作，那分明是一个爱国的热血青年从内心深处发出的冲锋怒吼和前进呐喊。父亲后来回忆说，国家不幸，画家幸。

父亲从艺专毕业后，在"左联"领导下，在沪、浙、赣的疾风暴雨中磨炼了十年。这样，当他走上艺术生涯第一步，就迎来了创作上的大爆发。

1942年，父亲被派往直接受延安中央军委指挥的新四军五师。当时五师驻扎地是华中地区，其特殊的地理位置、物产丰厚的经济地位，决定了这是日伪统治地区的重中之重，五师犹如一把尖刀插入敌人心脏。五师的政治工作力量比较强，师长李先念，红军时期就是四方面军主力军的军政委，政委郑位三、陈少敏的文化素养高，我军著名的《三大纪律八项注意》的军歌，就是五师前身红十五军团政治部搞起来的。所以，父亲这样一个来自上海的知识分子在五师有了大显身手的机遇，他利用《七七报》《农救报》《挺进报》《七七画报》等报纸、刊物，对侵略者发起了猛烈攻击，为前方战士挥臂助威，对军民鱼水深情赞颂……那时的父亲一手握笔一手拿枪，既是一名艺术家更是一名战士，纵横驰骋在鄂东北大别山、鄂西北大洪山、鄂南幕府山和江汉平原上，这段时期的创作应该是他艺术生涯的第二高峰。

二 芳华已逝，转身遇爱

当解放的红旗插遍祖国大地时，父亲也离开了部队。由上海市青年团委去北京团中央报到途经武汉时，被湖北省人民政府中五师的老战友、老领导强行留了下来，在省文联美术部（现在美协、书协前身）做负责人。烽火连天、东奔西走、华发早生，当父亲在武汉安顿下来的时候，回首一看，年近不惑，可还是孑然一人。

也许是冥冥之中上帝的安排，这时一个出身大家庭，带着对革命的向往，而又清纯、典雅的女学生出现在父亲身边，她就是我的母亲——鲜于明一。父亲比母亲大了整整17岁，也许是艺术熏陶，也许是战争淬炼，也许是共和国胜利喜悦

1957年，母亲鲜于明一摄于山东艺术专科学校门前

拂去了岁月的苍老，我们今天从照片来看他们年纪差距不是那么大，挺般配的。

在后来的日子里，父亲除了丈夫的角色外，对待母亲更是如父如兄般呵护备至。有段时间母亲上班在江南，而我们住在江北，两地比较远，父亲每天早上骑自行车将母亲送到江边的码头去坐轮船。想来也好笑，母亲不敢坐后座，父亲就让母亲坐在自行车的前杠上，那画面不知羡煞了多少路人呢。

母亲也是从小怀有艺术梦想的，革命让她中断学业，当共和国事业需要专业干部的时候，父亲毅然支持已经有了4个孩子的母亲到山东艺术专科学校学习。那时候我3岁多、大弟石于才1岁多，而父亲在外婆的帮助下，既当爹又当妈。在那困难的年代，他很少给自己添置衣物用品，却经常去菜市场买些有营养的食材，填饱我们几个淘气后肚子空空如也的饕餮之徒。父亲做的红烧肉是我记忆中最美味的佳肴，如今的鲍鱼燕窝怎能媲美。母亲后来在湖北省工艺美术处工作，工作颇有成就，也经常全国各地开会出差，很长一段时间父亲边创作边主动承担了一些家务，让母亲安心工作。多少年过去了，母亲总是内疚地与我们说，她拖了父亲的后腿,让一个才华横溢的艺术家做饭带孩子,这是家庭安稳,社会遗缺,我们听后心里顿生一种又酸又甜的滋味。当母亲离休后,又反过来全力支持父亲创作,陪父亲写生、办画展、出版画册,照顾父亲日常生活。在我的印象中父母从来没有红过脸,他们相濡以沫度过了近半个世纪。

三 父爱如山,背影相伴

我们家也和大多数家庭一样,严父慈母。

父亲在我们子女面前总是不苟言笑,自带威严。在我们儿时的记忆里,父亲就像一座山,让我们既仰慕又难以逾越。我们渴望走近他又不禁敬而远之。即便父亲在我们身边,但是看到的却往往都是背影。长大后渐渐理解了他,创作需要静心,创作是孤独的劳动。可是为什么他的朋友、学生、战友来了,他却总是热情招待、侃侃而谈,有时他们的高谈阔论都忘记钟点?

小的时候有些不理解,总觉得父亲身上有许多矛盾的地方。

比如,父亲并不保守,但对待子女好像男女有别。虽然总的来说都很严厉,但是无论女儿如何调皮甚至无理取闹,他从来没有打骂过。而儿子就没有那么幸运了,特别是大弟石于,由于小时候特别淘气,经常会挨父亲的打。从给儿女们起名字上也可以看出差别,三个女儿的名字分别叫鲜子、吉子、凤子,前面也没有姓氏(后来上户口时有的被强行加上姓氏),乍一看还真有点浪漫主义色彩。两个儿子冯石于、冯石林却规规矩矩有名有姓,并且不是跟着他的笔名(武石)姓,而是按着本名(冯子树)姓,从这点看又有些传统。多少年后,我似乎明白了,父亲性格是综合复杂的,正如他的画风既坚持现实主义,又带有浓郁的浪漫主义色彩。他有山般沉静,也有水样的柔情,他希望女儿们像吉祥鸟一样高高飞翔,又希望我的弟弟们,把根紧紧环绕在冯家传统大树上。

再比如,即使是在那读书无用的年代,看到我们整天在文联大院里疯,父亲也要求我们多读书。从干校下放回城后,家搬到了美术学院。小弟弟放学后总

1958年,父亲武石与我们姐弟三人合影

是猫在学校的图书馆里,从《三国演义》《水浒传》《西游记》到《十万个为什么》读个没完没了。父亲经常跑到图书馆把他揪出来,赶他出去玩。他也许是怕弟弟成为一个书呆子吧。他就像个园丁,不断地给小树修剪、纠偏。

当我们都长大后也为人父母时,才算真正理解了父爱。父爱如山,深沉、含蓄、厚重、包容,不事张扬。父爱无言,却博大沉静;父爱无声,却真挚长久。父爱也是有分别的,对儿子严格,对闺女宽和。他用自己的行动告诉我们:低调做人、踏实做事、不忘初心、砥砺前行。

四 精神遗产,延绵不断

不知过了多久,那一束穿窗而入的阳光已经照到我的后脑勺,暖洋洋的。我侧目回望,却发现父亲并不在我身边,母亲也不在客厅和厨房,房间空荡荡的,我又一次意识到父母真的已经离我们远去,不禁黯然神伤。

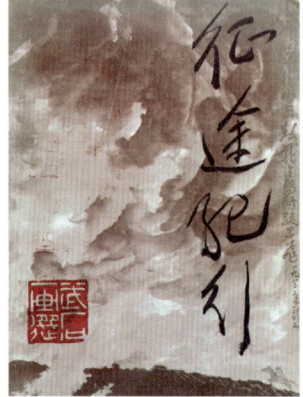

父亲武石出版过多种画集

我坐在画案前,打开一本本依稀还散发着油墨芳香的《武石书画作品集》,仿佛又看到了往日父亲伏案疾书、挥毫泼墨的背影。

中华人民共和国成立后,父亲的创作题材也随着时代的脉搏在不断变化,手上也是木刻与国画兼有。他深入生活写生、创作的足迹遍布全国各地。我记得1980年父亲已经68岁高龄,还坐火车到敦煌写生,最后60多公里只能坐敞篷卡车颠簸而行,其对艺术的追求和执着令我们晚辈汗颜。

1980年4月,父亲武石在黄山写生

1980年5月1日,父亲武石背着画架,跋涉在黄山的盘山路上

父亲用气势磅礴的套色木刻《最后一根钢梁》向世人展示"天堑变通途"的武汉长江大桥建设工程气概,这幅作品被誉为新中国版画代表作之一,同时在全国20多个报刊发表和转载,选入《中国绘画十年选集》,参加了莫斯科社会主义国家造型艺术展览,苏联《星火》画报以整版篇幅刊出;当人民大会堂竣工时,他用国画《今日红安七里坪》装点人大湖北厅,这幅画受到了董必武、李先念等当时湖北籍在京的党和国家领导人的欣赏;他深入社会主义建设的诸多领域,木刻《武钢扩建中》那工地繁忙的画面让人想起了改革开放初期各行各业万马奔腾的景象;套色木刻《葛洲晓雾》中宏伟的大坝前江鸥在升腾的水雾中盘旋,好一幅水电建设工地美景;鄂城采风归来,用大幅套色木刻《麦收》反映湖北农村丰收的景象。

1981年至1985年,父亲以70岁左右的高龄,在时任国家副主席王震同志支

1981年，武石套色木刻版画：《葛洲晓雾》，37cm×66.5cm，中国国家博物馆藏

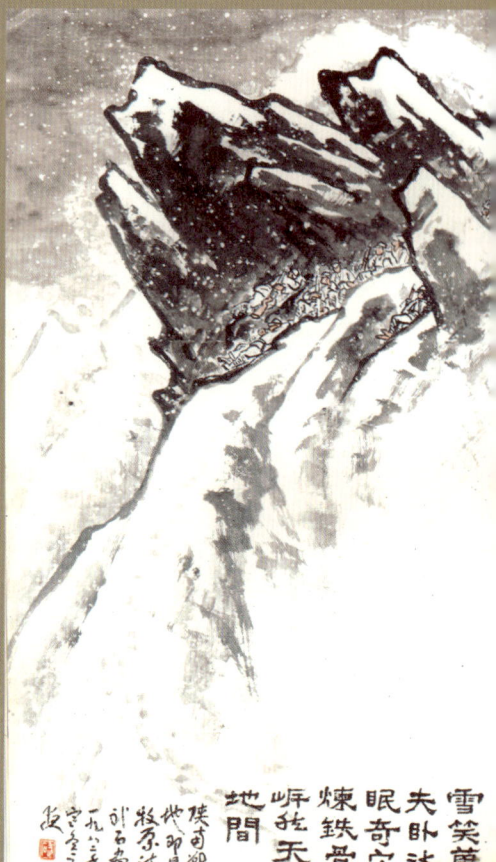

1981年，武石套色木刻版画：《夜渡丹江》，31.2cm×63.3cm，中国国家博物馆藏

1982年，武石国画作品：《奇寒炼铁骨》，108cm×67cm，中国人民革命军事博物馆藏

1959年，武石套色木刻版画：《麦收》，32.5cm×94.3cm，中国国家博物馆藏

1984年,武石国画作品:《装点大悟山,此树最相得》,136cm×69cm,中国人民革命军事博物馆藏

持下,多次去大悟宣化店,重走当年中原突围路线,用一幅幅凝重、粗犷、奔放的国画重温往昔峥嵘岁月;《装点大悟山,此树最相得》中火红的木子树,那是当年新四军战士血染的风采,《奇寒炼铁骨》《碧血染山河》那是父亲心中永远都抹不去的记忆。几十幅画作最后汇编成《征途纪行》。

父亲去世后,根据他的遗愿,由母亲主持,我们兄弟姐妹一致同意,把他的大部分反映革命战争题材的国画作品都捐给了中国人民革命军事博物馆;把他的全部反映革命战争题材及社会主义建设时期的木刻版画作品,以及部分国画作品都捐给了中国国家博物馆。父亲也留给了我们一些字画和他一生创作的诗集。但我们明白的是,他希望我们从这些遗作中吸取精神营养,做一个热爱自然,热爱大地,热爱生活,正直善良的人。

近年,由中国国家博物馆馆长王春法主编的"中国国家博物馆20世纪中国美术名家系列丛书"之一《烽火艺途·武石艺术》由北京时代华文书局出版。

2000年,母亲鲜于明一主持将父亲武石反映革命战争题材的作品捐赠给中国人民革命军事博物馆

2019年8月27日,庆祝中华人民共和国成立70周年之际,由中国国家博物馆主办的"烽火艺途·武石捐赠作品展"开幕式在中国国家博物馆西大厅隆重举行。此次展览展出了家属捐赠的武石不同时期的作品100余件

由王春法主编的"中国国家博物馆20世纪中国美术名家系列丛书"之一《烽火艺途·武石艺术》,由北京时代华文书局出版

画册的封面选用父亲反映武汉长江大桥建设工地气概的著名套色木刻《最后一根钢梁》。

窗外已是夕阳西下了,不经常住人的老屋此时更感昏暗,我忽然想起一句老话:"父母健在才是家"。如今父母不在了,说实在的,我们有时候也感觉到一种"空",面对老屋、老照片有一种说不出的思念与哀伤;但我们毕竟是武石的子女，我们的血管里不是还流淌着他的血吗？所以我们又切切实实感到一种"有"，我们相信有精神存在，也相信有灵魂存在。所以我们兄弟姐妹约定无论天涯海角，每隔4年都要回来武汉相聚一次，回到这充满对父母温馨回忆的故居——我们心中永远的"家"，述说相思与别离。

望着父亲的遗像，我明天也要离开武汉了，我想最后对父亲说的是：

有青山在，
就有您的情在。
有枫叶在燃烧，
就有您理想在延续。
作为战士，
您是我们心目中的骑士；
作为画家，
您的笔拥抱了一个时代；
作为妈妈的丈夫，
您的才与她的情堪称绝配；
作为我们的父亲，
下一个轮回，
我们一定会匍匐，
在您的身下，
一齐喊您，
恩重如山的老父亲！！！

武凤子：父亲武石，母亲鲜于明一。家有姐弟4人，姐姐鲜子，弟弟冯石于、冯石林，原住文联大院二栋二门一楼。

热爱话剧,终生不渝
——记我的母亲哈珊

哈小姚

父亲姚汉光母亲哈珊和我们兄弟俩（前左为哥哥姚牧民）

1964年夏，哈小姚和哥哥姚牧民在文联大楼前合影

热爱话剧，终生不渝
——记我的母亲哈珊

哈小姚

年轻时的母亲哈珊

我的母亲哈珊，是蒙古族人，1926年生于内蒙古乌达盟。哈珊·格日勒是她的蒙文名字，意谓"闪光的碧玉"。我的姥爷是内蒙古上层人士，当时家中有一个留声机，很多唱片。母亲从小就喜欢守在留声机前听戏，她很聪明，记忆力强，从此就爱上了戏剧。可以说，这个留声机就是她最早的启蒙老师。

1946年，母亲参加了革命队伍，在冀察热辽联合大学内蒙自治学院学习，后被推荐到鲁艺文学院短训班。在1948年鲁艺的一次晚会上，她演唱了一段由鲁艺老师石化羽编写、安波院长亲自整理的大鼓词《董存瑞炸碉堡》，母亲用铁片大鼓腔调演唱了这段大鼓词，现场观众报以热烈掌声，连军分区首长都跑上舞台,对母亲的演出表示感谢。

1948年冬,鲁艺文工团在锦州演出歌剧《白毛女》,母亲扮演黄世仁的母亲,虽然她只有一场戏,但给人留下很深的印象。这出戏伴随着中华人民共和国的诞生,从锦州演到天津,从天津演到武汉。

1951年,母亲随中国青年艺术团参加了柏林世界青年联欢节,又在苏联和罗马尼亚等东欧国家演出。

1953年,武汉话剧院建院之后,母亲开始了她的话剧演员生涯。母亲是位个性化演员,戏路子很宽,善于扮演不同民族、不同身份、不同性格的角色,更善于挖掘人物内心世界,她所扮演的人物,总能让观众感到耳目一新。但她演的最多的还是"老旦"。她每接到一个剧本,总是认真地读,细心揣摩人物特点和内心世界。

20世纪60年代,母亲参加过《日出》《千万不要忘记》《金子》等话剧的演出,扮演过各种各样的角色。

话剧《日出》,母亲哈珊饰顾八奶奶,司徒莺饰陈白露

1964年,母亲哈珊在话剧《千万不要忘记》中扮演小业主姚母

1963年,母亲哈珊在话剧《渔人之家》中饰母亲

1978年,话剧院上演《于无声处》后合影,
前排左起:宋映雪、母亲哈珊;后排左起:赵振生、石琦

话剧《20世纪中叶》,母亲哈珊饰科学家,陈矿饰女儿

  1964年,在话剧《千万不要忘记》中,母亲扮演一个浑身散发着铜臭味的小业主姚母,把她的贪婪自私演得惟妙惟肖。20世纪80年代,她参加演出的话剧小品《征婚》,是个只有15分钟的短剧,母亲扮演一个受儿子反对想要征婚的寡母,如何冲破封建枷锁追求幸福。其中人物情绪的起伏跌宕是很难演的,但母亲通过娴熟精湛的表演,准确细腻地展示了这个人物的内心世界。这出戏在全国首届电视话剧小品比赛中获奖。

1994年,母亲哈珊在话剧《情系母亲河》中扮演田阿秀

1982年,母亲哈珊在话剧《魏征》中饰魏夫人(陈牧饰魏征)

电视剧《军校轶事》中,母亲哈珊饰政委

话剧《赤子情》中,马奕饰教授,母亲哈珊饰教授夫人

1959年,母亲哈珊在话剧《夜店》中扮演赛观音　　2007年6月,母亲哈珊在话剧《夜店》中再次扮演赛观音

1994年，母亲离休后，以68岁的高龄参演了大型话剧《情系母亲河》。在剧中，她扮演一个在战争中被日军掠为慰安妇的韩国老人田阿秀，该话剧讲述了田阿秀历尽摧残凌辱流落到中国，被中国青年乡村教师收养的故事。扮演慰安妇的角色，是难度很大的，但母亲成功地扮演了这个角色。《情系母亲河》获得第三届话剧"金狮奖"，其中母亲获得"表演振兴奖"。

1996年，母亲已70岁高龄，又演出了《人生一台戏》，扮演医院里"七床"的母亲。很多人赞叹她说："哈珊人老志不衰，70岁演大戏。"

2007年是中国话剧百年诞辰，为了纪念这个日子，武汉话剧院的一批已经离退休的老演员，宝刀不老，重登舞台，联合演出了由著名作家柯灵、师陀根据高尔基的经典名剧《在底层》改编的话剧《夜店》。这部剧，通过小人物的不幸命运，控诉黑暗社会的罪恶。1959年母亲早在武汉人艺时，曾演过此剧。2007年6月，时隔近半个世纪，我的母亲和演过此剧的原班人马都是七八十岁的老演员，

2016年，母亲哈珊迎来了90寿辰

父母晚年共度的幸福时光

却又精神抖擞地重上舞台。这次演出,获得国家话剧研究会的好评,被定为中国话剧百年庆典巡回展演优秀剧目,受到多家新闻媒体的报道,称之为"耄耋艺术家重登舞台"。我母亲在接受记者采访时说:"今年恰逢中国话剧百年,我们想以自己的表演作纪念,纪念与话剧一起走过的岁月,表达这一辈子的话剧不了情。"

我的父亲姚汉光,和母亲一样热爱话剧,长期担任武汉人民艺术剧院的领导职务。我从小在文联大院里长大,受到父母在话剧艺术上的熏陶,无数次躲在武汉剧院话剧演出的后台或乐池中,观看母亲的表演。在母亲身边受到耳濡目染,我从年轻时代起,也继承了母亲的事业,走上了话剧表演之路,这也是母亲特别感到欣慰的事。

哈小姚:父亲姚汉光,母亲哈珊,哥哥姚牧民。原住文联大院一栋二门二楼西边。

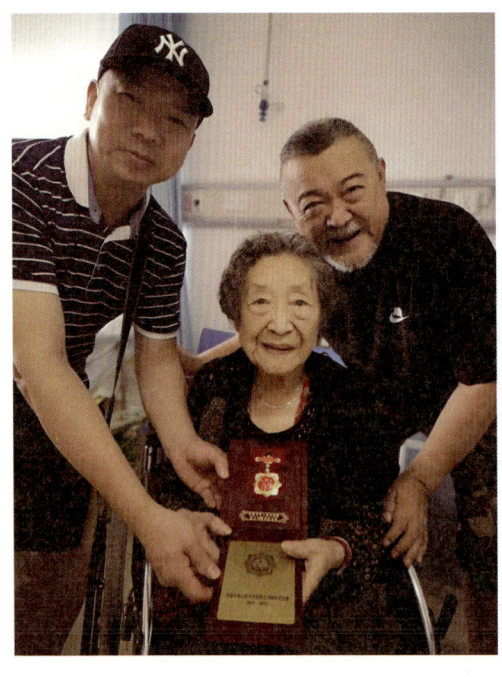

2019年国庆前夕,母亲哈珊获得中央军委、中央宣传部、中央组织部颁发给离休老干部的"庆祝中华人民共和国成立70周年纪念章"

话剧舞台上一颗璀璨的星
——记我的母亲司徒莺

杜 勇

母亲司徒莺(1927—1998),辽宁金县人,话剧国家一级演员

母亲司徒莺刚到武汉时留影

母亲司徒莺参加中南文工团后留影

父母年轻时代合影

话剧舞台上一颗璀璨的星

——记我的母亲司徒莺

杜 勇

我的母亲司徒莺,辽宁金县人,1927年生于哈尔滨。她从小就喜欢戏剧,1946年开始参加演艺活动,从哈尔滨演到长春、沈阳,后来在天津搭班演戏,成为一个颇有名气的演员。

1950年冬,她从天津来到中南文工团时,只有23岁。中南文工团的前身是冀察热辽军区文工团,后来才改为武汉话剧院,老演员大都是从东北山沟沟里来的,看着母亲这位从大城市来的穿着皮大衣、戴着手笼子的"洋"姑娘,都有点看不惯。但是,母亲很快适应了文工团的新生活,她脱下皮大衣换上了粗布褂,连化妆盒也弃之不用。因为,在旧社会她是为了生存才去演戏的,走过的道路极为坎坷,如今她成为新中国的文艺工作者,从内心是感到喜悦和自豪的。在过去

1951年,母亲司徒莺在话剧《冷战》中饰演耶娃

的演艺生涯中,母亲付出的是血和泪,但也积累了多年的舞台经验,具备了娴熟的表演技巧。她来中南文工团之前,已是北方颇有名气的"明星",但她甘于平凡,在上演话剧《悲壮的颂歌》时,主动要求当群众演员,还兼管道具。

1957年,母亲在武汉话剧院上演曹禺的话剧名著《日出》中扮演女主角陈白露,就母亲的形象和表演技巧来说,演陈白露是很合适的,但她自己总是不满意,虚心向同行求教。一次,她在重庆演出《日出》,和四川人艺演"陈白露"的演员一起喝茶聊天,母亲诚恳地要这位"陈白露"给她提意见,同行被她的真诚所打动,就说:"你演得比我好,但能不能再深沉些。"母亲对这句话思考了很久,又反复地读剧本,挖掘陈白露思想性格的复杂性,把这个艺术形象演好演活。

1963年,母亲在武汉话剧院演出的郭沫若编剧的大型话剧《武则天》中扮演女皇帝武则天。为了演好武则天的很长一段台词"读遗诏",她反复练习,不知多少夜晚在无人的舞台上高声朗诵,有时走在路上还在默念,以达到最佳的效果。《武则天》的演出,取得了很大的成功,观众纷纷来信,说她把武则天演活了。

1961年母亲加入中国共产党。在20多年的演艺生涯中,母亲扮演过众多角色,被公认为武汉话剧院女演员中的"领军"人物。

母亲的戏路很宽,能演外国戏,能演中国戏;能演"老旦",也能演"青衣花旦";能演城里的阔太太,也能演农村里的老妈妈。如,1951年在《冷战》中,她饰耶娃;1953年在《曙光照耀莫斯科》中,她饰卡普特尼娜;1954年在《法西斯细菌》中,饰钱琴仙;1956年在《蠢货》中,饰叶丽娜·波波娃;1955年在《后方的前线》中饰梅君;1956年在《扬子江边》中饰刘平;1958年在《失去的信》中饰淑伊·特拉哈娜克;在《关汉卿》中饰宋秀;1959年在《杜尔太太的道德》中饰克拉娃;在《孔雀胆》中饰王妃忽的斤;1960年在《万紫千红才是春》中饰冷明珠;在《万户一家》中饰白玉华;1961年在《战斗的青春》中饰许凤;1962年在《最后一幕》中饰蒋暇;在《迎春花》中饰孙俊英;1964年在《春雨》中饰大妈;1965年在《电闪雷鸣》中饰雷帅母,等等。

1956年，母亲司徒莺在话剧《蠢货》中饰演叶丽娜·波波娃

1957年，母亲司徒莺在话剧《日出》中扮演陈白露

1961年，母亲司徒莺在话剧《战斗的青春》中饰许凤

1964年，母亲司徒莺在话剧《后方的前线》中扮演潜伏特务

1963年，母亲司徒莺在大型历史剧《武则天》中扮演武则天

在《春雨》中,她第一次饰演农民,为了演好这个戏,母亲两次去郊区农村,细心观察农村妇女的生活、服饰、语言、举止言行。《春雨》后来参加中南汇演,还获了奖。

1966年,正当母亲风华正茂、勇攀艺术高峰的时候,"文革"开始了。母亲被加上"三名三高""黑线人物"的罪名赶下舞台,关进"牛棚",备受摧残,进行劳动改造后,又被强迫下放,导致母亲的身心受到很大的创伤。

20世纪70年代,父母在五七干校

母亲司徒莺下五七干校时在小河里划船

1981年，武汉话剧院上演话剧《神秘的古城》，母亲重返舞台

晚年的母亲

新时期改革开放以来，武汉话剧院又恢复了繁荣景象，母亲的同事朋友纷纷登台演出。母亲在同事们的慰问和鼓励下，精神上的创伤渐渐平复。

1981年，话剧院排演《神秘的古城》时，母亲主动提出扮演戏中的女主角司马玉如。从1965年母亲出演《武则天》算起，她已经离开舞台整整16年了，大家一方面希望她能重返舞台，同时也担心她是否还能适应舞台表演。出于对母亲的信任、爱护与鼓励，话剧院领导最终决定由她来担任这个角色。

当剧场的大幕拉开，母亲沉静地走上了舞台，仿佛回到了自己最熟悉的地方。她所扮演的司马玉如，一举手，一投足，一句台词，都是那么娴熟自如，并没有任何差错。观众惊喜地发现，十几年前的司徒莺又回来了！霎时间，台下响起了暴风雨般的掌声。

1982年，母亲又在话剧《魏征》中饰长孙皇后；1983年在《阴错阳差》中饰家家（即姥姥）。她对演出非常认真,对每个角色,都能准确把握性格,把人物演得活灵活现、栩栩如生。

但母亲毕竟受"文革"影响,健康状态每况愈下。1998年,母亲旧病复发,不幸去世。享年71岁。

母亲虽然过早地离开了我们,但是,她几十年在舞台上所塑造的艺术形象,还长久地活在观众心里。在话剧史册中,她被誉为"话剧院的四大名旦"之一,"戏剧花圃中一朵正盛开的奇花异卉"。她在著名剧目《雷雨》《武则天》中扮演的女主角,至今仍被人们记起。我想,母亲若泉下有知,应当含笑了。

杜勇：司徒莺的小儿子,父亲杜平,大姐杜黛,二姐杜小英。原住在文联大院一栋二门三楼。

1998年的我,摄于武汉

文联大院琐记

明建　明进　明荣

20 世纪 60 年代家庭留影

前排：左为祖母谢纬业，右为祖父张肇铭；后排左起：张光纯（女儿），梁继莲（二媳），张国衍（女婿），三个小孩左为张明建（长孙），右为张明进（孙子），后为张明慧（孙女）

文联大院琐记

明建　明进　明荣

一

位于汉口花桥的文联大院有我们许多儿时的记忆，弟弟明进出生不久就到大院，一直由奶奶谢纬业带大，明荣在"文革"开始后到的大院。而我（明建）则不知能否算文联大院的娃，上了一年育才幼儿园，其间住在大院，以后是周日和寒暑假在大院度过。"文革"停课期间则完全住在大院。以致童年的记忆与文联大院没法分开。

文联大院建成于1958年。大院临街的一栋办公大楼，现在还在，几经改建加层，已变成拜占庭式的很气派的圆顶。院内有三栋砖木结构的两单元三层的宿舍楼，现在已不复存在了。

记得大院里的红砖红瓦的楼房之间，由红砖铺成的小路连在一起，另外还有一片平房，那是文联的食堂和部分后勤人员的宿舍。办公楼背后在食堂和宿舍间有一小花园。二栋和三栋隔得近一点，面对着面，一栋在二栋的背面，背靠着马路，在一栋和二栋之间有着很大的一片空地，中间还有一个小小的水塘，水塘可供菜地浇水，也有人用小竿垂钓。有家属在部分空地上开辟了小块的菜地。听说那块地在1958年建过小高炉，炼过铁。1960年，曾当自留地分给家属以改善生活。在我很小时觉得那地方非常大，那里有用竹棍和木棍围着的小块的菜地，有成片的野草，有各种小虫，因大人们怕我们被泥土弄脏衣服，怕小虫咬了手，不让我们去空地玩，以致那个地方对儿时的我还有点神秘的感觉。大院外面是大片的菜地，很宽的水沟和一间间茅草屋，当年菜农们住的茅草屋，我现在还

1961年冬家庭留影

前排左为祖母谢纬业,右为祖父张肇铭;后排左起:洪砚(三媳)、张光庠(三子)、张光庭(四子)、李桂兰(四媳);三个小孩左为张明进(孙),右为张明建(长孙),后为张明荣(孙)

有很深的印象,那墙是竹棍缠着稻草围成,两面糊上塘泥,房顶则是用茅草铺就,外墙的泥剥落时,能看到里面的稻草和竹棍。

  我们家住三栋二门二楼,里屋窗下便是菜农居住的茅草屋和菜地。对门的海鸣,隔壁的石洋,楼上的小武,楼上对面的大林林,隔壁门栋的小咪,二栋的石于、刘济都是儿时玩的较多的伙伴。明进、明荣在大院长大,儿时的玩伴记下来会是一个长长的名单。

  那时大院的环境和条件是优裕的,大人们在院里闲坐,小孩在院里玩耍。记得文联唯一的华沙牌轿车在红砖路上驶过,小孩追逐其后的场景。也记得一度每家出一人共同做大院卫生的热闹。还记得一次帮家里倒垃圾,端着垃圾盆一路疯跑,将盆里字纸撒了一路,惹得大院一位阿姨大喊"谁家的孩子把垃圾撒得到处是!"大院的卫生可是大家劳动的成果。

二

大院记忆保留最多的是"文革"时期。也许是因为"文革"前我们年龄小，不太记事，"文革"后期下放后去的少了。

"文革"开始，最初人们忙着为办公楼布置毛主席画像和用红纸书写毛主席语录。我见过祖父在家里为文联大楼的布置书写毛主席语录，按来人的要求用大红纸书写，写好以后还从家里清了几个镜框装好，一块儿让人拿走。接着是铺天盖地的大字报和大幅的标语。大字报从文联的办公大楼、文联大院一直曼延到大街上。记得一天进家门，奶奶问：看到打倒爷爷的标语了吗？当时的口气是轻松的，有点调侃意味。

有一阵搬东西是大院里的一景。最先是从办公室往家里搬，人们接到将办公室、画室腾出来的通知。画家们在小孩子们的帮助下把画室的瓶瓶罐罐、笔墨纸砚往家里搬。作家们的东西简单些，就是书。我因学校停课，父母办学习班，家里没人照顾就住在了花桥，那时和弟弟明进、明荣在祖父的指挥下清理要搬走的东西。搬离工作多年的画室，我想祖父的心情是复杂的。他表面上显得很轻松，一边指挥，一边还对我们讲起当年为丹江分洪工程作长卷，在这儿几天都没回家，那时墙上地上桌上都是画稿。从画室回家的路上我们在前面跑着跳着，祖父倒剪着双手跟在后面，一言不发。快到家时，奶奶在阳台看见我们抱着纸盒跑跑跳跳不禁大叫："慢点，别摔着！"腾出来的办公大楼以后成了支"左"驻军的师部，一栋和二栋间大片的菜地草地被清理出来，成了篮球场和部队训练的地方。

没过多久又有人搬东西了。从家里往外搬。把一些很宝贵的图书从家里的书柜搬到外面那些收荒货的板车上。这个工作量可要大多了。要全家动手。那些作家、画家、诗人们自己搬，也在窗口看着别人家里搬，将多年收藏的书籍往外搬，且一去不回，心痛，无奈，沉着脸。只是偶有三五岁的小孩子抱着一本如砖头厚的书跑出来扔在地上，赶着又去搬下一趟，那动作神态给大院带来些许生气。

祖父卖书时我不在花桥,有天进门,几个书架都看不到书了,只有《毛泽东选集》《马恩选集》《鲁迅全集》占了不到一个书架,其他的书架,成了杂物架。放的是锅啊,瓶瓶罐罐啊。祖父看我去了,递给我两本鲁迅小说选,说是专门给我留的。给我留书是因为在那以前好几年的时间,我每个星期天都要到花桥去玩,大多数时间都是看书,逮着啥书看啥书,订了十多年的《人民文学》和好几年的《长江文艺》都看完了。祖父清理书时就在念叨:"都卖了,明建来了看啥?给他留几本吧,毒草不能留,就留几本鲁迅的小说。"好多有用的宝贝留不下来,只能为一个小孩的消遣留点东西,多年后想来心里都酸酸的。

现在看来不可思议的事当时也觉得很正常,没人提出疑义,那些思想极活跃的人们平静地接受着当时的一切。当倾注多年心血的作品被全盘否定,当大半生与其为伴的书籍被全盘否定,可以想象平静的背后隐藏的痛苦。

"文革"中的批斗隔几天便会有一次。祖父虽是美协主席,可能是结怨少,也可能是早就不管具体事了,批斗时都是陪斗,因为年龄较大,有人还会对祖父格外优待。祖父陪斗次数不太多,陪斗后回家总是一言不发。那是累了,身

20世纪70年代初,张肇铭(中)和沈阳的孙子张明辉(左)、张明毅(右)

体累，心更累。以后听祖父讲过批斗的事，谈到有人看他站得久了，还搬张板凳给他坐。

外单位的"造反派"有时会冲进文联大院，高喊"把某某某揪下来！""某某某滚出来！"的口号。接着到人家家中把人一抓，推到大院里斗一下，一二十人一围，喊几句口号就结束了。有时还会朝天放上一枪，让大院里的小孩忙着满地找弹壳。也有在文联食堂开批斗会的，有人主持，有人作有准备的发言，到了义愤填膺之时，还有人到前面大打出手，那气氛很是压抑的，和一般在街上看到的批斗游街不同，被批斗者都是天天见面的极熟的人啊。

劳动改造温和一些。那时从大院走过，会看到一些过去见面都要打招呼，叫声伯伯、阿姨的人在那儿扫地，心情很复杂，他们怎么都成了坏人？扫厕所、扫大院的活祖父是干不动了，他的改造科目是到食堂择菜。每天一早提一小凳到食堂，几个老人围坐一圈。将几小筐菜择上几个小时。菜择完了还得坐一会，把时间熬足，待炊事员发话才往家里走。这个时候我奶奶常常在阳台看着，候着，看到祖父从食堂出来就喊我们："快去接一下爷爷。""接"不过是下楼帮着拿一下小凳。血浓于水，亲情难敌，"反动学术权威"也好，打倒一下也罢，祖父仍然是我们的祖父。有时我们也到食堂看看，也有比我们还小的孩子跑到食堂去玩，有时还会帮着择几棵菜，更多的时候是在食堂跑来跑去，给那里带去几分轻松。一次择辣椒，一个比我们更小的孩子为红红的辣椒所吸引，边摘边玩，用手揉了眼睛，辣了眼，哭个不停。几个老人慌了，不知怎么办，瞎忙了好一阵，最后还是炊事员过来，用抹布沾水洗了一会才算安静下来。回家一说，落得老伴一阵埋怨，再也不敢让小孩到食堂去玩了。

抄家，但凡领导、学术权威、有历史问题的都逃不脱。我见过一些抄家的场面。文联的抄家可能是较文明的。那天几个人来抄家。开始祖父坐在藤椅上看他们抄，一言不发，一会便走到另一间房去坐着，那几人都是文联的工作人员，对祖父仍以主席相称。抄家是以信件和文字为主，最后好像没啥收获，临走时要把在省文联租借的书架和靠椅搬走，我奶奶不让，跟他们争了几句，祖父在里屋，门都没出，大声说道："让他们都拿走。"那已不是第一次抄家了，在我看来大人们都很平静。记得祖父事后还问我奶奶：给他们倒茶了吗？我奶奶可能是因几件家具被抬走没好气地说道："我给他们倒个鬼。"抄家还拿走了一些当时的"四旧"，几年后清退时我奶奶还去要过，但已经找不到了。

外调是"文革"一个重要节目。外调不是"文革"独有，在祖父的笔记中也能看到"文革"前外调的记载。只是"文革"期间外调者更复杂，家里隔不几天就会有外调人员登门。有的还客气，有些就很凶。有时很快，有时却要谈好长时间。外调人员多是两人同行，我奶奶有时会叫我们进去给他们倒个茶，打个岔。有的外调人员会别有用心地引导祖父按他们的要求回答问题，事后祖父就会说这两人"讨嫌"，一个问题要翻来覆去地问。祖父谈过有人对外调人员瞎说，结果害了别人也害了自己。

"文革"经过了最热闹的两年。1967年底，省文联干部及各协会干部随省直机关被送到驻黄陂水塔的空降兵部队搞"斗批改"，那时叫湖北省机关干部培训团。祖父好像是在湖北剧场批斗时被直接送到那里的，以后才有人带信来叫家人放心。我三叔去送过衣物，回来说那里条件比较好，感觉食品供应比地方上还好。几个月后祖父被我父亲接了回来，说是在黄陂摔了一下，当时把好多人都吓坏了。送到医院检查后没大事，就通知家里去接人。祖父回家后看着精神还不错，只是戒了十多年的烟又抽了起来，不时靠在藤椅上叼着烟谈谈干校的事。祖父在那儿干得多的是摘菜和拔草，拔草要蹲在地里，要弯着腰，要晒太阳，70岁的祖父就是在站起来时直直地倒在地上人事不省。

从黄陂回家后，祖父有时也会靠在藤椅上要我们几个兄弟背毛主席的"老三篇"，他不拿书，对我们背错的地方会马上指出来，并会对我们说，在干校他们这样的老人都能背得很流畅，我们小孩没有理由背不好啊。以后各地相继建了五七干校后，那里的干部多被迁往湖北沙洋七里湖农场。干校会办多长时间？谁

20世纪70年代初,祖父张肇铭在家用扑克摆接龙,看似气定神闲,内心更多的是痛苦和无奈

也不知道。祖父是摔了一跤而提前拿到了"结业证"。

文联大院有许多名人,高薪者多,"文革"期间他们中的许多人都成了走资本主义道路"当权派""反动学术权威"。扣发了他们大部分工资,只按供养人头发放生活费,据说是为了避免有人为特务活动提供经费。"特务活动"听着可怕,没有人敢提出疑义。"均贫富"对于动员大多数总是最具号召力,省文联当时是按供养人头每人每月发20元的基本生活费,和有的单位每人每月只发15元相比还算好的。那段时间可能有两年多。扣薪结束后,好多人拿到退还的薪水,有好几千元,那时是个不小的数目,有人自嘲地说,扣薪好啊!以前总是存不下钱来,这次存下来了。

1972年3月以后,省里从五七干校调出少数作家回汉成立了湖北省文艺创作室,开始恢复文艺创作。祖父"反动学术权威"的帽子好像是没有人摘就自己掉了,没有人宣布平反,也没有人接着叫。放在今天有的人一定要去讨一个说法,要求恢复名誉,赔偿精神损失,而当初没人来找麻烦就是幸事了。

1974年后,祖父在人们眼里又成了"国宝"。那时文联还没恢复,祖父的人事关系转到了湖北省休干办公室,祖父又能享受订阅《参考消息》的待遇,开始享受肉票、油票和烟票的补贴了。因为家里来客比较多,每个月还会有50斤粮票的补助。1975年春节,湖北省委、省政府、武汉军区在洪山礼堂为在汉的离退休老干部老红军举行春节联欢,省政府给祖父发了请柬。对祖父而言,"文化大革命"算是过去了。

三

祖父有四儿一女,明进、明荣的父亲排行老三,我父亲排行老二。祖父的子女基本上没有住在大院。姑姑的女儿欣欣和我妹妹也曾在大院住过一段时间。除了四叔在沈阳,其他子女周日常带孩子到大院。家里吃饭常会开上两桌。大人一桌小孩一桌。小孩不去,祖父会念叨,谁怎么没来?小孩去的多了,他又会觉得闹,到隔壁龙海义、石琦家去小坐。

我印象中家里串门的人很多,"文革"最紧张的时候家里也常有人来。那时来的较多的是同住大院的画家张善平和黄鼎钧。黄鼎钧先生是武昌艺专江津入学的学生。每次来了会坐很长时间,他那时什么组织也不参加,开玩笑的称自己是"独立团"。张善平先生来了则总会叫祖父不要害怕,说花鸟画总会让画的,公园里那么多花总不会都毁掉啊!有些过去的学生和朋友从下放的地方回汉,也会来看看祖父。他们的来访给了祖父很大的安慰。

恢复国画创作以后,去家里的人就更多了。"文革"后期,湖北艺术学院恢复花鸟画教学,著名画家邵声朗、陈立言专程请祖父为教学作些画作课件。尽管年近八旬、体弱多病,祖父仍欣然命笔,作册页多幅。

祖父从教时间很长,对学生的关爱一直延续到日后多年。著名画家鲁慕迅先生谈及他为"右派"时,到文联探望祖父,我奶奶还会留他吃饭,没把他当作

"坏分子"。同住文联大院的姜弘先生和我谈过,他曾因和胡风关系密切,1957年"反右"后劳动改造。劳改结束,他穿着破旧的衣服,背着行李,回文联大院时碰到祖父,祖父很热情地和他打招呼:"姜弘同志,你回来了。"他当时眼泪都下来了。日后常想,"这个老人脑子里是怎么想的?新中国成立前保护进步学生,那时对我这样的人还那么关心"。他俩都是解放初中原大学毕业的学子。

20世纪50年代家庭留影
前排左为祖母谢纬业,右为祖父张肇铭,后排左起:梁继莲(二媳)、张光懋(二子)、张光权(长子)、张光庠(三子)

文联撤销。很多人因下放和调动工作,搬走后就没回来。大院里的住户逐渐换了,明进、明荣有了许多新的朋友。我家对面的师群家搬走了,随后搬来的是骆文一家,骆文家有台小电视,每逢有京剧和球赛时便会过来请祖父一同观看。祖父1976年去世后,我去的少了。不知何时,一栋和二栋间的空地建了楼房,以后,办公楼后的花园处也盖了两栋楼房,背靠办公楼,用一截院墙和原来的大院分隔开来,成了"文革"后成立的市文联的宿舍。到1999年老宿舍楼被拆迁重建,大院更看不到过去的模样了。只有在记忆中,在文字里,文联大院偶尔会被人提起。提起的最大原因,是那里曾集中居住过许多湖北文化艺术界的精英。

近十来年,回忆似乎成为很多人生活的一部分。当我们为祖父作传,跻身于这部分人中时,为了解祖父的过去,走访过文联大院许多老人,如张善平、鲁慕迅、周韶华、朱仪、王居平、龙海义、石琦、姜弘等,这个过程,续写着我与大院的缘分。在这些老人家里,我都看到他们珍藏的祖父的作品。他们会谈到祖父"藏画于民"的思想,还会兴致勃勃地谈及当年祖父赠予作品时的情景。他们珍藏的作品有现场命笔之作,也有1963年参加北京个展的精品。

为纪念祖父,2017年,我们孙辈的兄弟姊妹编撰出版了《著名美术教育家画家张肇铭》一书。2010年,在湖北美术学院资助下,出版了大型画册《肇铭写意》。很幸运,文联大院给我们的不只是回忆,还有一点责任感和文化底蕴。

张明建、张明进、张明荣:均为张肇铭的孙子,曾住文联大院三栋二单元一楼东套间。

《著名美术教育家画家张肇铭》和《肇铭写意》

2013年文化部举办全国美术馆馆藏精品展

2009年湖北美术馆张肇铭王霞宙张振铎三老万象纪念展海报

近年为纪念祖父出版的书籍和展览海报

梦境，是情感的延续
胡 晨

爷爷胡佐才、奶奶胡国瑾和大姑胡蓓（左三）、舅舅胡晓江（左一）、爸爸胡学宁（右一）及我们孙辈合影

梦境,是情感的延续

胡 晨

"日有所思,夜有所梦。"

你是否有过?在陷入回忆和思念的漩涡中百转千回,一个梦境,告诉了你渴望的答案。

生活中啊,总是有各种各样的问题等着我们去面对,去解决。那些越是记忆深刻的,就越是容易梦见。

"日有所思,夜有所梦。"这句话好像真的有魔力。

那些梦里的故事,朝着潜意识最希望的方向发生着,用编织出的一个个真实又不真实的梦境,带领我们找到心底最真实的声音。

也许是悲伤弥漫的梦,梦醒时分却幸福地发现不过是虚惊一场。也许是欣喜地终于完成了不可能实现的梦,可执念和期望作祟,有时候得到的是安慰,有时候又好像空欢喜了一场。

你有过的吧,在梦里做了最想做的事,获得了最想知道的答案。

"那些日子,我不会忘。"

如果说有的人还能相见,梦境里的心愿就还有机会照进现实。可是,对身边已经故去的人来说,梦就成了寄托,或许也是最真实的唯一方式。

我很小时和爷爷奶奶生活在一起,他们很疼我。

我的爷爷很会做饭。

小时候吃饭不好,爷爷每天换着花样给我做吃的,哄我开心,把觉得最好的留给我:皇冠的椰丝面包、海南的椰子果酱、淡淡甜香口味的玫瑰腐乳、橄榄菜和肉松……如今,那些都成了我的最爱,家的味道我都还记得。

我的奶奶有一台缝纫机。每到夏天，奶奶会去水果湖步行街上买最新样式的花布或绸缎，给我们姐妹仨做裙子或者睡衣裤。波点的、条纹的、大花朵图案的……我至今都还留着。

　　他们还有自己保持得很好、很精致的生活习惯。

　　从我有记忆开始，爷爷奶奶每天早晨都会做一份牛奶煮鸡蛋，鸡蛋是溏心的，牛奶里加了少许绵白糖。很简单的做法，却始终如一。

　　爷爷奶奶喜欢养花，阳台上一年四季总会有各种争相开放的花儿们。我老是跟着他们去洪山广场旁的花鸟市场逛上一会儿，看他们买下一盆绿油油的植物带回家。他们最爱的还是米兰，米兰小小的淡黄色花朵，却很清香。夏季客厅的茶几上总会摆一个小塑料瓶，里面插着当季最大朵儿的粉色月季。爷爷奶奶每每看到自己的劳动成果，总会自夸上几句，脸上洋溢着发自内心的笑容。

　　看得出来，他们是真正在享受生活的乐趣。

　　在我小时候的认知里，从来不觉得我的爷爷奶奶是年近八十的老人，还总认为他们是万能的：除了是种花高手外，我的爷爷还是个大力士，对我似乎有着无限的耐心，而我的奶奶则是个非常精明且心思细腻的人。无论什么要力气的事情我做不到的，比如，要打开一个很紧的真空瓶盖，我就会很放心地直接递给爷爷，他每次都能帮我解决。

　　我还从来没见过爷爷对我不耐烦的时候。那时候年纪小，早上我总是起不来床，特别能睡。爷爷为了叫醒我会变着法子哄我起床，唱着自己编的调子和词儿，一遍一遍不厌其烦地想逗我开心，一次不行就过五分钟来再换一首，直到我终于被这招打败。我现在都还记得呢，有一首叫"小白脚"的调，想一想嘴角就不自觉地笑起来。

　　还有奶奶。有时候，我做作业遇到困难了，甚至还会向奶奶求助初中的几何数学题，每次奶奶都会仔细研究上很久。记得有一次，我想了很久还是苦于没有思路，奶奶在一旁提出了一个观点，简单的一句话却让我豁然开朗，思路也跟着清晰起来。

记不清是从哪一年开始,奶奶开始到老年大学学习英语了。有时候爸爸妈妈不在家,我就住在爷爷奶奶家,晚上写作业时,奶奶会过来拍拍我的背,问我要不要她陪着一起学习,我每次都很高兴地说好。我现在都还记得啊!中间房里的木桌上,一盏昏黄的台灯,我绞尽脑汁算着数学题,奶奶戴着老花镜、按着"文曲星",一笔一画规整地抄写着英文单词。我很享受那时的感觉,就算奶奶没有作业要完成,也会拿着单词本坐在旁边陪伴我,说要超额完成任务。

我知道,其实奶奶是怕我一个人觉得孤单。

这就是平日生活里,我爷爷奶奶的样子:把简单朴素的日子过成了习惯,把细细碎碎的温暖养成了陪伴,日复一日恬静却不单调,始终有着对生活最自然的热爱。他们彼此照顾,相惜、相依、相靠了一辈子。

可是小孩子真的很叛逆,爷爷奶奶最宠溺我的时候,是我最不听话、最不懂事的时候。我爱耍脾气,爱撒娇,爱拿零花钱,爱任性……

直到有天中午,爸爸过来抱抱我,语调低沉地对我说:"爷爷生病了,好不了了。"我才傻了,一夜间收起了所有不成熟。

爷爷生病入院治疗时,是我刚以超水平发挥的中考成绩顺利入学高中的时候,爷爷一直为我取得的好成绩感到高兴,而我面对突然繁重的学业和家中变故却显得有些手足无措。有一次我去病房看望他,他握着我的手,很温和却又坚定地对我说:"爷爷一定要等着,亲自送你出国留学。"

我现在回想起来仍内心颤动,忘不了当时听到这句话时复杂的心情,我忍住了一切想哭的冲动,拼命告诉自己,这是爷爷的心愿,我要好好记在心里,我要实现它。也许就是因为这句话吧,几年后当我踏上英伦大陆的第一步,我感到前所未有的踏实。因为没有辜负爷爷的期望,那么为此,这前面所有的付出都很值得。

那之后有一年,全家人接爷爷奶奶回那栋老房子里一起过年。像往常一样,各家拿出拿手菜，布置了一大桌年夜饭，看春晚，打麻将，照全家福留念。我和爸爸妈妈一起，站在爷爷奶奶身后，他们坐着，我把手轻轻搭在他们肩上。我现在还清晰地记得，那天爷爷身上穿着的红色毛衣柔软的触感。因为我在想，不知道还有多久，能感受这种温暖。

回想当初，我若能早一点懂事就好了。

我很爱我的爷爷奶奶，就算后来熟悉的生活不再存在，多少物是人非，我也依旧很爱他们。

可是我开不了口，讲不出"爱"这个字。

十年了，这是爷爷离开我们的时间，连奶奶离开也有八年了。我还能梦见他们。

"在梦里，我终于再见到你们了。"

梦真的很奇妙，有时候真实到能影响你的想法和心情。我心怀感恩的是，关于爷爷奶奶最美好的梦，我遇见到了两回。

有一次，我梦见爷爷奶奶还是记忆中的模样，他们站在老房子楼下的阳光里，周围的一草一木依旧如初，看见我来了就朝我招着手，说带我去老地方散散步。

我开心极了，一路小跑过去就抱紧了爷爷，终于说了。

我说，爷爷我终于见到你了，我很爱你和奶奶，我真的，真的很爱你们。爷爷拍拍我的头说，傻孩子，哈哈，我们都知道啊，一直都知道。

讲实话，我从来没有一刻感到过那么满足。只是一个梦，弥补了我的遗憾，让我得到了巨大的安慰。

还有一次，应该算是在我工作后因为遇事不顺、心情极其低落的时候遇见的。我梦见外面下着雨，爸妈开车准备带我去一个地方，我坐在后座，看着前方堵着的车。也不知怎么的，突然，我扭头看到爷爷站在左边的车窗外，弓着腰朝我笑着打招呼。我连忙激动地说，这不是爷爷吗？这是爷爷啊！可是爷爷似乎并没有听到我的话,摇摇手朝我笑着就转身离开了。我赶紧下车去追,在拐角看到爷爷的身影转眼消失在一个很长下坡的尽头,便再也找不到了。但那一刻爷爷清晰的相貌和无比温暖的笑容,我再也无法忘记。

"爷爷来看你了,大概是想告诉你别焦虑,没事的。"我表姐听完这个梦境的时候对我说。

现在想起这些梦里的故事,依旧能让我会心一笑。爷爷奶奶虽然已不在身边多年,但每当工作和生活的琐碎让我感到疲倦和消沉时,这些梦境的出现仿佛就带着温柔的力量,不着痕迹地抚平那些不安与焦躁,指引了方向,轻轻地告诉我:

继续前行吧,生活充满期待。

我想,这便是爷爷奶奶的另一种陪伴吧。

"梦境之后,情感依然延续。"

梦境是感情的另一种延伸。

我想到了一部解读梦境的电影。《盗梦空间》里科布去找药剂师,在地下室见到了每天都会有二十几个人来此地分享40个小时梦境的景象。或许是因为现实太容易让爱的人分离,所以梦才会更加让人迷失吧。他们来是为了被唤醒,梦境成了他们的现实。人们无意中把理想灌注在梦境里,弥补缺憾,完成心愿,让梦境有了魅力存在的地方。

都说,梦很容易忘记。意识回笼,清醒时分,我们便明白,梦里的故事是过去式,今天还有很多事情要做。而有一些特别的梦,永远不会忘记。纯粹梦境里强烈的情感,是我们的潜意识和最心底的声音,反映出或许连你自己都意想不到的事。

我生活在一个大家庭里。爷爷奶奶有三个孩子,我的父亲上面有一个姐姐和一个哥哥,我和堂姐、表姐们的关系走得很近。随着岁月成长,虽然大家从事着不同的行业,却有着相似的处事为人原则和口碑——"踏实可靠、本分勤劳",

能在各行各业收获成就,这大概和长辈们做了出色的榜样有关。

我们爱的及爱我们的人,或许早已在生活的一言一行中、一点一滴地影响着我们,让我们感受到默默无声付出的爱与陪伴、安慰与支持,即使在"十之八九不如意"的生活中也能依旧坚持方向,徐徐前行。

我们或许秉承了他们的人生期望,或许传承了他们的为人品质,总之是在不断向前的路上,逐渐成了更好的人。

在那些梦里,我酣畅淋漓地回忆过去,偶尔想沉溺其中,是因为想念堆砌得太厚,心情无处诉。而梦境背后的意义,或许不单单是感情的呈现,更是一种深层延续:是口口相传一段佳话的延续,是一代一代精神品质的延续。

谢谢我的爷爷奶奶,爱依旧还在。

胡晨:胡佐才、胡国瑾的孙女。原住文联大院二栋一门一楼。

怀念父母

胡学宁

1977年全家福,摄于武汉水果湖洪山路27号

怀念父母

胡学宁

我的女儿胡晨在成年参加工作后,曾两次记下梦到我父母亲的情景。由于女儿从小和爷爷奶奶一起生活,他们之间的感情很深。爷爷奶奶多次清晰地出现在孙女的梦境中,那种灵魂的碰撞,刻骨铭心的悲欢,恐怕只有至亲的人才能体味到吧。

我的父亲胡佐才,1929年出生在武汉东湖之滨胡杨村一个官宦大家族,是家族中佐字辈长孙。据父亲回忆,家族中出国留学、做官、经商、拥有大片良田者不在少数,唯独我们这一房由于我爷爷长年身体不好,加之子女多,家庭生活相对清贫。抗日战争爆发后,在武汉做职员的我爷爷带着我奶奶和5个子女离开家乡,一路逃难来到广西平乐县暂住,爷爷找不到合适工作,家庭经济顿时失去稳定来源,生活状况捉襟见肘,但即便如此,爷爷奶奶仍然让大姑妈胡佩贤和我父亲继续就读于平乐中学。

在广西平乐中学,我父亲和大姑妈在读书学习之余,积极参加中国共产党领导组织的各种抗日救国活动。在此期间,父亲结交了他的同学也是我们一家的救命恩人李志愚(字音)。李志愚出生于平乐县大地主家庭,家庭生活较富足,而他本人是秘密中共地下党员。据父亲和叔叔们回忆,当时由于日本侵华,导致广西百业萧条,我家生活极为艰苦,一家人大有客死异乡的可能。李志愚在了解到我家的窘境后,主动说服了他的父母亲,把我们一大家人接到乡下他父亲家,免费提供食宿(我叔叔每天和他们家长工一起吃住、干活)。这种雪中送炭式的接济,加上爷爷奶奶的辛勤劳作,帮助我们顺利渡过了难关,除了一个刚刚出生即染疾的年幼孩子不幸夭折外,全家7口人得以幸存,直到抗战胜利结束。

父亲生前多次提起恩人李志愚，告诉我们如果没有他的帮助，也许整个家庭都会饿死在广西，也就没有今天的我们了。不幸的是在解放初期，李志愚参加了广西剿匪，在一次战斗中不幸牺牲了。父亲得知消息后倍感悲痛。20世纪80年代，父亲参加广西平乐中学高中同学聚会时，还专门向同学们打听李志愚是否有亲人健在，由于李志愚牺牲前还没有结婚，所以也没有他亲属的线索，这使我们失去了报答恩人的机会。

抗日胜利后，爷爷带着一家人回到武汉老家胡杨村，但此时的爷爷因为常年积劳成疾，病情逐渐加重，于1948年隆冬病逝于胡杨村。家里仅靠少量土地出租收取租金维持生活。此时的父亲已经中学毕业，靠在武昌一家书店卖书养活自己，同时还节衣缩食，补贴家用。

武汉解放之前，父亲和大姑胡佩贤一直参加共产党外围组织，迎接解放军南下。此时由中共中央中原局创建的中原大学（陈毅命名）由解放区迁来武汉办学。建校伊始，为适应全国解放的形势需要，招收大批有志青年入学，主要接受短期政治思想等多方面学习和培养，中原大学创办5年共培养了1.5万名各类人才，为中南地区乃至全国输送了大批急需的建设者，为中南地区政治、经济、文化事业的恢复和重建做出了重要贡献。由于学校实行供给制，清贫的父亲考入了中原大学文艺学院学习，从此正式参加革命工作。资深表演艺术家崔嵬是当时中原大学文艺学院院长。据我叔叔胡佐能回忆，父亲年轻时长相英俊，性格开朗，有"三眼皮"美男子之称，在校学习期间结识了一起学习的同学、后来成为我们母亲的胡国瑾，据称这段姻缘缘于父亲母亲当时是中原大学秧歌队男女领队，在校表现甚为突出，并最终结为终身伴侣，一生相濡以沫。正是因为这段经历，也彻底地改变了父母亲的人生轨迹，走上革命工作之路。

1949年5月16日武汉解放，我的父母扭着秧歌欢庆解放。1951年中原大学毕业后，父亲进入到中南作协《长江文艺》任编辑，是该杂志最早的编辑之一。著名诗人李季担任《长江文艺》的首任主编。李季不但才华出众，而且待人平

父亲胡佐才(后排右一)在中原大学文艺学院学习期间和同学合影

1952年冬,《长江文艺》主编李季(前排中)和同事在武汉东湖合影。后排正中为我父亲胡佐才

易亲切,和编辑部的同事关系很好。1952年冬,李季奉调到甘肃玉门油田去深入生活,1953年11月7日,我的父母亲和《长江文艺》的编辑沈毅、李文同时在机关举行婚礼时,盛情邀请老领导李季前来参加。可是李季身在玉门油田,与武汉相隔几千里路,哪里能轻易前来呢?而且玉门油田是贫瘠荒芜之地,也难以买到合适的礼物,为了表达对编辑部同仁的祝贺,富有诗人气质的李季想了一个办法,他写了一首诗,把它一式两份,工工整整地用毛笔抄在两块粉红的绸缎上,然后寄给我的父母和沈毅、李文这两对新人。父母亲把李季赠送的这块志禧绸缎视如珍宝地保存着。绸缎上写着:

国瑾、佐才新婚志禧:
玉关无春却有春,黄鹤楼前传佳音。
鹦鹉洲畔张喜筵,旧友欢欢变新人。
缩地之术难抽身,难捧美酒劝启唇。
黑石白雪怎相贺,遥献故人一片心。

李小为、李季敬贺

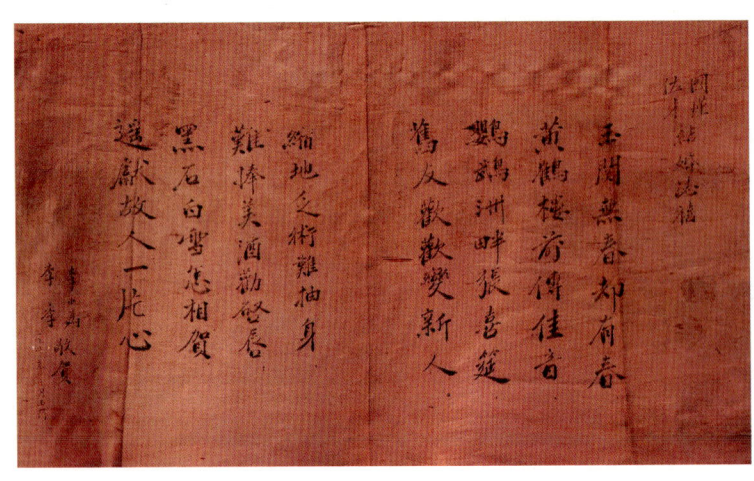

1953年11月7日,李季从玉门油田为我父母新婚寄来用绸缎写就的贺喜诗

不久前，我才听沈毅的女儿李洪说，与我父母同日举行婚礼的她的父母，也得到过李季赠送的一块粉红色的绸缎。想来李季的新婚贺礼是一式两份，分送给《长江文艺》编辑部的两对新人吧。这是一件文坛佳话，这首诗歌，恐怕是首次面世，连《李季诗集》也不曾收录。它反映了诗人李季的浪漫情怀，更表现了他对同事的真挚情谊。

20世纪50年代中期，父亲曾经短暂离开省文联，到武汉市汉剧院担任团委书记一职，不久又重新回到《长江文艺》担任文学编辑。父亲从事编辑工作18

20世纪50年代，父亲胡佐才（前排右一）和《长江文艺》编辑部同事合影。前排左一为沈毅，二排左一为杨恒锐

年间，撰写了不少评论文章、短篇小说和报告文学，其中在《建设长江的哨兵》一书中以笔名"江健"发表了散文《测量队员的一天》、报告文学《李凤恩》等。1959年父亲加入中国共产党。

中华人民共和国成立初期，父母亲收入不高，但他们资助了两个年幼弟妹读书的主要费用，直至他们完成学业（小叔叔胡佐超毕业于北京国际关系学院、小姑胡佩琳毕业于湖北医学院），奶奶大部分时候和我们一起生活，直到83岁高龄因病去世，对这一切，父母亲从无怨言。

1958年，我们家搬进新建的文联大院，住在二栋二门一楼的东套间里。当时我姐姐胡蓓刚刚4岁。在以后的近10年中，我们姐弟三人在文联大院度过了难忘的童年。

"文革"开始后不久，随着省文联被撤销，父亲和其他文联干部一起下放到沙洋五七干校接受劳动改造。由于母亲当时在中南物资办事处（后并入湖北省计划委员会、湖北省物资厅）工作，我和哥哥姐姐随母亲继续留在文联大院生活。直到1977年我们一家离开大院，搬到水果湖洪山路母亲单位（湖北省物资厅）分配的宿舍居住。

记忆中，大概在1969年，一次父亲从农场回汉探亲，当时年仅6岁的我还在上育才幼儿园，父亲临走时问我是否愿意去沙洋玩，懵懂的我说想去，后来才知道当时是父母都无法照顾我，于是我随父亲来到了沙洋五七干校。

由于父亲在干校住的是集体宿舍大通铺，就把我寄居在同事高琨伯伯家。印象中他家的房子是建在沙地上的，我和高伯伯、唐妈妈及三个姐姐一起生活，他们一家人对我特别好，凡有好吃的东西，必先让给我吃。一次我们到河里捞出螺蛳，唐阿姨就炒成螺蛳肉给我们吃，那鲜美的味道至今难忘。父亲每天参加干校的劳动、学习，只要有空就会来高伯伯家看望我，我也是个听话的乖孩子，总能让父亲放心。

每天早上，我拿个小板凳走到干校小学上一年级，有时候课余我也会跑去找

我姐姐胡蓓幼年时摄于文联大院

1969年,40岁时的父母亲

父亲，他见到我总是很高兴，带我看干校养的马匹和牛。记得一次父亲带着我一起乘坐干校两匹马拉着的马车，小小年纪的我感到特别兴奋和满足。还有一次，干校两头牛就在学校旁边打架，大人们怎么都拉不开，后来有人将点燃的柴火扔到顶在一起的两头牛脖子下方，才将两头缠斗的公牛分开。我因年幼胆小跑回家，过了一会儿父亲急急忙忙跑来找我，说文联一个干部被受伤的牛用角顶伤屁股，已经送医院了，他见我在高伯伯家安然无恙，才放下心来。多年以后我在医院工作，一次夜班和年龄稍长的护士聊起往事，惊奇地发现她当年也随父母亲下放在同一所干校，也记得那场斗牛的场景和牛伤人的故事。

有趣的是半年后我回到武汉，因为年龄不够上学，我继续上育才幼儿园。

20世纪70年代初，父亲结束了干校劳动，回到武汉市，被重新分配到湖北省文教局艺术处，后文教局分开，分别成立湖北省教育局和湖北省文化局，父亲继续就职于省文化局艺术处，从事戏剧创作、演出的管理工作。1973年父亲被提拔为艺术处副处长，其间多次去长春电影制片厂参与拍摄电影楚剧《追报表》。1977年3月父亲担任了湖北省宣教系统驻房县新农村大队工作组组长，下乡一年。1978年，父亲随湖北省文化局局长李晓明赴京，任中共中央宣传部文艺局艺术处长一职。记得父母亲告诉我，按照政策规定可以把我带到北京上中学，这个消息着实让我兴奋了好一段时间。一年后因中宣部机构变化，父亲又回到湖北省文化厅，提拔为艺术处处长，国家一级编剧，直到1989年10月离休。

父亲在艺术处工作近20年，具体负责组织、领导湖北省内各级楚剧、汉剧、京剧、黄梅剧、荆州花鼓戏以及湖北省歌舞团和省话剧团的调演、汇演及对国内外演出，湖北省文艺界的诸多名人如余笑予、朱世慧、沈虹光、蒋桂英等一大批艺术精英都先后和我父亲长期合作共事，创作了多部蜚声全国的戏剧剧目，如楚剧《追报表》、京剧《徐九经升官记》《膏药章》、重排歌舞剧《洪湖赤卫队》等，20世纪80年代中后期，按时任湖北省委"让黄梅戏回家"的指示，父亲参与创建了湖北省黄梅剧院。在对外交流方面，父亲曾作为副团长于1986年率省歌舞

1986年,父亲胡佐才参加日本筑波国际科技博览会

时任国务院副总理方毅(中)专程看望湖北省访日演出团。右一为父亲胡佐才

1986年，父亲胡佐才随团赴中国香港演出留影。前排右二为父亲胡佐才

团赴日本厚木市参加筑波国际科技博览会，受到了时任国务院副总理方毅的接见。

1986年，父亲再任副团长率湖北省京剧团赴中国香港星光戏院演出了8场传统和新编戏剧，据父亲发表在《戏剧报》1987年第8期的文章介绍，演出被香港15家媒体发表了130篇报道，盛赞演出成功。

如今，20世纪80年代被公认为是湖北省戏剧艺术发展的"鼎盛时代"，父亲是这一时期湖北戏剧艺术的直接领导者、参与者和创作者，为湖北省舞台艺术的繁荣发展做出了重要贡献。他离休后还出任了湖北省振兴京剧委员会主任委员

20世纪80年代,父亲(左六)招待来武汉访问演出的卢旺达国家歌舞团演员

一职,继续发挥余热。只要是单位工作需要,父亲几乎是随叫随到。我经常看到父亲的同事一次性送来逾百本戏剧剧本要求父亲审阅,每次父亲都会按时看完每一个剧本,并认真写下修改意见。我见父亲太辛苦,便问道:"看一个剧本多少钱?"父亲曰:"10元。"我特别不解,甚至有点愤愤不平,劝他以后不要再接剧本修改,但父亲依然如故,常常利用中午休息时间认真审阅,并认真地写下修改意见。父亲在职时,我们除了看戏有一定方便外,未见父亲利用职位为家里赚取任何额外的实惠。父亲离休多年后,每年过年都会有原来各剧团的老同事、老部

下来家里看望父亲,那种融洽的气氛至今难忘。

在我们三姐弟印象里,父亲到省文化厅工作后总是很忙,经常很晚回家,他的工作主要就是看戏、调演、修改剧本,休息时间很少,家务活主要是母亲操持,但母亲却鲜有怨言。她偶尔会打趣地说:你们父亲的工作,就是看漂亮的人表演快乐的事。父母永远都是那么和睦相处,教导我们要做一个正直的、有本事的人。在我们大家庭里,过着传统甚至是近乎正统的生活,例如,过年时家里偶尔打麻将娱乐,母亲也是绝对不允许带有金钱输赢。逢年过节,全家人都会团聚在父母身边,大家一齐动手制作美味佳肴;生活在广州的表姐杨晓东最近回忆道:"我虽然生活在广州,但对大舅舅和大舅妈印象深刻,记得只要我回武汉,他们总是热情地把我接到家里,亲手煲排骨莲藕汤……他们那一辈人,经历了艰辛苦难,

2015年7月,我们三姐弟在湖北阳新县仙岛湖玩儿时游戏

但总是乐观努力,真值得敬佩。怀念大舅舅大舅妈!"在20世纪90年代失业下岗的大潮下,母亲常常骄傲地说:我们家没有一个下岗的!其实,这和父母长久以来尊重知识、重视子女教育的传统思想有着紧密的联系。为了我们三姐弟学有所成,家里买了各种书籍、学习资料供我们参阅。在姐姐胡蓓工作后面临提干和学习深造的两难抉择之际,父母亲一致建议读书学习;为哥哥胡晓江完成汉语语言文学专业学习,父亲也倾注了大量的心血;为了我顺利高考,家里一再推迟购买电视机,并且在我晚上学习时间家里绝对保持安静。良好的家庭氛围,让我们三姐弟都能健康地成长。

我的大姐胡蓓,高中毕业就响应知识青年上山下乡的号召去随县三里岗插队务农,1977年进入华中工学院无线电系学习,毕业后又考入上海复旦大学和华中科技大学攻读硕士和博士学位,曾任华中科技大学管理学院副院长,现任人力

2019年2月,姐姐的女儿张立一家(先生周波和女儿周子珺)在云南腾冲和顺古镇

哥哥胡晓江的女儿胡玮（右二）2013年毕业于澳大利亚Bond University会计专业，获硕士学位

2015年6月，我女儿胡晨毕业于英国利兹大学商学院获学士学位，一年后获该校金融硕士学位

资源管理二级教授,博士生导师,湖北省突出贡献中青年专家。

我的哥哥胡晓江,1975年高中毕业进入技校学习,曾经是一名出色的模具钳工,凭借努力,在繁重工作之余考入中央电大首届汉语言文学专业学习,毕业后调入湖北省文物交流信息中心,任办公室主任,现在是文博专业五级副研究员,文物专家。

我于1981年7月考入原湖北医学院(现为武汉大学医学部)医疗系,毕业后进入武汉大学中南医院胸心外科工作,其间又取得武汉大学胸心外科硕士学位,曾任中南医院胸心外科科主任7年余,现为主任医师、副教授、硕士生导师,武汉市胸心外科学会副主任委员,荣膺"胡润中国好医生"荣誉称号。

胡蓓女儿张立,在比利时完成了本硕连读,回国后取得华中科技大学生物学博士学位,现出任企业高管。

胡晓江女儿胡玮,澳大利亚邦德大学毕业获得了会计学硕士学位,获永久居留权,现就职于澳大利亚一家跨国上市公司,任中澳合作项目负责人。

我女儿胡晨,年龄最小,在英国利兹大学商学院完成了本硕连读,2016年获得硕士学位(A等),回国后从事金融投资工作。

在父母离开我们的日子,我们姐弟三人一直都很努力工作,我们依然是一个温馨和谐的大家庭,只要有机会,我们三姐弟都会召集家人集体结伴出游,享受生活。我们相信,只有好好生活,才是对父母最好的慰藉、对家族最好的交代以及对自己和家人最负责的人生态度。

胡学宁:胡佐才、胡国瑾的幼子。原住文联大院二栋二门一楼东套。

2007年春节,父母和我们姐弟三家人在胡学宁家聚会

此情可待成追忆
——怀念父母

宋　菲

父母和我的合影

此情可待成追忆
——怀念父母

宋 菲

父亲宋运昭

我的父亲宋运昭辞世已有23个年头了，但他的音容笑貌仿佛还浮现在眼前……

父亲是湖南湘西花垣（故称永绥）人，祖上在当地声名显赫权尊势重，1934年他就降生在这样一个四世同堂的大家族中。由于生于正月初一，我爷爷给他取了一个喜庆的小名：新禧，这个名字虽然没能给他带来更多的好运，却成为日后他发表诸多文章的笔名。

20世纪50年代，父亲从华中师大音乐系毕业，由于成绩优异被幸运地分到武汉市音乐家协会工作，从编辑一直做到副主编。因出身问题，父亲长期担任副职而做着主编工作，伴着《长江歌声》《时代音乐》《艺术与时代》一路走来，父亲亲自参与策划了很多重大音乐活动，见证了湖北及武汉音乐事业的发展壮大，任劳任怨默默无闻，几十年如一日直到去世。他的专业精神和对湖北音乐界的贡献，老一辈的艺术家是有目共睹的。

从20世纪50年代初期起，父亲即在全国有影响力的音乐期刊上发表大

父亲宋运昭

量文艺评论和词曲作品，如发表在《人民音乐》上的《音乐在电影中的地位》《也谈个人艺术风格——并与于会泳同志商榷》《歌曲》《评九十年代之歌》等，有些文章至今仍被引用在音乐学院学生的毕业论文中。可以说父亲生前学无止境注重修养，并不断提高完善自己专业素质，因而，总能与时俱进永葆勃勃生机与活力，哪怕年过半百，心理年龄永远停留在"十八"。

由于担任音乐杂志的编辑工作，父亲接触到很多音乐名家，直到去世前一直和他们保持着密切联系；父亲去世后，我从他的遗物中还发现许多珍贵的有关音乐和音乐家的照片，以及父亲与众多音乐家的往来信件。

记得多年以前，有一天，父亲一清早起来买了很多菜，说下午要请客人吃饭，让我帮忙打下手。父亲做菜很有一套，湘菜、川菜、鲁菜、粤菜……书柜里一大摞这样的书籍，家里过节请客从来都是他主厨。那天准备得差不多了，我回自己房间休息，过一会儿听到有人敲门，知道客人来了，我走出房间去打招呼，一看来人，高大魁梧的体魄那么眼熟，还带着一个身材同样健壮的浓眉大眼的小男孩。我怯怯叫了声"叔叔好"，父亲介绍说：我女儿。客人一脸笑容握住我的手，声音洪亮柔和，亲切地对我说，"你好呀"，那宽大有力的手掌传递给一个孩子温馨的问候，使我至今记忆犹新。他就是著名男高音歌唱家吴雁泽先生。那一天，饭桌上传来轻松愉快的谈笑声。

父亲虽然聪明，但并不世故圆滑，作家张枚同先生写的一篇文章里可见父亲朴讷诚笃的耿直秉性。那是1982年，中国音协组织全国著名词、曲作家创作《建设者之歌》的一次活动，当时宋扬先生（代表作《读书郎》）、唐珂先生（《众手浇开幸福花》）、张士燮先生（《社员都是向阳花》）、王积福先生（《请到我们这里来》）、金凤浩先生（《延边人民热爱毛主席》）、张枚同先生（《年轻的朋友来相会》）以及参与创作《乌苏里船歌》的胡小石等11人，由全国各地集中到湖北深入生活，走访武钢、二汽、葛洲坝等建设工地和厂矿，湖北音协指派我父亲全程陪同，由东道主请大家吃了一顿武汉特色的小汤包，当时汤包得到众口一词

父亲宋运昭与著名歌唱家吴雁泽在音乐会后合影

1980年夏,父亲宋运昭在武汉市琴台音乐会上与著名歌唱家关牧村合影

1981年,父亲宋运昭去北京采访著名作曲家谷建芬时在她家中所摄

的盛赞,正当气氛热烈时,我父亲不适时宜的说了句大实话:"实不相瞒,音协太穷,没有钱招待大家到大饭店吃顿像样的饭,这顿汤包的钱还是将攒了3年的旧报纸卖了才得来的……"当时客人面面相觑,这顿饭吃的那个尴尬可想而知。张枚同先生说:"一捆捆的旧报纸,几位朴素而实诚的湖北人,时代变了,行为也变了,唯有那一顿武汉汤包的记忆,却像刀刻般留在了心头……"我想,之所以能和那么多音乐名人保持良好的私人关系,和父亲广博的音乐学识及真诚朴实的为人是密不可分的。他善良低调的品行也深深影响着我。

父亲不仅同这些音乐名家有着深厚友谊,对求知路上的新人也给予极大支持和帮助。很多人在他走后写的文章里都表达了对他的尊重、热爱和惋惜之情。他去世时,前来吊唁的人络绎不绝,尤其是从地县很远地方赶来送他一程的人,很多都不认识,但他们对我说的最多相同的话就是,谢谢你爸爸,他是个难得的好人。我以为这句话应该是对他为人品行最好的诠释。

母亲江翠娥

我的母亲江翠娥自1953年起就从事教育工作。20世纪60年代初,她在武汉市实验学校任教,1963年转到武汉外语学校,教初中语文兼任班主任。这是一个普通的工作岗位,然而,1987年5月7日发生的一件事,却使她成了一个轰动江城的新闻人物。

那年我母亲54岁,是武汉市外语学校初二(2)班的班主任,头一年,她刚把一个优秀的初中班送进高中,转过头来又接了这样一个刚刚进校的初中班。外语学校是住读学校,十三四岁的孩子生活能力很差,班主任不仅要管学习,还要管生活,况且这个班的学生,学习成绩较差,我母亲从早晨7点到晚上9点,都要守在学校里,很晚了才拖着疲惫的身子回家。老师们说,母亲对这个班的感情,是一种"妈妈不嫌弃孩子的感情"。

1987年5月6日晚,母亲给学生改期中考试卷子,直到深夜,5月7日凌晨,爸爸起床发现,妈妈倒在小书房的地上,由于心脏病发作停止了呼吸。在她的桌上,还摆着两摞学生的考卷,高高的一摞是已经改过的,低低的一摞是没有改的,她是积劳成疾,累死在工作岗位上的啊!

外校初二(2)班的学生,和母亲过去教过的高二(3)班的学生,听说母亲去世的噩耗,万分悲痛,纷纷跑到长航总医院太平间,向他们的老师作最后的诀别。第二天,他们连夜赶制了花圈,送到我们文联大院的家中。花圈的挽联上写着:"教诲之恩,情同父母。"

1987年5月11日上午,武汉外语学校在武汉殡仪馆为我母亲开了隆重的追悼会，女生穿着白色长裙，男生穿着白衣白裤，缅怀母亲把一生献给教育事业的事迹。

5月30日，《武汉晚报》记者徐世立以头版头条及第7版几乎整版篇幅，报道了我母亲的事迹，题为《伟大的祭奠——写在优秀教师江翠娥逝世的日子里》，其中有句话令我感触良深：

人，都会走向一个终点，只有那些生前给予很多很多，而自己获取很少很少的人，才能真正赢得人们最珍贵的感情。

逝者已去，如白驹过隙。如今，我对父辈那代人的情感和怀念与日俱增。2018年，新的一年来临，我特别想对父亲母亲说，我从来没有忘记你们，虽然你们对我管束甚严，虽然我一度辜负了你们的期望，现在终于懂得了你们的苦心，做一个好人其实并不难，难的是做一辈子的好人，可能会委屈自己，却活得坦然自在。

宋菲：宋运昭、江翠娥之女，原住文联大院一栋一门三楼。

父母年轻时的合影

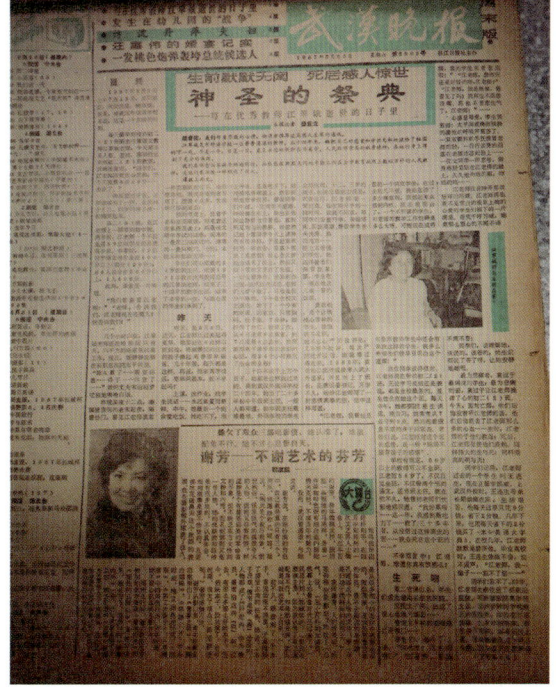

1987年5月30日,《武汉晚报》头版头条和第7版整版发表了徐世立以《神圣的祭典》为题报道我母亲江翠娥事迹的文章

2018年5月，宋菲与儿子在丈夫江中潮的画展上合影

在沙洋干校的日子

李 洪

1970年5月,我们全班女生在插秧时合影

站在右边的男士为洪洋老师,站着举毛主席像后的第四人为王融,前排坐者右起,依次为黄辉、陈华、武凤子、王阿洁,第七人是我

在沙洋干校的日子

李 洪

1969年12月初，湖北省文联全体人员携家带口随省直机关五七大军，被"一锅端"到钟祥县湖北省沙洋劳改农场，后改为湖北省沙洋五七干校，在那里进行劳动改造和"斗批改"。一时间，整个大院，除了一栋部分市歌、话两院人员暂时未动外，几乎大半个文联大院人走楼空，寂寥一片。往日无论是歌舞升平、繁花似锦，还是"文革"中的打砸抢斗、大字报铺天盖地的情形都一去不复返。

此时，15岁的我，正在四十中学上初中，课余在校宣传队唱歌跳舞。一天，爸爸妈妈告诉我：机关通知一个星期内我们全家要搬家到沙洋五七干校。沙洋在哪里？五七干校是什么？去了还能回来吗？我脑子里都是问号。更是因"文革"中文联大院的经历让我有了一些替大人们（惯称父母亲们）矛盾的思考：离开大院或许能让大人们远离提心吊胆的日子，去广阔天地放飞心情，也许是好事；但是离开大院会不会从此断送自己为之奋斗、成果斐然的事业，出头之日会在哪里呢？也许是不好的事。总之，都是未知数。只能"坚定不移跟党走"，走到哪里算哪里。而我，有些伤感的是舍不得我的同学、老师；舍不得生在长江边，吃着长江水长大的武汉。没想到的是这一走，我的工作和生活就在他乡异地永远落下了……

搬家·安家

我家搬家中最难忘的两件事：一是，临走之前，我们全家五口人去解放照相馆照了一张"全家福"。妈妈说："要离开我们工作生活20年的武汉了，这一走，不知还能不能回来，照张相留个纪念吧。"看着照片中爸爸复杂的表情，他的所思所想，我心里似乎明白……同时还给刚刚大病初愈、11个月大的妹妹照了一张单人相。二是，爸爸去土产公司买了20个用荆条编的苹果筐，装了12筐书、8筐蜂窝煤，因为要给妹妹烧奶粉需用煤炉，而乡下没有蜂窝煤呀。家里的家具都是公家配的，搬家前全部还给机关了，所以我家搬家时，除了几箱衣被及日用品，还有两个书架，最值钱的就是这20筐书和蜂窝煤了。

1969年12月5日，我们来到沙洋五七干校六团九连（省直文教卫系统是六团，省文联是九连），与我一起去的，还有住文联大院的我们班的5位女生，阿洁、凤子、王融、陈华、黄辉（黄小妹）。当我们6个女生到干校的学校去时，省委机关的小孩笑我们是"土克西"，因为我们有的穿父母改过的旧衣服，有的穿打补

1969年冬，我们全家离开武汉去五七干校前合影。15岁的我，11岁的弟弟沈环和11个月的妹妹沈奇志

丁的裤子,的确很土气。魏子坦阿姨听说了,气呼呼地说:"谁说我们孩子是'土克西',拿我们的成绩、唱歌跳舞、画画跟他们比比。"当然,后来我们都是很要好的同学了。

沙洋农场是劳改农场,我们刚去的时候还有很多劳改犯。连里临时安排我家住在鸭棚里。鸭棚就像窑洞,很矮,用竹片和芦席搭起半圆形棚子,人进去只能弯着腰,寒冬腊月鸭棚透风,洗脸盆水都结冰。因为没有家具,妈妈带着妹妹睡一张小床,爸爸和弟弟睡在书堆上。我被安排跟魏子坦、吴耀崚、郑昌华阿姨住集体宿舍。半个月后,犯人搬到另外的农场去了,因有老人和小孩,连队照顾我家和阿洁家,住进了犯人住过的砖瓦房,其他人家都住芦席棚。一间大砖瓦房用芦席隔成三间小房,我们两家人每家一间半,到这时,我们的家算是安顿下来了。每天晚上大人们开会、学习去了,我和弟弟沈环、阿洁和弟弟小夏、小革,我们五个孩子黑灯瞎火隔着芦席唱歌、说故事倒也快乐,大人一回来,我们立马鸦雀无声都睡觉了。

我们的学校

离开了武汉的学校,几百个孩子读书是个大问题。没有学校,我们自己建,把一片收过了花生的地平整一下就是校园。全体师生齐动手,楠竹做梁,芦席当墙,寒冬腊月里,大平原刮起风来,风沙肆虐,如刀刮脸,为了在芦席上糊泥巴隔风寒,我们踩在冰冷刺骨的稀泥巴糊里和泥巴。无数双大大小小、男男女女的脚,不停地跳跃跑动,干得热火朝天。经过半个月辛苦的劳动,我们用自己的双手在花生地上建起了三幢芦席棚教室,这就是我们的学校。看着印有"湖北沙洋五七干校第六中学"的大红旗高高飘扬,同学们欢呼雀跃,我们有学校了,我们要上学了!

教室里挂块黑板,自家带只马扎小凳,双腿就是桌子,书包放在沙土地上,大家也很满足。只要有地方上课,能学习知识,就是我们唯一的要求。在这所特殊年代最简陋的学校,我们的老师却是一流的。著名作家、九连(文联)的洪洋是语文课老师;年轻漂亮的北京大学硕士研究生、三连(高教厅)的戴老师是数学课老师;科学院的研究员是工基与农基课老师;文化厅邱晓燕老师是音乐课老师。

洪洋老师讲的第一课是《毛泽东选集》中《中国社会各阶级的分析》一文,他举重若轻的讲课风格、潇洒风趣的讲课艺术,让我们听得津津有味、回味无穷。数学课的戴老师是位优雅秀气的女老师,由于我们从武汉到沙洋已有几个月没上课了,她讲一元二次方程、三角函数等,我们几乎听不懂了。戴老师慢条斯理,一遍又一遍耐心讲解,下课了同学们蜂拥而至去问她,她不厌其烦一一解疑答

1970年5月,沙洋干校第六中学一排全体女生合影
文联大院的学生,前排左三为李洪;第二排左二起,依次为陈华、武凤子、王阿洁;第三排左一为王融,右三为黄辉

感。后来我们班上的杨松莉、肖文丁等同学成了"数学尖子"。美丽活泼的邱老师是演员出身，她不仅教我们唱歌跳舞排节目，还跟着同学们一起唱、跳。和邱老师在一起总是最开心的。我们就是这样在苦并快乐中成长。

七里湖的早晨

沙洋农场有一个大湖叫七里湖。湖水清澈，在太阳的照耀下波光粼粼，湖边绿草如茵，牛儿最爱在那里吃草，还喜欢跳进水里撒欢。文联的大人们在干校都是普通体力劳动者，其中，碧野伯伯、徐迟伯伯、武石伯伯、骆文伯伯在牛棚养牛。徐迟伯伯去七里湖放牛时，除了带本书，还带一支竹笛，放牧，吹笛，活生生的一幅"文革"版的"老牧童短笛"图，竟是这般诗情画意！春耕夏种时节，是牛最忙、最累的季节，于是，几位"老牛倌"格外辛苦，天不亮就进牛棚，赶在牛下地之前放出去吃吃露水草。看着几位"老牛倌"牵着牛鼻子走出牛棚，那眼神就像慈祥的老人看着可爱的宝宝般的欢喜。

一天早晨，我在喇叭杆下刷牙，忽然听到六团广播站魏子坦阿姨清脆的声音："七里湖的早晨是迷人的。湖水被朝霞映衬着，各连食堂的炊烟带着草香如薄雾般的渐渐升起，小草上的露水晶莹剔透，路旁的野花像似刚睡醒，正向我点头微笑。我牵着大青牤、二青牤、小青牤也慢慢悠悠跟着走出了牛棚，'喂，赶快吃点带露水的青草，要下地干活了'……"听着这优美的散文，我如痴如醉，久久伫立在高音喇叭下。心里在呼唤"魏阿姨，你再播一遍吧！"早餐去食堂打饭，听见大人们既赞美又调侃地说"大毒草又出笼了"。从那天起，魏阿姨连播了三天碧野伯伯的散文《七里湖的早晨》，我三天都早早地等候在喇叭杆下聆听。从碧野伯伯身上，我看到的是我们的父辈、老一代知识分子身处逆境，依然乐观的浪漫情怀；心若向阳，无谓悲伤的崇高境界；苦中作乐、笑对人生的博大胸襟。碧野伯伯离开五七干校多年后，他的散文《我怀念的是牛》还继续讲着牛的故事。文中写道："大青牤最大的特点是吃苦耐劳。它干起活来，闷头苦干，一天能犁十亩地。它认真严肃，一丝不苟。人们只要一看到新翻的田土，就知道这一定是大青牤刚刚犁耙过的，深翻的土地是那么香，细细耙过的田地像一幅幅黑缎。""我们那里有个七里湖，湖水清凉。三青牤随群放牧的时候，最爱撒欢跑进七里湖，掀起波浪，向远远的草场游去……"

食堂外的欢笑

五七干校由于没有自家做饭的条件，食堂就是我们半个家，男女老少一天三顿都在一个锅里吃饭。蔡明川叔叔是食堂司务长，领导着红案黄良忠师傅和白案朱水宝师傅两位大厨，打杂烧火就由大人们轮流帮厨。1970年春节，我们是在干校过的，每家一盆猪肉大白菜炖粉条，吃着热腾腾、香喷喷的盆菜，好像从来没有吃过这么好吃的美味佳肴。

食堂里面虽然有一张长桌、几条长凳，但是人们都不坐在里面，喜欢端着碗蹲在食堂门口空地上边吃边聊。马厩和牛棚都在食堂旁边，大家饶有兴趣观赏牛马骡驴。有时吃着吃着，一会儿这边看见蔡叔叔赶着骡子车采购回来了，小孩们兴高采烈地跑去看买回来什么好吃的，盼望着明天改善伙食"打牙祭"。一会儿那边"打滚！打滚"，大声呼叫马打滚。马是不卧地睡觉的，"打滚"就是睡觉。有的马连打几个滚，大家都拍手叫好，连驴子都叫个不停。真是一派人欢马叫的热闹场面。那时我才知道，马和驴子生的犊子是骡子。

晚饭后，牛耕地回来了，老牛倌们忙着给牛喂草、冲洗泥巴。石于、沈环这些小男孩们都去凑热闹，到天黑了也不想着回家。

九连的风景线

广袤的江汉平原一马平川、一望无际，大人们下地劳动要走很远。按劳改农场的习惯，在连部地头栽一根高木杆，上面绑一把笤帚，笤帚拉起来就上工，笤帚放下了就收工了。我们这些城里娃很好奇,觉得这是一道风景。

我们九连还有一道非常独特的风景线,它的独特是别人不可复制的。这就是连里给每人发一套统一缝制的蓝白色蜡染垫肩、袖套、腰带、绑腿。这"四件套"面子用的蜡染布,是以前美协布展用的,里子是标语红布条,算是"废物"利用了。而设计、裁剪、缝制这套劳动用品的是能工巧匠朱仪阿姨。朱仪阿姨几乎有20多天,每天从白天忙到晚上,经常挑灯夜战,每天"哒哒、哒哒"的缝纫机响声从他们家传出。大人们围着垫肩挑担子能保护肩膀,裹着绑腿走路更有劲,系着腰带扛麦秆、麻包不怕闪腰,套上袖套摘棉花不怕扎胳膊。多少温暖,多少关爱都体现在这些"四件套"上。那个年代,能有这样的人性关怀,无不让人为之感动。每当我们举头看这独木杆上的笞帚放下来的时候,就远远看到一队戴着花袖套的妈妈们从地里收工往回走,于是赶紧跑回家拿锅子去食堂排队打饭。

插秧的辛苦

江汉平原是水稻主产区,插秧季节异常辛苦。我们中学生也成了插秧的主力军。城里的孩子没见过水田,更没有插过秧,一时新鲜,扑扑腾腾跳进水田,拆开秧把就插。刚开始插得歪歪扭扭,看不到直线。后来大人们给我们拉起一根绳子,沿着绳子插,才像回事。小孩们心灵手快,没多时就不用绳子也能插整齐了,大家比赛看谁插得多、退得快,有时还出现秧把供不应求,有同学大声喊着"秧把,快点!"

最害怕的是蚂蟥,第一次,我腿上爬了几条蚂蟥,吓得我又跳又叫,使劲拽住往外拉。后来指导老师告诉我,蚂蟥不能拽,越拽它越往里钻,只能拍打腿让它掉下来,我重重地拍腿,蚂蟥掉下来时鲜红的血流了满腿,周边的水都染红了,我眼里含着泪水还要继续插,生怕被别人甩掉。经过了这一次惨痛的经历,后来任蚂蟥爬上腿,我也若无其事,因为司空见惯了。

插秧插了40天，实在太累了！每天天蒙蒙亮就下田，一直干到太阳当顶。手指甲也劈了，腰也快"断了"，肚子饿得咕咕叫。这时只要看见蔡叔叔围着白围裙，挑着午饭向秧田走来，大家的脸才露出像花一样的笑容，觉得"幸福"的时刻来了。我们吃着香喷喷的肉包子，喝着清凉可口的绿豆汤，劳累也忘了，腰也不痛了。吃饱喝足，躺在树荫下美美小憩一阵，感觉是天下最惬意的事了。

忘不了的记忆

1970年7月3日，因支援三线的需要，我爸爸妈妈分配到郧阳地区工作。同行的还有周韶华叔叔、辜德祥叔叔、熊克琼阿姨夫妇、乔玉生叔叔、岑家兴叔叔等。临行前，我围着正茁壮成长的稻田走了一圈，远处望着我的学校，多少惆怅、多少不舍。我在这里经历了春耕夏种，没等到秋天的收获就要离开了，捧着全班同学每人签名送给我的笔记本像"宝贝"似的，心中五味杂陈。算一算我在沙洋干校仅仅生活了两百零二天。

生命如梭，时光荏苒，近50年过去了。每每想起这段生活：一望无际的田野，排列整齐的芦席棚宿舍，亲手建起的学校，高强度劳动中相互鼓励的同学，还有我们亲手插种的绿油油的秧苗……一切的一切都时常浮现在我眼前。

忘不了我当"瓜长"的爸爸，一天去几次西瓜地，一会儿松土，一会儿扒秧，期盼长出大西瓜的神情；忘不了碧野伯伯爱牛如爱子的慈祥目光；忘不了洪洋老师讲课的风采；忘不了蔡叔叔赶着骡车去买菜的背影；忘不了朱仪阿姨挑灯夜战做垫肩的忙碌；忘不了小卖部的辛雷伯伯，操着广东普通话，笑眯眯地告诉我妈妈"奶粉到货了"；忘不了魏子坦阿姨温润的嗓音，播诵《七里湖的早晨》；忘不了宋运昭叔叔、卢柏森叔叔正晌午犁田耙地的辛苦；忘不了王侠阿姨为芦席棚通电，请大家去她家参观"光明"的喜悦，还忘不了很多很多……

两百零二天，在生命长河中是短暂的。虽然短暂，但它的内容是丰富充实的，留给我的记忆也是永恒的。它让我体验了艰苦辛劳的生活,它让我学会了坚强和忍耐,更让我看到了父辈们身处逆境、依然乐观的人生态度和生活强者的精神风貌。这些都是我受益终身的宝贵财富。

今天,这些大人们多数相继离开了我们,但是,在我记忆中他们是鲜活的、永生的。

……

近50年来,我们五七干校的同学们虽然从事各个行业,分布天南海北、国内国外,但是我们的联系没有断,更加珍惜艰苦环境中建立的友谊。近几年,每年聚会,大家畅叙友情、相互祝福。

李洪:沈毅、李文的长女,弟弟沈环、妹妹沈奇志。原住文联大院二栋一单元一楼。

2018年10月,五七干校部分中学同学在广东惠州西湖公园合影
左一为韩壮丽,左二为王阿洁;右一为杨松莉,右二为李洪,右三为武凤子

怀念"公爷爷"龚啸岚

萧世钢

田汉先生平反后,田汉胞弟田洪(左二)、陈绮霞(左一)夫妇和我的外公龚啸岚、外婆鲁惠青合影

怀念"公爷爷"——龚啸岚

萧世钢

龚啸岚是我的外公。印象中，我小时候文联大院里的人们对外公主要有两种称呼：成年人多以职位相称，叫他龚主席（当时任中国戏剧家协会武汉分会副主席），小字辈们则叫他龚伯伯或龚爷爷。

外公那时经常外出开会，遇到写作任务紧，就在家里写作办公，即使这样，还不乏客人登门拜访谈工作，家里人是绝对不会打扰的。外公一向克己奉公，在我眼中，他就是个"公爷爷"。

我上小学的时候，曾因家里有个当空军的舅舅而自豪，见过人们敲锣打鼓地往屋里送立功喜报和贴"光荣军属"门楣的热闹场面。抗美援朝之初，"公爷爷"就鼓励子女参军参战，保家卫国。当年虽有"独子不参军"的政策，但舅舅被部队批准入伍的消息很快经宣传报道，连同武汉市民逐渐踊跃报名的参军高

1952年10月，外公龚啸岚参加第一届全国戏剧观摩演出大会

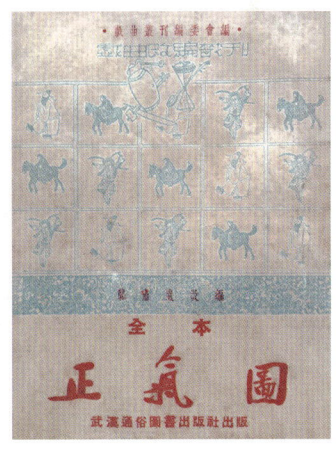

1951年，外公龚啸岚改编的楚剧《正气图》剧本，武克仁先生作序

20世纪50年代末,外公龚啸岚在文联办公大楼的工作照

1957年,梅兰芳来汉演出,与武汉戏剧界畅谈
左起:王延绪、吴天保、钱远铎、福芝芳、梅兰芳、龚啸岚、袁璧玉

潮到来，一时成为佳话。许多年后，我还读过家里幸存的这张报纸。

中华人民共和国成立初期，国民经济困难，实行过折实工分制的工资分配制度，曾一度提倡干部削减工资级别。"公爷爷"立即响应，自己主动大幅降职减薪，替国家分忧，使得有段时间家里日常生活变得拮据起来。

1950—1965年，常有爷爷奶奶辈的人到家里来办公或约谈事情，如果谈得久了，到饭点通常会留下来人吃个便饭。据我母亲回忆，这个习惯是从抗日战争时就沿袭下来的，经常家里做饭是请来的"大师傅"（厨师），每天吃饭像开流水席，这样接待过许多文学、音乐、美术和戏剧界的人士。现在看来，也许是受到共产党人抗日民族统一战线的影响吧。我的外婆鲁惠青（大人们多叫她鲁大姐，娃娃们叫她鲁伯伯、鲁阿姨、鲁家家）烧得一手可口的饭菜，遇到有客人来会特意加一两个菜，偶尔会应客人的要求传授点做、配菜，调味的小诀窍。她和蔼真诚、克己待人在那个年代是出了名的，客人在饭桌上都会兴味盎然，其乐融融。

"四清"运动开始到"文革"前期，人们的关系变得紧张起来，爷爷奶奶辈的人几乎都不敢登门了，各种大小字报、传单铺天盖地，抄家、查禁风行，收音机、高音喇叭的广播里"掀起""打倒""砸烂某某某的狗头"成了常用词，后由"文斗"发展成"武斗"……尤其是听到田汉先生在狱中被迫害致死的消息传来（田汉，著名戏剧家，中华人民共和国国歌《义勇军进行曲》的词作者，外公的挚友），外公在悲痛、惋惜之余不免动魄惊心！那段时间，只有舅舅、叔叔这辈人才敢前来问候，这多少缓解了外公压抑的心情。其中一个叫李汉勇的舅舅，记得他一进门就会用江西口音大声叫"爸爸，妈妈"，我知道他与我们家人没有血缘关系。武汉解放前，"公爷爷"、家家挽救了这位从江西一路流浪来汉、贫病交加的李姓少年，"公爷爷"为他取了汉勇的名字，鼓励他在武汉勇敢地生活下去，并帮助他取得了培训和工作的机会。李汉勇视"公爷爷"、家家为再生父母，他的身世在"文革"的外调中被证实，他的亲生父母均是在江西被国民党抓捕后杀害的革命烈士。李汉勇是在"文革"多派斗争最激烈时还经常来看望外公、家家的人之一，受到义父母无私精神的感染，李汉勇组建家庭后，也将一个弃婴抚养成人，以报答社会。

十年"文革"，"公爷爷"作为湖北戏剧界的头面人物，被安上了"反动学术权威""历史反革命""戏霸"等数项"罪名"，成为专政的对象，被隔离审查，进学习班，关"牛棚"，下放农场和五七干校，长期有人抓住他的历史问题不放——抗日战争进入国共合作时期，"公爷爷"在重庆曾任职于国民政府军事委员会政治部第三厅这段史实。所谓"三厅"这个机构，实际上是在周恩来副主席委托郭沫若（任三厅厅长）、田汉（任戏剧处处长）的直接领导和指挥下，处于"国统区"与蒋介石集团争夺抗日话语权，在当时的"陪都"重庆（参见郭沫若《洪波曲》以及亲历者钟惠然先生《良师益友龚先生》）上演了多部唤起民众抵御外侮、抗日图存的大戏。据我家家回忆，"公爷爷"去"三厅"上班，总有特务跟踪，住所周围常有人监视，每天都提心吊胆，生活在白色恐怖之中。

国难当头之际，外公除了创作抗日救亡题材的剧本外，还参加了从武汉抗日演剧队成立后的辅导工作（由周恩来等人倡导发起）。外公在"三厅"工作时，曾向周副主席表达过加入中国共产党组织的愿望，周恩来了解外公的处境，家中老小十多口人要养活，还有一同逃难到重庆的楚、汉剧人的生计要操心，他推心置腹地建议外公，"你不必加入党组织，以民主人士身份更利于为人民，为戏剧传承作贡献嘛"（这些话，"公爷爷"大概没有对别人谈起过）。外公十分敬重周恩来，理解这是出于爱护和保护国难中的民族传统文化、艺术，也是作为储备力量的多重考虑，其中饱含期望也是约定，体现了周恩来既高瞻远瞩又深谋远虑的爱国情怀（周恩来在南开时曾登台扮演过角色，对戏剧有很深的研究和喜爱，在白色恐怖最紧要关头，曾靠化装术躲过敌人的追捕）。往后的几十年，外公一直恪守着这份承诺和约定，以此付诸自己的艺术实践，可谓呕心沥血，乐此不疲！

抗日战争胜利，全家人与滞渝的鄂剧人陆续复原回到武汉，"公爷爷"与田汉等共产党人仍保持着联系。1949年武汉解放前夜,北平已在毛主席领导下紧锣密鼓地筹备第一届全国政协会议和文代会。田汉先生专门写信来汉,邀请外公赴北平参加新中国戏剧家协会的组建,后被任命为文化部戏剧改进委员会委员。

1950年第一次全国戏剧工作会议召开,在北京饭店聚餐时,周恩来总理由田汉陪同到各地区代表桌前敬酒,他到武汉代表的桌前时说:"不用介绍,我认识你们……你是龚啸岚,我们还是患难朋友啊!"总理特别问到抗战入川的湖北演员是否已完全回到家乡……周总理惊人的记忆力、礼贤下士、尊重人才的高风亮节,极大影响了外公的为人处世和艺术创作。

1949年后,"公爷爷"虽担负湖北戏剧界领导工作,百忙中还是不忘写戏、改戏,曾因赶写方案而累得口吐鲜血。从1952年10月全国戏剧(曲)观摩会演中汉剧《宇宙锋》获得一等奖开始,先后有楚剧《金田血泪》《宝莲灯》《拜月记》《百花公主》等剧在全国汇演中获无数个奖项。梅兰芳先生看了楚剧《太平天国》演出后,连声称赞:"楚剧的发展前途未可限量。"(见梅兰芳《舞台生活四十年》)而楚剧原是以"三小"为主的民间花鼓,1926年才更名楚剧,相对于汉剧而言,可谓家底很薄(只有一出《永乐观灯》的皇帝戏)。经过外公这一辈人的努力,从抗日时期创作《血战宝山城》现代戏,接着有《岳飞》《文天祥殉国记》等表现坚贞不屈、精忠报国主题的古装戏,后有《金田血泪》等歌颂农民起义的"清装戏";有《清官十三朝》反映为民请命、反腐倡廉的"清官戏";有《拜月记》《百花公主》《新牛郎织女》等儿女情长的"爱情戏",还有至今仍在上演的《宝莲灯》等大型"神话剧"。将楚剧一跃发展成在全国有影响的大剧种,而湖北也成为全国的戏剧大省。(参见朱彬论文《越剧、黄梅剧未了情》,第43页)

创作原本是较私人的活动,能体现个人奋斗的过程,俗话说:"一人为私,二人为公",从外公1949年前后的创作历程来看,后期有许多作品是以合作形式完成的。我想其中也有"公"的成分。如早期与洪深先生合作的《新天河配》(参见沈虹光先生回忆文章《龚先生》），他自认为是"打下手"的话，在20世纪30年代起就思考、探索"合作共赢"、取长补短的创作方法，可能不乏"提挈"的因素。抗战时期的作品则是独立创作，如1938年写反映抗日将士舍生忘死、英勇奋战的现代戏《血战宝山城》，在演出中剧情发展到中国军人弹尽粮绝欲与日寇肉搏死拼时，台下观剧的将士们情绪被点燃，竟有人将枪支扔上舞台，演员与观众形成互动，彰显了同仇敌忾、誓死抗战的决心和意志。新中国成立后，外公与朱衣合作的《二度梅》成为陈派艺术的代表性剧目之一（汉剧），与张惠良合作的《百花公主》以及《金田起义》《宝莲灯》《拜月记》亦是楚剧的保留剧目。由此可见，他走过了独立—合作—独立—合作的几段式创作发展道路。

就创作而言，合作无异于"同舟共济"，风险共担，同心协力，共达彼岸当然是皆大欢喜，反之则会多败俱伤。"公爷爷"能够长期保持与多人合作并且取得成功，反映了他的亲和力和人格魅力。

"文革"中的外公经历了"牛棚"中的思想改造和劳动改造过程，干过多种"行当"：打扫清洁、洗碗、喂猪、烧锅炉，他样样做得认真不苟。进入干校精神压力明显减轻，劳动之余可与"校友"们聊历史掌故、文化趣事，可向青年学子传授学习方法技巧，在后来恢复高考的历史时刻，据说这些知识技巧对那几个青年起到改变命运的作用，我想这是"公爷爷"最为开心的事。

"文革"结束后不久，知识分子政策尚未落实，"公爷爷"的工资被长期扣发。有一天，邻居无业社会青年来串门，将舅妈刚领的工资"顺手牵羊"，她发现后欲报警索要，家人则在一旁着急无措。"公爷爷"外出归来，便立即劝阻，"钱财事小，你报案，他（指邻居青年）的名声就毁了。""公爷爷"承担了损失。为此我们家后几个月的生活开支更显捉襟见肘。

外公对一向顽皮的我循循善诱，后来有次说到血型，我夸耀自己是易受输血型，原本慈眉善目的外公极为严厉批评我不该有如此自私的想法。这件事我印

1979年12月,外公龚啸岚参加全国第四次文代会
左起:司空谷、李蕤、外公龚啸岚

外公龚啸岚在大会上讲话

象深刻,当时不解这位民国出生的外公是如何具有"常备不懈""狠斗私字一闪念"素质的。我们今天可以随意调侃的话,在那个时代都可能触及灵魂!"公爷爷"这辈人,凡有成就者,都极重视自身传统文化、文明精神的培养,将修身视为做人之本。

改革开放,文艺界恢复了生机。"公爷爷"又奔走于各地,应中国剧协之邀,赴京担任《中国大百科全书》(戏曲卷)编委,后参加国家艺术科研重点项

1989年5月,外公龚啸岚与著名作曲家光未然在北京合影

目《中国戏曲志》的编纂，回汉后引领湖北剧坛的多个剧目在全国获奖，出现了《徐九经升官记》《同船过渡》《狱卒平冤》等一批老百姓喜闻乐见的优秀剧目和一大批优秀戏剧人才。他退休后，仍为戏剧事业做出力所能及的贡献，因此受到戏剧界人士的高度赞誉。曾有人说他"无波古井水，有节秋竹筠"，而"公爷爷"总自谦道：不过为戏剧事业"挂单"而已（注：挂单，指行脚僧到名寺古刹投宿时，先在僧堂写有众僧名单的东西两序墙壁上贴上自己的名字，并把衣钵挂在名下），外公借此比喻自己只是戏剧界的普通一员。

外公最后的文集，便取名《舞台行脚》（收入《中国文联晚霞文库》），行脚，指僧人或为寻访名师，或为修身求德而游食四方。由此可以看出外公一生的追求，对祖国传统艺术的敬畏与虔诚。为了戏剧事业的后继有人，外公甘当舞台行脚僧，愿为剧坛当人梯，表现出淡泊名利的奉献精神。

"公爷爷"为人多体现在"仁"上，无论对同事，对朋友，对下级，一视同仁，不怕吃亏，乐于助人。即使在"文革"期间，精神压力山大，由于他多少年一贯地放下身段、忍辱不辩，总算没有受过多的皮肉之苦。晚年有人说到工资待遇，颇为"公爷爷"不平，"您家不会走走上层路线？真是个老苕（傻）！"说完不禁涨红脸："对不起您家，我说错了！""公爷爷"哈哈一笑："你说的一点不错！"他老人家这辈子不知做了多少费力不讨好的"苕"事，却从未为自己向组织、向上级要官、要权、要钱！（见陈先祥先生《一生功德千秋存》，纪念文集，第22页）

家家（外婆）去世后，我母亲龚艾提前办理退休，承担照顾"公爷爷"和我父亲多个病人的重担。日渐衰弱的"公爷爷"依旧对登门来访者"有求必应"，经常熬夜为他人修改剧本文章。他知道自己来日无多，又怕影响劳累了一天的女儿休息，竟蜷缩在冬被里，打开手电筒为剧本编写唱词。据剧作家余笑予先生回忆，那些唱词写得"唯美无比"。（见余笑予先生《人格较量的胜利者》一文）

据我所知，"公爷爷"是湖北省唯一退休的厅级老干部。他去世时，既无房产，也无存款，只有一身正气，两袖清风。他去世前一再叮嘱我们：不要给单位、组织添麻烦,交出租居的住房!

外公临终前数小时,汉剧艺术大师陈伯华与表演艺术家肖惠芳一同前往医院与他诀别。"公爷爷"用尽最后的气力,以他一贯风趣的语调说:"真不敢当!一位是'国宝'(指陈伯华),一位是'国母'(指肖惠芳在多部艺术作品中为宋庆龄形象的扮演者)同来看我……我可以放心地去见马克思了。"数小时后,"公爷爷"就与我们永别了。

他去世后,中国戏剧家协会,湖北及四川等地的戏剧界,以及许多个人发来唁电、唁函及文章,湖北省文联、湖北省剧协专门组织召开了"龚啸岚戏剧艺术研讨会"并出版了文论集。

萧世钢:龚啸岚、鲁惠青的外孙,长期随外公、外婆住文联大院三栋一门二楼西套间。

外公龚啸岚著《舞台行脚》,中国文联晚霞文库,1996年中国戏剧出版社出版

1996年,《龚啸岚戏剧艺术研讨会文论集》,湖北省戏剧家协会编印

人生舞台,舞台人生
—— 忆文联大院往事

赵学伟

2017年1月14日,文联大院的"娃儿们"在武汉市文联办公大楼4楼重聚(顾小华摄)

2017年1月14日,来宾在签名册上签名报到

人生舞台，舞台人生

——忆文联大院往事

赵学伟

2017年1月14日中午在海景饭店聚餐，赵学伟介绍大屏幕上的武汉话剧院演出历史资料

2017年春节，原文联大院的"娃娃们"聚会。分别了40多年、已步入老年的"娃娃们"团聚在一起，共话兄弟姐妹手足情，回忆同学少年时光，欢声笑语其乐融融。

在这次聚会上，"娃娃们"一致提议出一本《文联大院纪念册》，缅怀文联大院那段蹉跎岁月，铭记父辈们对文艺事业的理想追求，追忆两代人深厚的家国情怀，彰显我们这一代人对父辈们文化精神气质的传承与守望。

2017年1月14日中午在海景饭店聚餐,杨丹娜(台上左拿话筒者)介绍大屏幕上的五七干校老照片(王筠提供)

大江东去,岁月流淌,四十载弹指一挥间。人可老、人可古,萦绕在脑海中的思绪不曾断绝,铭刻在心中的记忆永不磨灭。

一

记得我是上育才幼儿园的那一年搬到文联大院的,住一栋一单元一楼后套间左侧的一间房。房间有十五六平方米,一扇窗户朝南。每当冬春之时,和煦的阳光穿过窗户映照在地板上。

记得窗外的马路当时还是碎石子铺的,遇车辆驶过便尘土飞扬。沿路往前便是黄孝河,河水乌黑,静静地流淌,常有木船满载莲藕在桥下穿行。河上有一座木桥,过了桥便是育才幼儿园。

从1962年上育才幼儿园搬到大院,到1999年大院拆迁,我在大院住了近40年。大院是我成长经历的重要组成部分,给我留下了许多美好的深深记忆。

当年大院里的娃娃们按照学龄可分为三四拨。其中二铁、苗苗、大姚、陈枫、杜黛、小英等，年长我们几岁的是一拨；龙龙、小弟、小姚、源源、石洋、黄明、黄伟、梅梅、付平平、凤子、昌明、梁洪、王阿洁、小刚、志成以及与我同年级的海鸣、松林、章鹰、维群是一拨；再低一两个年级的章鸥、章鹏、杨杨、石于、怀南、姜夏、小咪、沈环、大林林是一拨；后面还有宋菲、燕子、王乔等一二拨。中间两拨的娃娃们玩得非常拢，朝夕相处，可谓"铁杆发小"。

我记得白天男娃们常聚一起在院子里打珠子、打篮球、踢足球，晚上在花园的树林里"躲猫"；女娃们则在一起跳房子、跳橡皮筋，且跳且唱。夏夜，我们爬到树上摘梨子，拿着凉席爬到办公楼顶睡觉；冬雪，我们在院里追逐、打雪仗。一路充满了欢声笑语。

我记得全大院齐动员，娃娃们与大人们一起在院子里种树、做大扫除，在办公楼围着一台黑白电视机看《南征北战》。

我记得在办公楼看卢柏森叔叔画毛主席肖像，在传达室看张善平叔叔与门房张爷爷下象棋，在院子里看见二铁大哥与人掰腕子，陈枫大哥独自坐在草地上读书。

我记得和几个娃娃一起在办公楼试唱姚运才刚创作的歌曲，直到现在还能够哼上几句：麦浪滚滚闪金光，田野一片好风光，丰收的喜讯到处扬，社员们心向共产党……

我记得在院子里看见龙龙的老爸指点徐慧玲舞剑、平平的爸爸练功，常听见孔建华叔叔吹笛、大林林家传来的阵阵钢琴声。

我记得在院子里我帮宋运昭叔叔做小木桌，帮李蕤伯伯修自行车；记得到张肇铭爷爷家看他画画，去姜弘叔叔家请教他怎么刻图章，到卢柏森叔叔家请他指点我画的画……

儿时文联大院阳光明媚、花满枝头、绿树成荫，洋溢着祥和安宁的人文气息，让我们这些娃娃们的身心受到了浓厚的文化艺术气息的熏陶、滋养和启迪，影响了我们这一代人的成长与未来。

"铁杆发小"小弟、龙龙和小松、小刚俩兄弟。

骆苗(中)和大姚、小姚(左一)

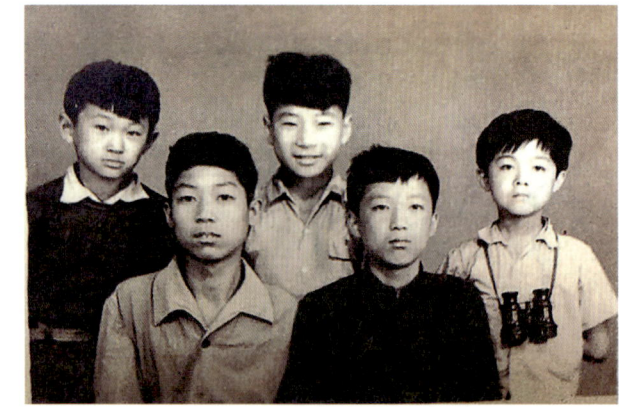

大院的娃儿们
前排左起:陈枫、李小松;后排左一为杜勇,右一为哈小姚,中间是市委大院的小孩

写到此已是深夜，万籁俱静，遂披衣走到院子里。抬头仰望夜空星光熠熠、月光如雪。回想起儿时的时光思绪如缕，心中久久不能平复。江水不能倒流、时光不可复还，唯有把那段岁月在心里珍藏……

二

　　在我的印象中，大院的转折始于黄孝河疏浚，即把黄孝河里面的污泥抽灌到大院中间那个小池塘开始的。

　　记得"文革"开始时是初夏时节，一件接着一件的事情使得大院不再平静。大娃娃们徒步去韶山瞻仰毛主席故居，去全国各地串联，坐火车去北京接受毛主席检阅，让我们这些小几岁的娃娃们羡慕不已。

　　有一件事情我至今还记得。一天见司徒莺阿姨一手拿着一个大木盆，一手提着一壶开水搁在院子里，说小弟串联回来衣服里长了好多虱子要用开水烫。话音未落，一下子使得本来围在一起的人都避之不及，一时成为了笑谈。

　　"文化大革命"开始时我读小学六年级。记得那时候背"老三篇"、跳"忠字舞"成为全民的热潮。开始人们只是"除四害""揪封资修"，渐渐形形色色的"造反派"们呼喊着"造反有理"斗志昂扬地登场。"文化大革命"由"温良恭俭让"变成了言辞激烈的辩论与批斗大会。一夜之间办公楼、院子里、大街上大字报铺天盖地，抄家、挂黑牌、戴高帽子游街示众日甚一日，"造反派""誓把皇帝拉下马"锐不可当，似乎到了正义非此举不能伸张的地步。

　　此时大院里的气氛变得沉闷、凝重，年长者们集体失语。我在院子里看见他们都紧锁着眉头、步履匆匆。

　　不久，文联被"彻底砸烂"了，省文联机关及住户几乎全部下放到沙洋干校。一时间人去楼空，只有歌舞剧院、话剧院等少数几户住在大院里。

　　我记得那个时候我和家家（外祖母）住在一起。每天下午放学后我常常一个人待在院子里，夜晚与猫为伴。黄昏时分夕阳西下，冷风瑟瑟、满地落叶奔走，好不孤单凄凉。

我记得在院子里时常会遇见司徒莺阿姨、哈珊阿姨、石琦阿姨，还有黛黛姐姐、小英姐姐。每次她们看见我都会停下脚步走到我身边，嘘寒问暖。未曾忘，她们的一声问候给我带来了多么大的温暖。每念及此，当年的情景依稀浮现在我的眼前，仍不禁一阵阵哽咽，潸然泪下……

没过多久，下放干校劳动、下放农村接受贫下中农再教育的"热潮"也波及歌、话两院，许多住户要么下放、要么搬走。随后，大院对面市委党校的家属、部队的家属纷纷搬了进来。再接下来食堂及洗澡堂被拆掉，花园被铲除，盖起了两栋居住楼房，大院便彻底成了大杂院。

1999年11月大院拆迁。

搬家的前一天，我专门用相机拍下了我居住过的三栋红砖房，以记作惜别与纪念。此时的大院已是一片破败，目睹此情此景心中五味杂陈……

1999年11月12日,文联大院红楼拆迁的一栋一单元

我从3岁搬进大院已无数次进出这个门了。徘徊良久仍不忍离去

拆迁中的二栋二单元。我们家住一楼和二楼左侧

拆迁中的二栋和三栋。一栋楼横亘,中间已没有路了

1999年至今又过了20年。

今天大院老一代人已是耄耋之年，他们当中有不少人已驾鹤西去，而我们这些当年的娃娃们也已是两鬓如霜。

我记得有一位文学家在他的小说里写了这样一段话：当岁月流逝，所有的东西都在改变以至慢慢消失殆尽的时候，唯有空中飘荡的气味还在恋恋不散，让往事历历在目。大院里多少经历难以忘怀，多少故事可歌可泣，此时想来令人唏嘘、扼腕。

如今老文联大院早已荡然无存了，但是那3栋红砖房已经铭刻在我们心里、融入我们的血液，直至永远……

老文联大院从"诞生"到"消亡"只有短短几十年时间，纵观历史的长河只是一瞬间。然而，她曾经璀璨，曾经笃信，曾经波涛汹涌。

三

大院先后有歌舞剧院、话剧院近30户人家居住过，其中话剧院的住户我最熟悉。先后有周元白、鲍昭寿、莫先铨、晏修华、司徒莺、陈牧、哈珊、陈矿、郭铁珊、石琦、魏珉、李重庆、黄家德、邹志鹏等。记得我记事的时候我妈曾告诉我，他们都是她的老师、同学和亲密的同事。几十年风风雨雨，他们一直活跃在话剧舞台上，携手相依而行。

从1950年武汉人民艺术剧院成立以及此后近60年的时间里，话剧院先后排演了《龙须沟》《日出》《雷雨》《锦绣花巾》《夜店》《悲壮的颂歌》《枯木逢春》《江姐》《武则天》《叶尔绍夫兄弟》《千万不要忘记》《豹子湾战斗》《艳阳天》《万水千山》《于无声处》《泪血樱花》《9·13事件》《魏征》等60多个剧目。在这些剧目当中他们塑造的一个个性格鲜明、形象丰满、风姿绰约的舞台形象，深刻地反映了当代中国的社会生活，反映了时代风云与变迁，已然成了中国话剧舞台的经典。

半个多世纪世事沧桑。他们作为中华人民共和国成立后第一代话剧艺术家可谓风华绝代，将永载中国百年话剧舞台的史册。

我至今还清晰地记得司徒莺阿姨在《武则天》当中的一个场景。

大幕拉开，女皇武则天坐在舞台中央的皇椅上。后面站着威武的武士，旁边站着侍女，舞台灯火通明。少顷，武则天下令道：撤岗！武士、侍女们无声退下，舞台上只剩下武则天一个人。灯光渐渐暗了下去，只有一束聚光照在女皇身上。此刻全场观众寂静无声，武则天念了很长一段独白，如溪流时疾时徐，朗诵者风姿绰约。我想，恐怕没有谁能够重现这样的场景了……

我还记得哈珊阿姨扮演的赛观音，匠心独运，神采飞扬；我还记得陈牧叔叔扮演的杨虎城，一夫当关、万夫莫开；我记得宋映雪阿姨扮演的鲁妈、双枪老太婆，端庄、大气；我记得陈矿阿姨扮演的江姐，坚贞不屈、大义凛然；我记得石琦阿姨扮演的上官婉儿，清丽、隽永；我记得大郭叔叔扮演的林育生，英俊潇洒。还有我妈妈，她60年的舞台生涯塑造了二春、四凤、苦妹子、卓娅、向警予、樱枝等有着迥异性格与人物命运的角色，伴随着我成长。

到了小学二三年级时我已经非常记事了。记得我妈演出时经常把我带在身边。有多少次我是在武汉剧院、中南剧场的舞池或侧幕条边度过的，至今那一幕幕场景仍在眼前。仰望着舞台幕启幕落，我逐渐懂得了什么是真善美，什么是情怀与崇高，什么是不屑与不耻。

一年年、一夜夜幕启幕落。他们的人生经历亦是与他们演绎的剧目、角色紧紧地连在了一起，历经了多少坎坷、磨难与辉煌。

2007年，为纪念中国话剧一百周年诞辰，话剧院复排《夜店》。时隔近半个世纪，平均年龄70多岁的老艺术家们重登舞台是多么的不容易、多么的了不起！与其说他们是再一次扮演剧中的角色，倒不如说他们是在演绎着一种精神，演绎他们跨越了半个世纪的艺术人生。

1961年,话剧院首次排演《雷雨》。剧中陈牧扮演周朴园、陈矿扮演繁漪、母亲赵振生扮演四凤、温世冲扮演周冲

母亲赵振生在《雷雨》中饰演四凤

1960年排演《悲壮的颂歌》,马奕扮演列宁

1959年话剧院首次排演《夜店》，哈珊扮演赛观音

1960年上演《枯木逢春》，母亲赵振生扮演苦妹子（前排右一）

1961年上演《江姐》，陈矿扮演江姐、温世冲扮演甫志高。

宋映雪在《江姐》中扮演双枪老太婆

1964年上演《千万不要忘记》，郭铁珊扮演林育生

1962年上演根据阿尔巴尼亚话剧改编的《渔人之家》

1964年上演的《南海长城》中的马奕、李重庆

1978年上演《向警予》,我母亲赵振生在剧中扮演向警予（中间站立者）

1978年上演的《于无声处》中的参演者金奇、石琦、哈珊、李重庆、常晓行（还有一人不详）

1979年话剧院复演《雷雨》,陈牧仍扮演周朴园、宋映雪仍扮演鲁妈

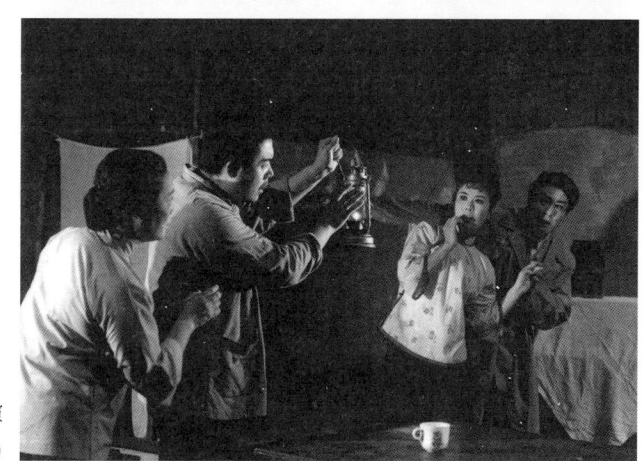

1979年复演《雷雨》,宋映雪扮演鲁妈、哈小姚扮演鲁大海(提灯者)

1980年上演《公正舆论》,扮演者陈牧(右)、郭铁珊

1982年上演《魏征》,陈牧扮演魏征、哈珊扮演魏征夫人,石琦(中跪者)扮演大臣夫人

《夜店》在武汉剧院演出时我连看了两场。哈珊阿姨、宋映雪阿姨、石琦阿姨我好多年没见了。听到她们每一句台词、看到她们每一个举手投足都给我心里带来了一种难以言状的撞击,我多么希望此刻的舞台能够凝固下来!

同一个舞台,别样的人生。高山仰止!

我认为,复排《夜店》在当代中国的话剧舞台是罕见的!他们塑造的舞台形象是不朽的!从这个意义上讲,2007年复排《夜店》是中国话剧舞台百年历史的绝唱!

2006年复排话剧《夜店》,由莫先铨(83岁)执导。演员马奕、哈珊、温世冲等都是80多岁的老人

四

尤其值得提出的是,文联大院从1958年文联成立到1969年文联解散只有短短的10年。这一时期,大院里汇集了各个文艺领域的一大批卓越的艺术大家与艺术群体。从建党之初到大革命时期,从延安时期到解放战争,再到新中国成立之初的文艺复兴,百花齐放、百家争鸣……文艺家们跟随着时代一路前行,虽然路途也有荆棘坎坷,但他们在文艺创作中,追求理想,扬善惩恶,彰显时代精神,发挥着积极向上、潜移默化的社会作用。这些文艺创作,犹如一首史诗、一部小说、一部剧作,激情燃烧、风云激荡。

他们这一代人为了追求理想与艺术事业矢志不渝,迈着坚定的步履前行,不屈不挠。

他们有一个共同的特质,都忠实于自己所走的路;即使是沉默、沉沦与艰辛。

他们刚直不阿、坚持自己的品格和对理想的追求和守望;无论身处顺境逆境,都坚毅、无畏地直面人生风雨。

他们秉承中国知识分子的文化传统与良知,坚持自己的精神追求与社会责任感。对关乎国家前途、民族命运、百姓疾苦乃至社会的尊严、公平与正义,发出自己的呼喊。

他们是历经沧桑与磨难的一代,是砥砺前行的一代。他们为了当代中国的文化艺术事业奉献了一生。

青山遮不住,毕竟东流去。民族文化的血脉、时代前进的潮流不可改变、不可阻挡。让我们永远铭记文联大院这一段不平凡的岁月,继承父辈们崇高的品格与风骨,沿着他们的足迹,把他们的文化精神与气质传承下去。

赵学伟:母亲赵振生,从1962年搬入大院至1999年大院拆迁,先后住过一栋一单元一楼、三栋二单元一楼、二栋二单元一楼和二楼。

父亲的文学创作及在武汉的生活足迹

田海蓝

1936年,父亲田涛在北平与王西彦等文友合影
前排右一为父亲田涛,后排左二为王西彦

父亲的文学创作及在武汉的生活足迹

田海蓝

我的父亲田涛,是农民的儿子,1915年3月9日出生在河北省望都县固店北各村的贫穷农民家庭,祖父给他取名叫田德裕。他6岁开始认字读书,在启蒙学习和生活上得到他外祖父家的帮助,他在小学四年级的时候,遇到一个在外地读书的同乡,给他打开了外面世界,接触到蒋光慈和鲁迅的作品,开始喜欢文学。小学毕业后,由于成绩优秀,考取了北平市立师范学校。他的老师极力支持他到北平求学,并且还给他凑了路费。

到北平后,他除了在师范学校学习外,还经常到北京大学中文系旁听。当时的北平,各种思潮汇聚,革命思想涌动,特别是北京大学,更是精英荟萃之地。父亲在这里接触到了许多进步作品,参加了中共地下党组织的"笃志读书会",阅读了大量进步书刊。他于1933年参加了"反帝大同盟",进入了"左翼作家联盟",受革命思想的影响,开始文学创作。父亲的创作才华得到了《大公报·文艺》主编沈从文的肯定和鼓励。1934年在他离开学校之前,在天津《大公报》出版的《国闻周报》上发表了小说《利息》,反映当时贫苦农民卖儿卖女的悲惨生活,这是父亲的处女作。父亲初学写作时,就想把他在农村中的生活表现在文字里,因为那种阴愁暗淡的日子经常会出现在他脑海中。

1935年"华北事变"后,平津危在旦夕。中华民族的危亡为国人所系,为了敦促国民党政府抗日,热血沸腾的父亲和同学一起参加了卧轨南下请愿团和"一二·九"学生爱国运动。1935年,他首次以田涛的名字在天津《大公报》文艺副刊发表文章,于是,这个名字就跟随了他一生。1935年到1937年,父亲在《国闻周报》、上海《申报》等报刊上陆续发表过反映农村生活的短篇小说《旗手》《马棚里一夜》《矛申》《骡车上》《西归》《猪》《农家》等。

1936年10月，父亲写的短篇小说《荒》发表在王统照主编的《文学月刊》7卷4期上，以新的视角引起了文学界的关注。接着，巴金主编的文学丛刊短篇集，以《荒》命名，收入了父亲这个时期的大部分短篇作品，如《分出后》《离》《谷》等。《荒》是1936年由上海文化生活出版社出版的著名短篇集。1937年，短篇小说《荒》被沈从文选入由上海良友图书公司出版的《二十人所选短篇佳作集》。另外，20世纪30年代由中华书局出版的"新中华"月刊，也曾刊登过父亲的小说《一人》。这个时期父亲的作品着重于反映中国农民的苦难。

1937年爆发的"七七事变"，标志全民族抗战开始。父亲离开北平，随着抗日的洪流，与平津流亡学生一起组织成抗日宣传队，先后到河北、河南、湖北宣传抗日，担任过郑州《大刚报》副刊"战时文学"及"阵地"的编辑、主编。1937年11月，在周恩来的直接指导下，中国文化运动的先驱范长江、胡愈之等团结全国广大进步记者，组成了"中国青年记者学会"。父亲也积极参加。

1938年，抗日形势严峻，"保卫大武汉"的战斗打响。父亲在武汉参加了"中华全国文艺界抗敌协会"，并参加第五战区文化团体，担任抗日宣传员。1939年，李宗仁在台儿庄战役后，将第五战区司令长官部迁至老河口。其间，司令部除直接指挥豫、鄂、蜀地的抗日战争外，还在共产党的帮助下积极进行抗日救亡运动。父亲和臧克家、姚雪垠、黄碧野一起，到张自忠领导的第33集团军的驻防地老河口宣传抗日。父亲担任《阵中日报·台儿庄》文艺副刊"台儿庄"主编。

《台儿庄》版面新颖，文章生动活泼，富有新鲜气息，除刊载臧克家、碧野、姚雪垠等著名作家的诗文外，父亲着眼于文章的内容和质量，而不问稿件来自何人、何处，因此颇能吸引一些爱好文艺的热血青年投稿。在抗日宣传中产生一定影响。同时，他还在由李蕤等主编的第一战区军报《阵中日报》文艺副刊"军人魂"上发表文章。其中，《逃荒》描写了战乱时的底层百姓及伤员在战争中的挣扎和无助。另外，1939年到1941年，战地报告文学《黄河北岸》《战地剪集》

1940年9月在鄂西抗战前线
左起：父亲田涛，姚雪垠，臧克家，黄碧野

《大别山荒僻的一角》陆续由重庆文艺研究会出版。1940年，中篇小说《子午线》由上海大路出版公司出版。

1941年1月，皖南事变发生，国民党的反共情绪使父亲等人产生离开之意。由于战时的颠沛流离，父亲忍痛把女儿通过姚雪垠送给当地的群众收养，父亲和文友跋涉到重庆。1942年，父亲到重庆后，曾给冯玉祥当教书先生。这时的冯玉祥虽有抗日之心，却早已没有兵权，在他麾下聚集了一些有抗日激情的文人。同时，父亲还任过重庆朝阳学院讲师、上海法学院文学教授。这段时期，生活相对稳定，父亲全心投入写作。1942年，父亲的短篇小说集《西归》由桂林文艺社出版。1944年短篇小说集《牛的故事》由桂林华侨书店出版。同年，他创作的反映知识分子在国统区的抗战情怀的长篇小说《潮》，由重庆建国书店出版，该小说分为两部，特别是第一部，在抗日大后方流传一时。同年，描述国统区游击队抗日救国的中篇小说《地层》(亦名《焰》)由重庆东方书社出版。1946年，《金黄色的小米》由建国出版社出版。他的这些小说多数以战争为背景，表现出对战争环境中人的命运的关注及中华民族抗日激情的歌颂。

1947年,父亲的中篇小说《边外》由刘以鬯编入"怀正文艺丛书",由上海怀正文化社出版。父亲在抗战后期就孕育成熟的反映军阀混战时期农民悲惨生活的长篇小说《沃土》,也由巴金编入"现代长篇小说丛书"之六,同年4月出版。《沃土》展现了华北平原的辽阔美丽、农民的勤劳质朴、社会给他们带来的不公和苦难。在当时文学界产生一定影响。同年,短篇小说集《恐怖的笑》由上海东新图书杂志社出版。

1947年,受文友的邀请,父亲乘船到了上海。1948年4月,父亲在战区写的短篇,被收入巴金主编的、上海文化生活出版社出版的《文学丛刊》第9集,又汇编成短篇小说集《灾魂》(亦名《边外》),由文化生活出版社出版。此外他还编辑出版了短篇小说集《希望》,于1948年由上海万叶书店出版。同年,描述抗

1948年,父亲田涛在上海与田仲济、臧克家合影
左起:田仲济、臧克家、田涛

战知识分子群体的中篇小说《流亡图》由晨光出版社出版。

中华人民共和国成立后，1950年，父亲到武汉工作，当时我6岁。父亲担任中南文联编辑出版部副部长、《长江文艺》常务副主编。1953年参加中国作家协会，任中国作协武汉分会专业作家。

我们兄弟姊妹随着父亲的工作，住进了位于汉口黎黄陂路29号的中南作家协会。这是一个除阳台外有三层楼的建筑，毗邻大革命时期的武汉中共中央机关所在地（即1919年，怡和洋行为上层职员建的住宅），地处俄租界。现在是武汉市公安局江岸区交通大队一中队和二中队的所在地，今门牌为33号。这个紧靠着熙熙攘攘的汉口步行街的建筑，使人们很难相信它就是当年文人荟萃的地方。

汉口黎黄陂路33号（原29号），原中南作协旧址

当年,大门口是收发室,向里走,有个不大的院子,右手是五层楼的建筑物,它有两个并列独立的门。第一个门进去属于办公楼:一楼是食堂,二楼是《长江文艺》编辑部和图书馆,三楼是会议室。第二个门是宿舍:一楼是姚雪垠和李蕤家,二楼是于黑丁和李季家,三楼是我们家,李冰住在我们隔壁,还有骆文、王淑耘等也住在这里。四楼是个通透的大阳台,连接着这两个并列但并不相通的建筑。由于我们家的孩子和李蕤伯伯的孩子年纪相当、数量相近,所以经常在一起爬房上瓦"打仗",有时也打架。

武汉炎热的天气是出了名的。一到夏天,我身上长满了痱子,甚至聚成热疖,在家里根本就热得不能入睡,和武汉的市民一样,必须到室外纳凉。不过,我们不是到大街上,而是到四楼的阳台,在下午6点后,从楼下端水上阳台,把水浇到炽热的水泥地上,让水把热量变成气体带走,然后再放上竹床或凉席。到晚上,也是大人们聚聚和聊天的好机会,由于酷热,机关的大人们穿着汗衫背心,手中摇着蒲扇,也是非常平常的事。但是,这些大人基本是一般工作人员,父亲和他的文友从来没有加入这个纳凉的队伍。可能,晚上正是写作的黄金时间。到了夜晚,满凉台都睡满了人。夜深时,父亲的房间亮着灯光,武汉关的钟声回荡在长江两岸,特别清晰,也特别悦耳。

1953年,父亲的短篇小说集《浠河上游》由中国人民文学艺术出版社出版。

1954年,随着机关的扩大,人员的增多,文联的部分人员搬到了汉口火车站附近的伟英里。伟英里是当年修建此处的房地产商以其女儿名字命名。这是一个地处法租界的里弄,当时居住着普通的市民。巷子里很热闹,巷子有两个门,常有小贩从这个门进,那个门出,一路吆喝叫卖。还有居家孩子们的打闹嬉笑声,跳橡皮筋的歌谣声……一派生机盎然,和机关独处的宁静相比,写作环境有所变化。

文联宿舍地址是伟英里13号。这是武汉一个常见里弄中富裕家庭的居住建筑,共三层楼。进大门,有一个小天井,正对天井是堂屋,铺着马赛克的地面。堂

1952年10月,父亲田涛和巴金等文友在朝鲜战场上的合影
右二为父亲田涛,左二为巴金

1953年,父亲田涛和孩子们

屋的右侧是我父亲的住房,左边是姚雪垠的住房,堂屋尽头的左边是楼梯,楼梯前面的房间是公共厨房,楼梯的下方旁边,有一个小套间,是我们兄弟姊妹的住房。楼上,住有高琨、李冰、洪洋、吉学沛、姜弘和张焱夫妇等人。当时年轻的洪洋还在一楼的堂屋里举行过婚礼,新娘子是一位美丽的中学教师。

  父亲对我们要求很严格,怕我们调皮惹事,不让我们和里弄的孩子玩。好在我们兄弟姊妹多,在一起就够热闹了,我们有时以床为舞台,有的披着床单,有的手拿短棍,学着戏曲里的腔调和台词,床上床下的翻滚,也觉得特别快活。父亲的话,我们有时也不听。记得堂屋右墙放有一个中国传统的四方桌,桌上放着一部用手指转动拨号的电话机,这是当时整个13号的居住者与文联和外界联络的唯一工具,父亲再三叮嘱我们兄弟姊妹不要碰电话。但是,孩童的好奇心,促使我们在发现没有人的时候,还是时不时地、忐忑地拿起电话,拨打"114",听着

汉口伟英里13号,原文联宿舍旧址

电话那边的接线员的声音。

在伟英里生活期间,父亲患了肺结核,吐血不止,但他依然勤奋写作。1955年,父亲的短篇小说集《木船记》由文化生活出版社出版。1956年,《沃土》由作家出版社再版,《焰》由新文艺出版社再版。1957年,中篇小说《友谊》由新文艺出版社出版。

在此期间,父亲连续写了20篇散文式小说,这些小说展现了他的童心世界和对童年的回忆,充满对大自然的热爱,受到读者欢迎,1958年,新文艺出版社出版了短篇小说集《在外祖父家里》。

也许是创作的辛苦、政治运动的频繁和身体状况欠佳,父亲的脸上总是很严肃。和其他的孩子一样,我们最盼望的是过年。只有在这个时候,父亲给我们买鞭炮,和我们一起包饺子,才能看到父亲脸上的笑容。

中华人民共和国成立初期,时局待稳。父辈们的工作特别繁忙。除了写作外,还承担着具体的事务及社会工作。1951年春,开始了抗美援朝和土地改革运功,新中国要求学者、知识分子参加社会革命实践。1952年,父亲参加了全国文联组织的慰问团,和巴金等文友一起到朝鲜对志愿军战士慰问和采访;另外,还和文联的部分同事到农村参加了土地改革;接着,还经历了胡风案等。文联的父辈们对子女基本上没有时间眷顾。在此期间,曾经发生过一件事。于黑丁的儿子曾延婴(随母亲曾克姓)和我的哥哥田蜀坎失踪了好几天。当时,父亲和于黑丁都忙于工作不在武汉,机关的人不敢告诉家长,到处寻找,没有找到,正在大家焦急的时候,他们两个悄无声息地从庐山回来了。

好在新中国开国之际采用了供给制,这种经济体制让人对钱没有什么概念。当时,对部分工作人员实行免费供给生活必需品的分配制度,除了包括本人的衣食住行外,还包括其子女的养育费用。它借鉴了延安时期的做法,具有战时共产主义的分配性质。所以,1951年时,在汉口西商跑马场创建了华中育才子弟学校,后随着中南局的建立,更名中南育才子弟学校。我和我的兄弟,以及李蕤、于黑丁等人的孩子们被送到育才小学住读。（当时我7岁）学校原是租界的房子，环境很好，还有一个室内游泳池。学校有叔叔照顾伙食（司务长是一位手臂负过重伤的战士），阿姨照顾生活，老师负责上课。课程的设置，除了知识性的语文数学外，还很注重体音美的教学。同学多是中南局的干部子弟，大家吃一样的饭，睡一样的床，男女同学分别穿一样的衣服。衣服脏了，统一换洗，为了区分，每个人都有编号，我的号码是56号。和延安时期不同，不是发军装，而是适合儿童的衣服。夏天，女孩子的裙子特别漂亮，的确有祖国花朵盛开的感觉。学校通过学生成绩册每周和家长书面联系，告知学生在校的学习和品行情况。

供给制的执行从1950年到1954年，随着国家政治和经济的平稳，1955年，实行工资制。1957年，中南育才子弟学校撤销。虽然父辈没有时间和精力管我们，但有一个和平安定、夜不闭户的社会环境，有国家对下一代的关心和照顾，我们度过了无忧无虑的、"共产主义"模式的童年。

1957年"反右"运动后，文艺界不少人被错划为"右派"。我们的邻居姚雪垠也被错划成"右派"，父亲被内定为"极右"。1958年，为了贯彻文艺为工农兵服务的方针，专业作家要到基层劳动群众中寻找创作灵感，文联的很多人被安排到基层体验生活。父亲被派往武钢，挂职武钢工会宣传部长，我们家也随着父亲工作的调动，搬到了青山的武钢职工宿舍，蒋家墩八街房52栋，这是一个十分普通的红砖结构的单元房子，我们住在三楼。父亲休息时，有时和邻居下下象棋，我们兄弟姊妹基本都在有住读的学校学习。在武钢的生活和工作经历中，1959年，父亲完成了反映工人生活和劳动的中篇小说《金光灿烂》和短篇小说集《工地主任》，由湖北人民出版社出版。

1961年，随着政策的落实，我们家搬进花桥文联大院。记忆最深的是，在大院的门口挂着白底黑字的四块长条牌子：中国作家协会武汉分会、中国戏剧家协会武汉分会、中国音乐家协会武汉分会、中国美术家协会武汉分会。这几家合起来，就是人们常说的湖北省武汉市文艺联合会，简称"文联"。三层楼的"L"

形建筑物耸立在大街边十分醒目,作为文联的办公大楼,挺气派!进去有一个很大的院子,还建有三栋宿舍楼,一般都有配套的生活设施,这是新中国成立以来,文联最大最宽敞的建筑。大门的街道门牌号是解放公园路48号。因为地处郊区,周边比较安静,晚上还可以听到青蛙蝈蝈的叫声。我们家住进了一栋一门二楼的一个带有独立的厨卫的套间。父亲的房间里有了一个坐式的电风扇。这时,我在武汉四十中读高中,在校住读。因为离家不远,又是文联的子弟,我有时候到文联图书馆借书,这也是同学最羡慕我的。虽然我们在校住读很少回家,但我们的人生大事父亲很是关心的。1961年8月,我哥哥参军时,他特别叮嘱要在部队好好干;1963年,当我拿着大学入学通知书回家时,父亲鼓励我要好好学习。

在花桥大院生活的时期,正是国家"调整、巩固、充实、提高"时期,国家经济还很困难,仍然延续票证制。但是国家对于高级知识分子的生活有着一定的照顾,比如糖、肉、烟之类另外发票。虽然不多,但体现了国家对知识分子的重视和关怀。在武汉工作期间,父亲曾当过武汉市第三、四、五届人大代表。

1964年,父亲叶落归根,调离武汉,回河北省文联任专业作家。回河北不久,就开始了"文化大革命",受到冲击,被批斗,当伙夫烧锅炉……以至遇到了唐山大地震,带来亡妻亡女之痛。

"文革"结束后,父亲以极大的热情又投入创作,《他就是这样一个人》《老枣树》《玉兰花开》等著作发表,1980年《沙盘纪事》获解放军征文荣誉奖。父亲还整理旧作,1985年11月,《田涛小说选》由人民文学出版社出版;同时,《田涛中篇小说选集》由香港南方书屋出版社出版。2000年1月,《在大姨妈家里》由中国文联出版社出版。同时,他心系工作和生活过十多年的武汉,怀念劫后余生的文友,于1989年重返武汉花桥文联大院,与黄碧野、徐迟等老友重逢,倾诉别情。其间,父亲任河北省文联副主席、中国作家协会河北分会副主席、名誉主席、顾问等职。还任过河北省第三、四届政协委员及第五、六届政协常委。父亲于2002年4月因病去世,我们兄弟姊妹和河北文联的同事、朋友都给他送行。辛

1989年,父亲田涛与黄碧野(右)在武汉叙旧

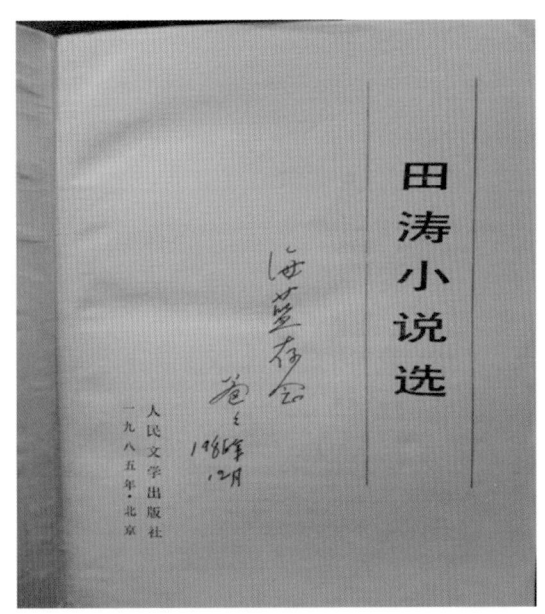

1986年12月,父亲田涛以"爸爸"为署名赠书给女儿田海蓝

2001年,父亲田涛在石家庄家中写作

劳伏案耕耘一生的父亲,愿他在天堂好好休息!

父爱的外表有一种威严,他的温情藏在心灵深处,在孩童时很少看到的温情部分,只有自己经历过人生的沧桑,才能深深感觉到父爱沉甸甸。

后记:应父亲老友李蕤的女儿宋致新之邀,回忆父辈及其在武汉的生活。但是,我从儿时开始就寄住学校,过着集体生活。小学、初中、高中、大学都是在学校住读,和父亲相聚较少。有幸的是,在他晚年住院开刀的那段日子,与我详谈了他的创作经历,后来我又帮助他收集1949年前失散的作品,得以有内容跟大家介绍。

田海蓝:田涛之女。曾住文联大院一栋一门二楼。

我们的丹青之家
张墨菊

父亲张善平（1928— ）

我们的丹青之家

张墨菊

我的父亲张善平，1928年生于河北沧州。擅长油画、中国画。1952年毕业于中南文艺学院美术系，1956年调任中国美协武汉分会展览部主任。1984年任武汉美协主席，1985年当选湖北省美协副主席。1999年出任湖北书画院院长。1968年至2006年间，多次赴欧、亚11个国家访问并进行艺术交流。

1949年4月，父亲才21岁，便随中国人民解放军第四野战军南下武汉，挎着盒子枪，奉命接收"江汉关"（今武汉关），后来又调总工会，担任"三宫"文化宫主任（硚口工人文化宫、汉阳文化宫、武昌文化宫），培养工人美术骨干。他所作的革命历史题材油画《收回英租界》《声援二七大罢工》《攻打麻城》等获湖北省暨武汉市美术展一等奖。1987年与1990年分别在武汉美术馆、北京当代美术馆举办个人画展，并出版了《醉山张画选》《当代中国画家——张善平卷》。

父亲酷爱画山，"文革"后期武汉市文联曾下放到崇阳山区，他在劳动之余，不忘绘画，尽情欣赏大山之美。1977年5月的一天，他在崇阳青山水库写生，迎面山腰上一团火红杜鹃吸引着他，忘情之中竟顾不了脚下，一下子从山上跌向深谷，要不是有一棵小松树挂住，他很可能就要"醉葬"峡谷了。他的左小腿跌伤，住院治疗不到70天，就约好两个学生从医院偷偷地跑到红安大别山区写生去了。父亲常饮酒作画，人送他雅号"醉山张"，他也就给自己取大号"醉山张"。

著名美学家王朝闻曾称赞父亲在中西绘画融汇创新中取得的成就，著名油画家罗工柳、赵友萍、著名书法家沈鹏、杨悦浦、汤麟教授等都曾对父亲的绘画予以较高的评价。但父亲依旧在不停探索。他坦诚地说："我不接受'功成名就'的赞语，功未成，名也未就，老实说还要过艺术大关。"

父亲张善平画作《山乡初雪》,"壬午初冬醉山张善平江南行"

父亲张善平画作《山乡初春》,"20世纪80年代余曾在鄂南写出小村之美,久久不能忘怀,于禧年重写,醉山张"

父亲张善平画作《江南好,怎不画江南》

父亲张善平画作《花中君子》,"壬戌年仲夏汉阳行所见久未能忘情趁图上善平并记"

父亲张善平画作《烟罩黄山》,"乙亥夏月善平补记于醉山居"

母亲璇风

    我的母亲璇风，1938年生于四川安县，1961年毕业于南京艺术学院美术系。历任武汉美协创作员、武汉市外贸轻化公司出口包装装潢设计师、湖北工学院美术系基础教研室主任、讲师、副教授；湖北工学院艺术设计学院教授、硕士生导师。她的中国工笔画，很受圈内同仁欣赏，作品有《槿鸡图》《雨后蕉香》《花中君子》等。《祥和图》入选第八届全国美展。出版有《璇风画选》。

    母亲的性格，在绘画时细致入微，对大自然中的蜂蝶花鸟，一草一木，细心观察，但在待人接物时又豪放爽直，热心于社会工作。她担任武汉女画家"三八画会"会长，"三八画会"的会员不全是专业画家，却以女性独有的视角描绘生活，是武汉美术界一支不可忽视的力量。2013年春，20多位会员在湖北图书馆举办"绿意春浓"的画展，受到观众热烈欢迎。母亲还参加"湖北百名书画家赈灾义卖"活动，为灾区的人民送上一份温暖。

1986年秋，母亲璇风画作《野趣图》

1986年春，母亲璇风画作《江南春暖，鸟语花香》

2006年,母亲璇风画作《菠萝蜜》

我的速写《五等舱旅客》

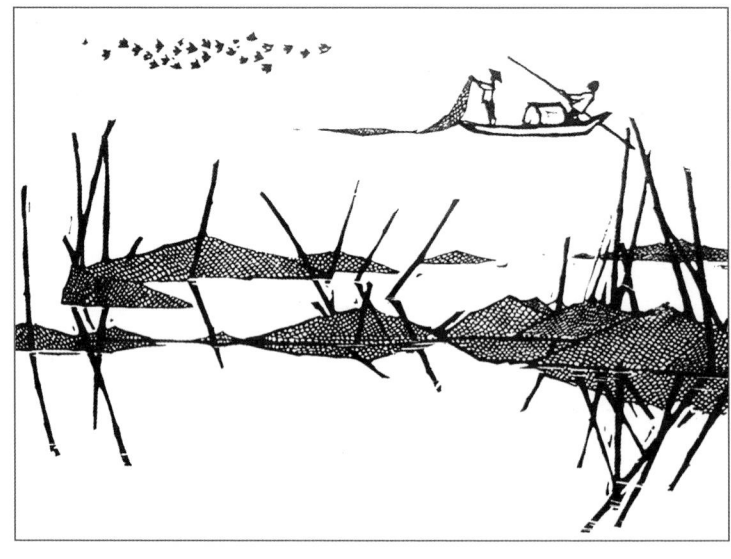

我的速写《湖边渔家》

我的画作《墨菊》

我的画作《荷韵图》和《马上封侯图》

如今，我的父母已是八九十岁的老人了，还笔耕不辍，新作迭出，使我感受到，人的艺术生命是不老的。

我从小就生活在文联大院，在大院艺术氛围的陶冶和父母的培养下，从小就与绘画结下不解之缘，墨菊这个名字，寄托着父母对我的希望。我从中小学起就爱画速写，1984年毕业于湖北美术学院版画系，执教于华师大美术学院，退休时为副教授。出版有《墨菊黑白画集》，主编《春华秋实》画集。

我大学毕业后，也加入了"三八画会"，是画会初期8个女画家中最年轻的一员，也是继母亲之后担任会长。30多年来，我看到了母亲对画会的奉献精神，非常感动。现在母亲年事已高，我要继承她的事业，为画会作出新的贡献。

张墨菊：张善平、璇凤的次女。曾住文联大院二栋二门二楼。

记忆从这里开始
——文联大院童年生活琐忆

李 玫

1959年夏于武汉,父母和我

记忆从这里开始

——文联大院童年生活琐忆

李 玫

每个人都有记忆开始的地方,我的记忆是从武汉市汉口花桥的文联大院开始的。

1958年春天,我刚满一岁,随父母搬进了位于武汉市汉口解放公园路40号(后来改为48号)的文联大院,住进了大院里簇新的三栋红砖住宅楼中的第二栋。听父母说,之前我们住在汉口中山大道旁、车站路附近的伟英里。对于这次乔迁新居,我自然是毫无记忆。我父亲是中南文联、武汉市文联的作家、诗人李冰。我们一家在文联大院里的二栋一门一楼东头的公寓住了整整12年。我对文联大院生活的记忆,从无到有,从童年到少年……丰富而又散漫。从星星点点,到纷纭繁复,逐渐连成片,汇成团……如今,40多年过去,那段生活已经隔着遥远的时空。但静下心来回想,有些情景仍然很真切,很清晰。

邻里情

记忆,无论对于人还是关于事,大都与环境连为一体。童年的记忆自然是和居住环境联系得最为紧密。记忆中的文联大院,布局疏密有致,修饰简单雅致。大院东边,是临着院外马路的办公楼。大院里面的建筑,除了一座平房用作食堂,再就是三栋三层的红砖住宅楼了。

办公楼南面,有一片修剪整齐的冬青树围成的花园。一栋和二栋之间,有大片接近天然的草坪和树林。大院的侧门进来的西边,有篮球场,还有单杠等运动器械。一条条红砖铺成的小路,延伸到每一个住宅单元门。这应该是20世纪五六十年代特有的机关大院的风格。

1959年夏，母亲李竺瑛抱着我摄于文联大院，背景是文联大院红楼第一栋和当时机关的菜地

1965年夏，弟弟李纯摄于文联大院二、三栋之间的红砖路上

我家住在二栋的最东头。公寓里东头套间的外屋是父亲的书房,也用作客厅。父亲的写字台上方那扇窗户朝南,记忆里有一个画面很清晰:阳光洒在书桌上,窗外摇曳着梧桐枝叶,想来那一定是天气晴好的上午的情景。从北边的窗户望出去,遥遥相对的是大院的一栋,中间有一片树林。记得靠近我家北窗有一片梨树,一到春天,梨花开放,一片雪白,令人赏心悦目。从家里东窗户望出去,可以看到办公大楼和楼前冬青树花坛,还可以看到大院侧门进院子的那条红砖路。记得我常常趴在窗前向那条路张望,尤其是傍晚时分,盼着我妈妈下班在那条路上出现。

蔡明川叔叔一家住在我家的隔壁,是我家最近的邻居。晚上大院安静时,家里有间屋子里,能听到一墙之隔的阿洁姐、蔡小夏和蔡小革姐弟模模糊糊、时断时续的说笑声。大概上小学一二年级时,父母亲不放心我上学时带着家里房门的钥匙,就把钥匙放在蔡叔叔家。有段时间,我每天放学后,都要先到阿洁姐家去取钥匙,然后再回家开门。都说人的记忆分不同类型,我大概属于善于记住情境画面、包括人的表情的那一类。童年和少年时期的记忆,大多是一个又一个情景,一个又一个画面。几十年过去,有些情景仍然很清晰。有个情景因为重复了不知多少次,因此总存在脑子里。从一楼中间那个单元进门后往左拐,第一间房门里,阿洁姐的姥姥和妈妈坐在床边,有时在做针线,或者说着话,一幅很安详的画面。我一出现在门口,阿洁的姥姥和妈妈总是笑脸相迎,大多是阿洁姐的妈妈王阿姨起身把钥匙递给我。每当我说谢谢,王阿姨总是不厌其烦地夸奖我,说这孩子好懂事。20世纪60年代初,文联大院里这样的邻里情谊也许不算特殊,不过对我来说这种情谊影响是久远的,任何时候想起来都很美好。

大约在1972年大年三十的下午,我去武昌的一个礼堂看文艺演出。正巧王阿洁坐在我后面一排。分别了近两年,我们都很惊喜。散场后,阿洁姐邀请我去她家吃饺子,我就跟她去了。离开大院后,只是这个偶然的机会,我又见到了阿洁的姥姥和妈妈,感到十分亲切。那天我父母和弟弟都在省博物馆我姥姥、姥爷

我们二栋一门三楼的邻居、著名作家姚雪垠与夫人王梅彩

家吃团年饭，当时没有电话，我回到博物馆时已经有些晚，家里人很诧异我去了哪里，我告诉他们去王阿洁家吃饺子了。记得当时我妈妈问了问阿洁和她家人的情况，没有说我什么，但从她的表情，我感到这件事有些不妥当。后来年龄大些，我才意识到，那时的确是不懂事，哪有大年三十到别人家吃饭的呢？不过，转念想想，要多么好的邻里感情，才能那样自然而然，不分你我。

我家三楼住着姚雪垠伯伯一家。平时在院子里碰到姚伯伯，很少见他说话，通常他也不露笑容，不过表情总是温和的。但到了他家，他就不一样了，总是笑容满面，话匣子也打开了。尽管我当时只有七八岁，但他总像对待大人一样和我说话，一口婉转好听的河南话。1964年秋天，我进入武汉市第一师范第二附属小学，读小学一年级。入学后不久，我被选进学校乒乓球队。一师二附小的乒乓球队曾是武汉市少年团体冠军，球队的训练相当专业。给我们球队训练的是湖北省体工大队乒乓球队的专业教练，有一套严格的训练方法。我至今记得那位教练严肃的表情和对我们一丝不苟的要求。进乒乓球队后，我除了下午放学后要练球，周日（当时周末只休息一天）学校也经常组织练球，或者外出观看球赛。当时我姥爷在湖北省博物馆工作，我的姥姥、姥爷住在位于武昌东湖边的湖北省博物馆，通常每到周末，我父母都带我去姥姥、姥爷家。但是，逢周日训练或者看比赛，我就不能去了。遇到这种情况，父母便安排我在姚雪垠伯伯家吃午饭。究竟去吃过多少次饭，我记不清了。不过每次去，姚伯伯家安静的气氛，姚伯伯和王妈妈轻言轻语、和蔼可亲的态度，让我感觉很舒服，不感到拘束，这些让我印象深刻。当时尤其让我觉得新奇的是，王妈妈每次端出的菜，总有六七碟，菜样多，盘子小巧精致，与通常河南人大碗吃面的风格毫不相同。

那时，家里烧水做饭都是用蜂窝煤炉。每逢周末从姥姥、姥爷家回来，煤火早已熄灭。每当这时，我就用撮箕端一块蜂窝煤上到三楼，到姚雪垠伯伯家，换一块烧着的蜂窝煤回家。一般都是王妈妈帮我放好烧着的煤，嘱咐我慢些下楼。这样回到家就省去了用木柴点蜂窝煤的工序，省去不少事。

我于1970年随父母去到湖北崇阳的五七干校。离开文联大院后，只是在1971年（或是1972年），回过文联大院一次。那次回去，仅离开了一两年，文联大院的环境基本上没有变化。那一次我又去了姚雪垠伯伯家。那天姚伯伯在他的书房里和我聊了挺长的时间。说起我读过《李自成》，姚伯伯兴致很高，和我谈起他写作《李自成》的一些想法和经历。说到小说里某些人物情节和细节的处理，他不时站起来打开书柜，拿出一本《明史》或者《明实录》，翻开找到某处指给我看。当时，虽然对姚伯伯谈的一些历史观念和历史小说的创作观念，我不尽了然，但当他具体说到他怎样把历史记载变成了小说里的情节，我觉得很有意思。同时，他不断打开和关上书柜的玻璃门，让我注意到他书房里那一排深棕色的木制书柜，里面整齐摆放着成套的大部头书，很是气派。当时我就诧异，上小学时在他家吃午饭，就是在这间书房里，怎么就没有注意到这么漂亮的书柜和书

我们的邻居黄正甫伯伯（1909—1980），曾任武汉中央农民运动讲习所旧址馆长

呢？现在回想起来，之所以那次与姚伯伯聊天很愉快，印象深刻，除了他谈的历史知识和创作经历生动有趣，另外一点也很重要，那时我只是个十四五岁的中学生，从姚伯伯那里，我感受到了像对待成年人似的重视和尊重。

我家二楼，住的是黄正甫伯伯一家。他们家排行老三的黄力群是我在一师二附小的同班同学，从一年级到五年级，我们同学五年。1970年，我上了初中一年级。在此之前，大约是1969年秋天，省文联的干部都去了干校。我隔壁的王阿洁一家、对门的李洪一家等都搬离了文联大院。大院突然冷清了，出来进去人少了很多。那段时间，一走进住宅单元门，我就有些伤感。想起以往热闹的情形，很是怀念。好在黄力群一家没有搬走。有一次我父母都出差，我白天上学，晚上就住在黄力群家。不知怎么的，那天半夜里我突然不舒服，黄力群的妈妈陈镜阿姨赶忙起身，端来热水让我喝。和颜悦色，就像自己家的长辈一样。

1970年初夏的一天，我正在学校上课，我父亲突然出现了。以前，父亲从来没有去过我的学校。父亲把我叫出来，说要给我转学，因为很快我们全家也要去干校了。这对我来说是个突然的改变。到那时为止，我没有离开过花桥文联大院，也无从知道离开了文联大院后会是怎样的生活。记得那些日子我懵懵懂懂地看着父母收拾东西，搬离的日子很快就到了。

离开文联大院的前一天，傍晚时分，不知什么原因，家里没有开灯。昏暗中，我坐在那里，看着屋子里到处摆放着的行李，心情莫名地黯然。这时，我小时候的保姆崔阿姨来了，手里拿着一包东西（后来打开，是几包卫生纸。当时卫生纸是紧缺物品），说来看看我父母和我。送崔阿姨走时，在家门外的楼梯上，我看到了黄力群。她手里拿了一张纸制的书签，站在楼梯的半中腰，看到我出来，就把书签递给了我。我接过书签，不记得说了什么话没有。那个情景，我真是忘不了。昏暗的楼梯上，不知道黄力群在那里站了多长时间，也不知道她是否敲过门我没有听见。我和黄力群那年都是13岁，对那时的我们来说，楼上楼下住着，一起上学放学，似乎是天经地义的事情。突然，改变来临了，13岁的少年朋友，就是这样

1969年冬育才小学同学合影,摄于武汉
前排左一为黄力群;二排左二为梁劲;三排左二为李玫,左三为杨小娜

1970年3月,李玫离开文联大院前,摄于武汉
前排右一为黄力群;后排左一为李玫,右一为梁劲

表达离别之情的。之后的日子,每每想起那个画面,我都会感动。

到了湖北崇阳干校,我们家起初住在沙坪公社二小队。崇阳在湖北省的东南一带,属丘陵地区,山清水秀,自然景色很美。二小队由3个湾子组成——柳家湾、张家湾和李家湾。开始几天我们住在李家湾的一个村民家。房间很小,墙壁粗糙漆黑——是烧柴草的烟垢加上陈年的灰尘造成的。父亲多年后对我说,住进小黑屋那天,我没有表现出不高兴,他为此很感动。在李家湾住了不长时间,生产队为我们收拾出一所房子。房子位于与李家湾隔着一条小河的柳家湾,原打算用作仓库,还未启用,所以是座新房子。这座房子有两个房间,中间是堂屋,比李家湾那户村民的房子敞亮不少。之所以这里写到离开文联大院后的情形,是因为"邻里情"有个后续的尾巴,很想记下来。到崇阳干校后不久,我收到了陈镜阿姨(黄力群的妈妈)寄给我的一封信。信的内容主要是询问我到干校后上学的情况,自然有鼓励我的一些话。13岁的我,很少收到信封上写着我的名字的信。与这封信相联系,我记住了一个情景:家里进门后右边的那间房,窗下放了张桌子。我就是在那个窗下,坐在那张桌子边,读陈镜阿姨的信。在陌生的新环境里,一份来自邻居长辈的关爱,对于一个13岁的少年,那种慰藉很不寻常。

同学谊

和我同学时间最长的是杨小娜。1962年,我从妈妈的工作单位附近的幼儿园(在汉阳)转到离文联大院不远的武汉市育才幼儿园,那时我5岁。一般来说,小孩子中有喜欢上幼儿园的,有不喜欢上的,我属于后者——特别不愿意上幼儿园。那时育才幼儿园要求"全托",即小孩必须住在幼儿园5天,周六才能接回家。记忆里,我最不喜欢这种"全托"。

现在回想起来,那时的育才幼儿园条件挺好,环境很漂亮。几栋红墙红顶的二层小楼一字排开,院子开阔,草坪翠绿。进大门后,不远处有个高大的铁笼子,里面关着两只上蹿下跳的猴子。我们吃住、上课、游戏都在二层小楼里。上楼的木制楼梯很宽，楼梯拐弯处有面大镜子。活动室高大敞亮，里面放着比人还高的积木。每星期有一天，好像是星期三，晚饭后老师给放幻灯片。因此，星期一一去幼儿园，大家就盼望着放幻灯片的那天快些到来，虽然一共只有两部幻灯片来回放，但我们不嫌重复，总觉得没有看够。

记得那是我转到育才幼儿园不久后的一天。教室里，大家围坐成一圈，坐在我对面的一个小女孩儿看着我说："是小玫咧！"我循声一看，是杨小娜。从那时起，我和小娜就是同班同学了。有个星期六的下午，老师带着我们坐在院子里的草坪上，边玩边等着家长来接。那天小娜的家长（记不清是哪位了）先来了，看到小娜被接走，剩下的小朋友越来越少，我心里很难受。当时有位站在旁边的女士（可能是某位家长）指着我对老师说，这个小孩都要哭了！后来，有那么几次，周六下午如果接杨小娜的家长比我妈妈到得早，就把我也捎带回家，那是我非常高兴的时刻。

小娜的性格温和、宽厚。上小学时，我们天天一起上学放学，经常一起写作业，从来没有争执过什么，没有过不愉快。不过，回想起来，和其他几位每天在一起的同学，如黄力群、梁春珍（梁劲）、敏敏、周润等，也想不起来有过什么不愉快，哪怕是小的争吵好像也没有。放学后，我们大都一起做作业。写作业的地方，有时在某人家里，小娜家我们去过，我家里她们也常来。有时候就在院子里食堂侧门对着的那块水泥台子上——上面有几个下水道的水泥盖子，我们有时就趴在那上面写作业。

用不了多长时间，作业就做完了。之后就在院子里开始各种游戏。一起玩儿的伙伴，最经常在一起的是我们几个同学，因为放学和做作业的时间一致。但也有很多时候是和其他年龄的同伴一起玩。玩的游戏花样繁多：跳绳，跳房子，跳皮筋，踢毽子，还常常在二栋和三栋之间的红砖小路上赛跑；食堂餐厅的门随时开着，有时候我们一群孩子跑到食堂里的餐桌上"抓子儿"；还有很多个晚上，在大院里到处跑着躲猫（捉迷藏），哪里黑暗往哪里躲，常常自己把自己弄

1969年6月,我和文联大院发小合影
前排左起:杨小娜,李玫;后排:梁劲,黄力群

1973年7月,我与易晓云在通城县照相馆合影

得心惊胆战。那时的冬天下雪好像比现在多。下雪后,大家一起在院子里滑冰,一个接着一个,可以在雪地上生生滑出一条冰道。那种毫无章法的"滑冰",自然会不断摔跤,摔倒后爬起来接着滑,不觉得冷,也不怕疼。……年年如此,天天如是,从不厌倦。

我对小珍的记忆也很早,甚至早在上幼儿园之前。据说人在3岁时,大脑会有一次"格式化",把之前的记忆全都抹掉,所以多数的早期记忆是在3岁之后。我有一些3岁之前的记忆,当然只是少量的情景片段,这应该不算特殊。想起来很有意思,上幼儿园之前的有段时间,我每天都和隔壁王阿洁的弟弟蔡小夏一起玩儿,那很可能是在3岁之前。因为在记忆里每天就是蹲在家门外院子里的地上,玩些简单的玩具,觉得趣味无穷。有一天,我家的保姆郑重其事地对我说,女孩子是不可以和男孩子一起玩的。第二天,她就领来了一个小女孩儿,让我和她一起玩儿,这就是梁春珍。自那之后我就换了玩伴。小珍有音乐天赋,从小就嗓子好,会唱歌。她生长在音乐之家,这毫不奇怪。

敏敏也是我在一师二附小的同班同学。听我母亲说,当年住在伟英里时,我父母和吉学沛叔叔住隔壁。我母亲和敏敏的妈妈还是湖北省实验中学初中的同年级同学。在文联大院,敏敏家住在一栋,因为距离相对远,与她来往没有和杨小娜她们频繁。不过,同学情谊还是非同一般。记得有一天,敏敏请我和杨小娜、黄力群和梁春珍几位去她家家(外婆)家做客。她的家家住在武昌司门口一带,那时从文联大院到武昌,要先坐公交车,再乘轮渡过江。这对于还在上小学的我们,算是一次不寻常的"远征"。到了敏敏的外婆家,她老人家热情地款待我们,给我们每人做了一碗汤面,非常美味可口。因为我父亲是山西人,母亲是鄂北襄阳人,家里煮的面条味道很不一样。那是我第一次吃到地道的武汉家常风味的汤面。有了这次经历,后来我注意到,武汉人做的汤面的确是一种独特的美味。当然,更重要的还是与敏敏的同学情谊,让我常常记起。

还想说说易晓云。在文联大院时,易晓云住在三栋西边的单元,因为她比我高一年级，所以早年间与她单独交往相对较少。1970年初夏，我们都随父母到了崇阳干校，一年后又都迁至位于咸宁赵李桥蓼坪的干校总部。有两年多时间，在崇阳大沙坪中学和湖南临湘一中，我和易晓云成了同班同学。一起上学放学，在学校又是同桌，每天相伴。易晓云性格随和，性情开朗，和我很合得来。最难忘的，是我们在初中二年级时的一次"壮举"。那是到崇阳一年后，1971年的夏天，我和易晓云从沙坪镇徒步走到与崇阳相邻的通城。记不清那次去通城有什么具体目的，现在想来，那就是一次"暑假一日游"。留到今天的印记，是那天我俩在通城县城照相馆拍的一张合影，照片背面记下的时间是：1971年7月。现在想想，我们挺勇敢，从崇阳沙坪到通城县城，当地人说有30里，今天查确切的数字，是17公里，单程有34里路！那时这两地之间好像没有长途汽车，当地村民需要买什么就走到通城县城，比到崇阳县城近。那时我们对30里这个数字毫无概念，说走就走。时值盛夏，从早上走到下午。去的路上，兴致高，体力也好，一路说说笑笑。那段时间我对与通城相邻的通山很感兴趣，觉得到了通城离通山就近了。因为读了姚雪垠的《李自成》，通山的九宫山是李自成的溃败之地。通山在崇阳的东边，从沙坪向东望，通山那边的山比崇阳这边高得多，似乎不太远。后来查看地图，知道通山、九宫山离崇阳、离通城都不近。

往回走时实在太累了，我们拦住了一辆大卡车。司机让我们上了车，坐进驾驶室。走得累极之时，坐上一辆飞驰的车，我俩松了一口气，看着路边的风景，好高兴！谁知我们高兴得太早。那时从沙坪到通城的公路，有相当长一段是沿着一条河，名大沙坪河。河面很宽，河岸有大片的沙滩。车开出去没多远，司机没吱一声就开着车轰隆隆地冲下了河滩。原来，这辆车是拉沙子的，下到河滩是去装沙子。实际搭上这辆卡车，我们没省多少力气，我感觉是更累了。因为我和晓云不得不从很低的河滩走上公路，比一直走平坦的公路更艰难。之后我们不敢再拦汽车，又拦了个小三轮车坐了一阵，终于在下午天还亮着时回到沙坪。之后很多年，每每想起与易晓云一起的通城之行，都觉得很有意思。

在写下这次经历时，我问母亲（已88岁高龄）："您还记得我和易晓云从沙坪走着去通城吗？"她笑着说："记得呀！那时当地人都是走着去的。"我说："来回将近70里路呢！"她说："是，我那时也好几次从蓼坪走着去羊楼司的。"（羊楼司镇属湖南临湘。在蓼坪时，干校的干部们常去羊楼司买东西，两地距离3公里左右）看看，那一代家长"心大"吧！孩子只要行事正当，就任其随性而为；能受到锻炼，吃苦没有关系。当然，20世纪70年代初的崇阳很闭塞，民风淳朴，比较安全，也是父母放心让我们到处跑的原因。说起那时崇阳的闭塞，有不少趣事可作为例证。那时当地人与外界的联系只有广播，但他们听不懂广播里的普通话，也听不懂武汉话。一次联欢会，在一个露天舞台上，何祚欢说了一段湖北评书。何祚欢这样的曲艺名家不论在哪里演出，自然都秉持严谨的职业精神，倾力表演。当他的评书结束时，一位当地村民满脸不解，说了句："吃得亏哟！"因为一句没听懂，只觉得这么滔滔不绝地说了半天，太能吃苦了。也正因为闭塞，崇阳方言保留了不少"古语"，比如把"好"说成"佳"，把"薅秧草"说成"耘禾"等，可知这些文雅的书面语，早先都是口语。

记得离开蓼坪前的一个晚上，我和易晓云坐在她家门前的场地上。那天夜空特别明净，繁星满天，四野宁静，我们随意聊着。有一刻，我心里生出留恋之情，想到离开后我会怀念这里，会怀念和易晓云的友情的。

1972年回武汉后，在回到武汉市文联《芳草》杂志编辑部前，易原符伯伯一度在关山中学工作。一天，我和父母应邀去了在武昌关山的易伯伯家，又见到了易晓云。那天，易晓云的妈妈炖了鸡汤招待我们，鸡汤非常香。我妈妈至今仍记得，告诉我那是易晓云的妈妈自己养的鸡。写到这里，我不禁自问，怎么最后总是写到"吃"呢？细想想，其实，与现在不同，在我童年和少年时期，邻里之间，同学之间，请客吃饭极少。即使是感情很好的邻居，很亲近的同学，十几年中也未必在一起吃过一顿饭。于是，少有的几次聚餐，情谊是浓缩的，印象必然深刻。

读书趣

父亲的藏书不算少。他的书房里有一面墙放着书柜和书架，里面满满地排列着各类书籍。当然，文学类书籍居多。可是，家里的少儿读物不多。上小学前有一段时间，我妈妈曾经托在文联图书馆工作的邵廉阿姨（安危伯伯的夫人），帮着挑选一些儿童读物，借来给我读。我记得这样一个情景：我跟着妈妈走到文联办公大楼，记不清是上到二楼还是三楼，个子高高的邵廉阿姨从走廊那头笑着迎过来，手里拿着几本书——早先是儿童读物，后来渐渐换成了少儿读物——那些书都很薄，旧旧的，开本大小不一。我总是紧盯着邵阿姨手里的书，充满好奇。我妈妈先把我看过的书还给邵阿姨，再接过邵阿姨新找出的书。这些书的内容，随着我年龄增长变化着。记得早些时候看过《龟兔赛跑》《大林和小林》（张天翼，早先看的是片段）……那些书中的图画我印象很深。随着年龄增长，书的内容变得复杂些了，像《宝葫芦的秘密》（张天翼）、《"下次开船"港》（严文井）、《印度，我们永远不会忘记你》（严文井），等等，当时的阅读感受可以用"妙趣横生"来概括。书里的描写是那么奇异、惊险，令人神往。就因为当年的感受太奇妙，成年以后，我曾经又借来《"下次开船"港》《印度，我们永远不会忘记你》等书重新读，想再体验当年的喜悦，可是那种妙趣横生的感觉没有再出现。是啊，那毕竟是少儿读物！由此反观，童年时的阅读有多么重要！它带来的感受不可能重现，错过了，就再也不会有了。

童年的读书感受可以长久留存，温暖一生。举个例子：2006年初，我去印度进行学术访问（说明一下，我博士毕业后，一直在中国社会科学院文学研究所工作。我的研究领域是中国古代戏曲历史。印度的古代梵剧和古典舞剧与中国古代戏曲有很多相似之处，二者的关系是中国古代戏曲史研究中的一个谜题。那次访问由印度社会科学研究理事会安排），记得在与瓦纳纳西甘地研究所所长马里克聊天时,谈起我对印度的了解,说到我最早是从中国的少儿读物《印度,我们永远不会忘记你》中读到关于印度的趣事和风物,从那本书里我得到对印度的最初印象。实际从那时起,我对印度就很向往。马里克先生听了有些惊讶,十分感兴趣。

还有,上小学前,我在某一期《小朋友》里(按:《小朋友》是20世纪60年代十分流行的一种少儿期刊,父母给我订了这种期刊)看到一幅图画:傍晚时分,开阔的海面,湛蓝湛蓝的海水,岸边灯光里有几艘停泊的船。不知道为什么,当时那个画面、那种深蓝色特别吸引我,我翻看过好多遍。十年前,我在丹麦哥本哈根大学工作了一年(政府间交换学者项目)。那期间,我经常去哥本哈根长堤公园的海边,坐在那里看着海面——开阔而湛蓝,和小时候看到的那本书里的图画很相像。尤其是夏天,哥本哈根天黑很晚,我常常坐到晚上10点多(天还亮着)才回住处。坐在那里似乎可以厘清小时候被那幅图画吸引的原因——湛蓝的海,深邃、宁静而神秘,里面藏着多少过往的秘密?容纳着多少未知的可能?面对它,让人沉静,又引人遐想。这些都算是童年阅读对内心的滋养吧。

和师海云的友情,本来可以放到"邻里情"里面写。但是,一是海云姐住在三栋,离我家相对远些。二是与海云姐的交往中涉及读书,涉及画画,所以就放在这个部分了。我上小学一年级时,海云姐上小学五年级。我家住在二栋东边,她家住在三栋的西头。不记得是怎样的契机,在一段时间里,我和她来往频繁,情谊也深。我父亲有些文学期刊,因为书柜里放不下,就放在阳台上的木箱子里。记得有个木箱子里放了很多《民间文学》期刊,那是一种像图书那种小开本的杂志。有段时间,师海云每次来我家都借走一摞《民间文学》,下次来时,还掉前次借走的,又拿走新的一摞。她跟我说很好看,说得兴味盎然。起初我没看过《民间文学》,听她说了好多次那些故事多么有意思,她很喜欢,我便也读了一些。其中不少故事的确是充满生活智慧,有的故事人物十分滑稽诙谐。

现在想来,师海云只比我大4岁,成年人大4岁或者小4岁,差距并不明显,可是对于小学生来说，一年级和五年级，不论是别人看来，还是自己感觉，差别都很大。当时海云姐在我心目中是个"小大人"，因此她指挥我做些"功课"，教我画画，我心服口服。我不清楚她是否跟她父亲学过绘画，当时也想不到去问她，就觉得她父亲是画家，她自然懂得画画。有一段时间，在她的"指导"下，我准备了一个图画本，定期向她交"作业"——用铅笔画出图形，再用蜡笔涂上颜色。实际上我从小就喜欢画画，经常在脑子里想象一些画面，想象怎样画出来更好看，只是一直没有认真对待这个爱好。那段时间，每次我画完、填好颜色之后，海云姐会来检查，进行一番"评论"，告诉我一些要领。我记得那个本子上画过一个南瓜，涂的是橘黄颜色；还画过一棵树，树干涂成棕色，树叶涂成深绿。那是我比较得意、也受到师海云表扬的两幅画，所以我至今没有忘记。

人们总说往事如烟，其实，有些往事很难真正烟消云散。很多记忆已经融化在了生命里。

后记：

2015年12月，数十年没有联系的宋致新大姐和杨小娜老同学联系上我，告知准备编文联大院纪念文集，希望我写点回忆文字，我答应了下来。童年和少年在文联大院的那段生活，已经过去了近50年。几十年来，南来北往，忙忙碌碌，很少真正静下来回想。这次是个契机，可以清理一下关于那段生活的记忆。无奈这两年公事和私事都很多，总是忙，因而这篇短文的动笔时间一推再推，直到2017年12月，才下决心动笔。之后又不时有事情插进来，不得不先完成别的事，使得这篇短文的撰写时断时续。

颇费思量的是，十多年的童年少年生活，记忆零零碎碎，千头万绪，从哪里写起呢？最后决定，抛开那些过于个人化以及负面的东西，就由着记忆的流动，记下那些感觉美好的往事。不过，记忆很玄妙，有人形容它像迷雾。记忆确实会不自觉地过滤掉一些东西,所以即使对同一件事,同一个人,人们的记忆、感受和看法也会有所不同,因而有人怀疑记忆的准确性。不过我相信它,我愿意让那些一直滋养我的温暖记忆长久留存。

李玫:李冰之女。中国社会科学院文学研究所二级研究员,中国社会科学院研究生院教授、博士生导师。原住文联大院二栋一单元一楼东套住宅。

老房子记忆：汉口解放公园路 48 号

宋致新

1955年冬全家福

前排为宋致新和姐姐宋致美;后排左边为二哥赵致善,右为大哥赵致真

老房子记忆：汉口解放公园路 48 号

宋致新

汉口解放公园路 48 号（以前或称 40 号，44 号，46 号），这个地址对于我来说，比身份证号码、手机号码，更记得烂熟于心。这是文联大院的旧址，它建成于 1958 年，拆迁于 1999 年。我从 10 岁搬到这里，到 50 岁才真正离开。文联大院承载了我太多的记忆，融入了我的大半辈子的离合悲欢。

我的籍贯是河南荥阳，1949 年出生于开封。1953 年春，父亲李蕤被调往武汉，担任中南作家协会副主席，我随父母迁到武汉。

一

从 1949 年到 1954 年，武汉是中南局所在地。当时的中南作家协会，位于汉口黎黄陂路，那是 1949 年前的一家歇业钱庄的空房子。20 世纪 50 年代初，中南作家协会属中南局，辖六省（河南、湖北、湖南、江西、广东、广西）二市（武汉、

1953 年冬，中南作协第一次大会部分代表合影
后排左二为父亲李蕤，左三为于黑丁，右一为骆文；前排右一为田涛

1956年冬，中南作协成员摄于汉口黎黄陂路
左一为于黑丁，右一为王淑耘、右三为父亲李蕤

广州），首任中南作家协会主席是诗人李季，副主席于黑丁。不久，李季调走了，我父亲李蕤就从河南省文联调到武汉来，担任中南文联副主席、中南作家协会副主席，分管《长江文艺》。

中南作家协会于1953年6月26日成立，挂牌在汉口黎黄陂路29号，这里是汉口中心地区，熙熙攘攘，市声喧哗，不利于静心写作。据说，1953年9月中南作协代表参加全国第二次文代会时，向周恩来总理反映了这个情况，希望政府能给作家提供更好的写作环境，解放公园路的文联大院，就是依照周总理亲自批准的红线图修建的。

解放公园路，因市郊有解放公园而命名。1949年前，这里是英国人的跑马场，公园空旷，林木繁茂，草木丛生，是个野公园。这一带常被老武汉人嘲笑为"铁路外"（以汉口大智路的火车站为界，"铁路外"说明是"乡下人"）。中华人民共和国成立后，这里被开辟成一个新区，新的政府部门大多建在这里。如武汉市委大楼（最早为中南局大楼）、武汉市委党校、市委宿舍等，我们文联大院也坐

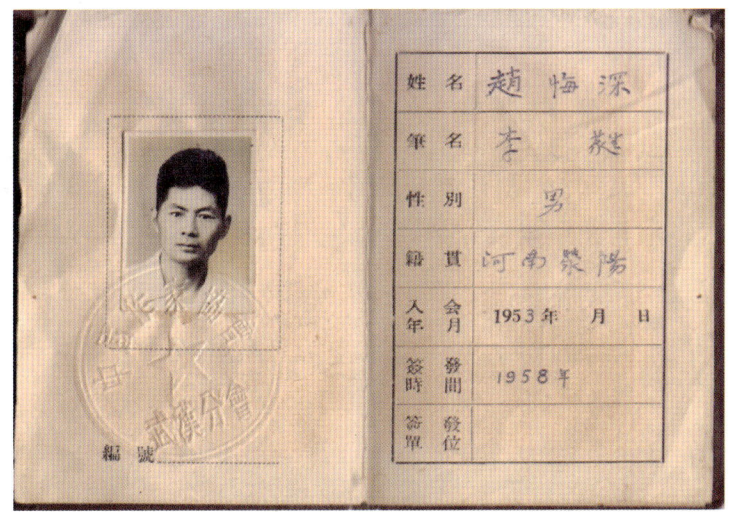

中国作家协会武汉分会李蕤的会员证,1953年入会,1958年发证

1963年,父亲李蕤和作家李准合影

落在这条路上。紧靠我们文联大院的,有一条涌流浑浊黑水的黄孝河,一座小木桥叫花桥,过了桥,便是育才幼儿园和一师附小。桥下常有船夫撑篙行驶。马路一侧全是菜地,每日上街,便可以看见老农挥动硕大的水瓢,往菜地里泼水;人行道上工匠搭着木架,把棉纱摆成长长的几排,用两块板子夹住铜锤杆,使劲一拧,铜锤儿嗡嗡旋转,架上的棉纱两股就被搓成一股……与这些郊区景象形成对比的,是文联大院的新式建筑。院子很大,一座"L"型的三层办公大楼当街而立,院内建有三栋砖混结构的红楼。一、二栋之间距离较远,空地有养鱼池、篮球场等;二、三栋之间距离较近,中间有红砖小路。每栋楼两个门栋,每个门栋前面是两个套间,一个大通间带一个小间,自带厨房厕所,适合一家人住;后面是四个大小不一的单间共一个厨房和厕所,是给单身职工住的。院子里的花坛,由冬青树围绕,栀子、百合竞相开放。院子里还有食堂、澡堂、汽车房等,一应俱全。

1954年6月,中南局撤销以后,"中南作家协会"也改为"中国作家协会武汉分会",但这里的会员,仍是从中南六省二市抽调的老班底,名家荟萃,精英云集。

文联办公大楼门前,赫然挂着四块牌子:中国作家协会武汉分会,中国美术家协会武汉分会,中国音乐家协会武汉分会,中国戏剧家协会武汉分会。这便是文学艺术家的新家园。

这样的生活环境,使我们从童年起就接触到了文学、绘画、音乐和表演艺术等,这些"美的教育"潜移默化地影响着我们,滋润着我们的心田。

二

在解放公园路48号文联大院建成之前,我的父母便在"反右"运动中错划为"右派"。因此,在我们1958年搬入新居时,仅分到二栋二门一楼后头三间房子,和另一家共用厨房厕所。父亲下到东西湖劳动去了,母亲被分派到机关内部劳动,带着我们兄妹四人和奶奶,住得十分拥挤。父亲间或回家,只能打地铺。这年冬天,我的奶奶去世。这些事在我幼小心灵上留下了很深的伤痛。

1961年秋，我（左）与文联大院的发小丹娜（右）、鲜子（中）在照相馆合影

2016年3月25日，我（左）与丹娜（右）、鲜子（中）分别55年后合影，按原位置合影，摄于北京

1958年秋，文联响应号召，把大院一、二栋之间的鱼池填平，花木刈除，建立了炼钢小高炉，开始"大办钢铁"。我母亲整天戴着手套锤矿石，锤焦炭，手磨出了厚厚的茧子。后来，炼出的钢锭像蜂窝一样。不久，运动便一阵风似的过去了。

大院里有公家食堂，一般家庭都吃食堂，很少自己开伙。1959年后，粮食蔬菜渐渐紧张，文联领导决定，在一、二栋之间开辟成公家的菜地（各家还分了少量自留地），并把门口的汽车房改成猪圈，在里面养了几头猪，用以改善食堂伙食。我母亲和另外三四个干部，作为蔬菜组成员，整日在公家菜地里忙碌，种番茄、辣椒、红薯，养鸭喂鱼，还要从鱼塘打捞水葫芦，剁碎煮熟，拌上酒糟，用扁担挑着两大桶猪食送到猪圈……母亲的双鬓染上了白发，而我和小伙伴惦记的事情，是放学后常到猪食房去，吃母亲用干红薯藤烧灶后留下的小红薯，那香甜的味道至今令人回味。

尽管大人们在这个时期受了不少磨难，但文联大院对于孩子来说，仍是一个乐园。当时每家大多有好几个孩子，大人们忙着工作，学校功课不重，孩子们经常结伙在院子里玩，男孩们打珠子、玩洋画，玩"官兵捉强盗"，女孩们跳皮筋、跳房子，讲故事，到各家串门。还有绘画、音乐等伴随着我们，给我的童年带来不少快乐时光。

1960年10月，父亲摘掉"右派"帽子，调回武汉市文联任专职创作员。1961年10月，中南局在广州召开了高级知识分子座谈会。不久落实有关政策，显著的变化是，我家搬到三栋一门三楼的套间里了。

父亲的工作是写戏剧评论，看戏即是他的工作，他手中经常会有戏票。我当时上初中，有暇便到武汉剧院去看戏。夏天，武汉剧院的防空洞中会冒出阵阵冷气，和现在的空调一样，让人冷得要穿上厚衣服。这段时间，我看了不少话剧，如《渔人之家》《雷雨》《年轻一代》等，不仅剧情使我入神，而且剧中演员，都是我们大院的邻居，这当然使我增加了兴趣。每当父亲写了剧评，发表在《武汉晚报》上，我就把剧评剪下来，贴在一个大本子上。也许，从那时起，我就爱上了文

1962年冬,我们全家在解放公园合影

1972年春,父母回武汉后摄于解放公园

艺评论。

1966年"文革"开始，文联大院大乱。许多惊心动魄的场景，不能一一尽述。经过1967年的"斗批改"之后，1968年底，整个文联"一锅端"，全部下放。当时省文联和市文联早已分家，省文联干部随省直机关下放到湖北沙洋七里湖农场，市文联干部随市直机关下放到湖北崇阳农村。我妈妈随机关下放到崇阳沙坪，住到农民家，而爸爸属于"挂起来"的干部，下到蒲圻县蓼坪茶场的五七干校。大哥大学毕业分配到山西煤矿教书，姐姐外语学校毕业分配到利川县某区教中学，我作为"知青"下到监利县务农。只有二哥，因为是市柴油机厂工人，户口在武汉，妈妈找了市文联领导，请他们给二哥留一间房。最终，我二哥分到了文联大院三栋二门一楼后面的一间房子。自此一家六口，天各一方。

三

1969年至1972年之间，是文联大院的"空档期"。由于干部倾巢下放，大院变得空荡，只有某些剧团由于有演出任务仍留在大院。另外，大院还进驻了不少军代表。文联作为组织已经瘫痪了，大院公房分配权交给了房管局，单位的公房变成了由房管局收房租的社会公租房。

虽然我家在大院里只剩一间房子，但在我们心目中，这里仍然是"家"。每到春节，一家人便从各地急切地赶回文联大院，在二哥的住处团聚几天。记得有一年春节前，我和同学们在农村，用扁担挑着生产队分的黑棉油、糍粑等60多斤重的年货，冒着鹅毛大雪，步行几十里泥路，到监利县船码头赶船，千辛万苦才回到文联大院家中；1972年春节，全家人都回来了，只有爸爸仍留干校不允许回家，我们挤在一间房里打地铺、包饺子，各人谈着自己的近况。我们思念爸爸，大哥和姐姐便把饺子用饭盒装好，乘着去蒲圻的火车，赶到茶场给爸爸送饺子，没想到爸爸又临时获得批准，已经赶回家里了。大哥和姐姐听后喜出望外，把饺子送给干校留守的人，也急忙赶回家中。那时全家人团聚一次太不容易，也分外珍惜这种团聚的机会。

1972年5月,爸爸先调回武汉。他起先在武汉预制板厂劳动,后来被分到文教局的文艺创作室,搞"集体创作"。这年妈妈也从崇阳调回武汉。6月15日,文教局当时负责下放干部回城安置工作的王道理(后任市统战部副部长)亲自带着一个大卡车到崇阳沙坪去接我妈妈,让我和二哥随车同行。记得那天碰巧是端午节,天气晴和,中午时分,卡车就到了我妈妈插队的崇阳县沙坪镇排上宋家第4小队,母亲在这里插队3年多,和当地农民关系融洽。乡亲们热情地给她送行,用鸡汤、粽子和新鲜蔬菜款待我们,并送给妈妈许多粽子、腊肉、苕片、豆丝,以及竹竿、木柴等,装了大半卡车,使我们深受感动。傍晚我们就回到了文联大院,爸爸已熬了小米稀饭,到老通城买了包子和菜,在家等着为妈妈接风。父母都回汉后,市文联又在二哥原住的那个通道给他们分了一间大房。这时,我们在文联大院又有了真正意义的"家"。

这时文联大院已成四方杂处的"大杂院"。由于省市文联分家,人员分流,

1975年春,父亲李蕤和长孙赵琦摄于文联大院

1982年3月12日，武汉市人大常委会在龟山组织了植树节活动
左起：伍能光、王杰、谢滋群、孟晓彭、李泊、高欣荣、王群、刘惠农、林岩、曲光藻、父亲李蕤、王光远

省文联的职工有的搬到武昌紫阳路过渡，以后又搬到东湖新建的省文联宿舍；而市文联的职工及家属仍留在解放公园路48号的三栋红楼。

1973年，我从农村回武汉，之后姐姐、大哥也先后回武汉，一大家人都挤在三栋二门一楼后面的房间里。当时干部刚刚返城，公租房还不算紧张。我们的邻居是个工人，他结婚后，厂里分了房子，他便搬走了，把原住的12平方米的房间慷慨让给我家。这种公租房的无条件转让，在今天是不可能发生的。

另一件有趣的事是，我们通道还有一间9平方米的小房，一直锁着，是驻文联军代表撤离后锁上的。但他们走时忘了关灯，60支光的大灯泡从早到晚亮着，大家心疼的是电费。经居委会商量，决定将门锁砸开，把电灯关上。至于门开后谁住这间房，倒没人过问。后来经过房管员允许，我家又租下了这间小房。至此，

20世纪80年代武汉市文联成员在鄂州青龙桥合影

左起：管用和、父亲李蕤、朱淑、祁向东、莎莱、易原符、刘烈诚、武克仁、朱子昂、黄毅、胡培卿、杨书案、曾德厚、戴绍泰

1988年，我的父母金婚节摄于鄂城墩家中（彭年生摄）

1995年，抗日战争胜利50周年，中国作协颁发给抗战时期老作家"以笔为枪，投身抗战"的奖牌

1999年,武汉出版社出版了《李蕤文集》四卷,并与武汉市文联联合,举行了《李蕤文集》首发式

新时期父亲李蕤出版的著作和去世后的评传以及纪念文集

三栋二门一楼后面的四间房,全被我家租住了。

1978年我考入武汉大学,每星期才回家一次。家里四间房挤得满满的,大哥一家4口从山西调回,挤在9平方米的小房中,行李都无法解开,挂在走廊的墙上;二哥、姐姐已结婚,各家住一间。我每次从学校回家,只能支个行军床,睡在父母房里。

四

1978年10月,武汉市委专门发文为我父亲李蕤被错划"右派"问题平反。文中说:"一切诬陷不实之词,予以推翻。"1982年5月,武汉市作家协会成立,这是全国率先成立的省直辖市一级的作协,父亲当选为首任作协主席,1982年6月15日的《长江日报》以头版头条的显著位置,报道了父亲当选武汉市作协主席的消息。父亲22年的冤案得雪,如枯木逢春,焕发了极大活力。他主编《芳草》文学刊物,1985年,武汉市作协与《长江日报》联合,组织了全国数十位作家参加的"黄鹤楼笔会"。《芳草》杂志成为培养青年作家的摇篮。

武汉市文联、市作协的会址,仍在解放公园路48号办公大楼,但这时三栋红楼已经住满居民,市文联便在办公大楼后面的空地上,建了两栋六层楼的职工宿舍,武汉市文联又成了自成一体的文化单位,但规模上比原来小多了。

当时文艺界干部青黄不接,父亲以70多岁的高龄,担负武汉市作协的领导重任。他虽然搬到了鄂城墩,但办公仍在老文联,他每日骑着自行车,从鄂城墩赶到解放公园路48号上班,寒来暑往,从不间断,一直到1988年才离休。

从1982年起,父母搬进了鄂城墩的"高知楼",那里的套间有100平方米,4间房子,没有厅,现在看来结构很不合理,但当时已经让人心满意足了。父母搬走后,二哥和我仍住在文联大院的红楼,那时还是租房。

1983年6月,我在文联大院生下儿子。这一带已成为难得的"学区房",儿子从育才幼儿园、育才二小,一直上到武汉六中初中,都是靠着这里"近水楼台"获得较好的教育资源。直到儿子上高中,我们才恋恋不舍地搬离文联大院。

1999年底,房改大潮波及文联大院,三栋红楼全部要拆迁。公租房开始变为产权房。拆迁房子要算面积,增加面积要补钱。等到新房建成后还建,这里的房子就都变成产权房了。

1999年11月12日,推土机开进了解放公园路48号,三栋红楼被推倒。经过40年时代风雨的老文联大院,自此不复存在,唯一剩下的,是临着马路的办公大楼,这是老文联大院的"遗址"。

老文联大院三栋红楼从兴建到拆迁的40年,是中国社会大变革、文艺界大变革,也是住房制度大变革的生动缩影。

五

"少小离家老大回,乡音未改鬓毛衰"。自1958年搬入文联大院,到1969年文联大院干部统统下放"一锅端"之后,老文联大院的娃们,便各奔东西:或下放农村,或随父母下干校,在以后漫长的生活道路中,并没有再见或通信。直到2016年,随着互联网的兴起,我们建立了"文联大院的娃们"的微信群,彼此寻找、呼唤,雪球越滚越大,很快便发展为几十个人。许多"娃们"虽然四五十年没见面,可是因为大院各家都是过去的老住户,彼此太熟悉了,有着共同的记忆,因此,一听到某人是某家的孩子,便立即把眼前鬓发斑白的老人和他儿时稚嫩的面容联系在一起。

如今,"文联大院的娃们"(包括省、市文联)都是爷爷奶奶级了,我们的父辈,或已不在人世,或进入耄耋之年。我们感慨时间的飞逝,讲述各自的人生故事,追忆童年的纯真友情。的确,人的一生,记忆中最清晰的仍然是童年;无论走到哪里,忘不掉的永远是故园。

经历了几十年沧桑巨变,解放公园路一带,也已成了繁华的闹市,高楼林立。黄孝河在箱涵改造工程之上,建起了四干道——建设大道;文联大院对面的市委党校,变成了高级住宅区"金色华府";老文联大院的办公楼加高了两层,并修了一个古堡式的楼顶,装修一新,挂着"武汉市文学艺术联合会"的牌子。大院中的三栋红楼早已消失,但它在我们的记忆中却永远留存。

2017年1月14日,"文联大院的娃们"40多人举行大聚会,在老文联大院的办公楼前照了一张具有历史意义的合影。

....

宋致新:李蕤、宋秀玉之次女,1958年住在老文联大院二栋二门一楼,1961年搬入三栋一门三楼,1973年后搬入三栋二门一楼,直到1996年搬离。

1938年4月,父亲曾作为《大刚报》记者奔赴台儿庄采访。2018年4月7日,在纪念台儿庄大战胜利70周年之际,我在"台儿庄大战纪念馆"的"战地记者馆"展板上父亲赵悔深(李蕤)的照片前留影

心祭
——写给父亲碧野

黄 榕

年轻时代的父亲碧野、摄于老河口

心祭——写给父亲碧野

黄 榕

2008年5月30日，失去父亲的我，忽然觉得自己成了一叶飘絮，在心和物的宇宙里沉浮。有多少心态非言语能道出——泪眼描将易，愁肠写出难，但我还是要挣扎着将它说出来，为了自己，更为了远行的父亲。

雁从天空飞过，留下嘹唳的鸣声，是很令人神往的；人生在世，走过的路程中，留下值得怀念的斯时斯事，哪怕只是一字一句，也是极有意义的。回忆，犹如摊开的一张旧报纸，虽已泛黄，却依然清晰，那是历史的蓦然回首，那是突然显现在时间隧道灯火阑珊处向我们频频招手的伊人伊物，就让我慢慢抚摩这些尘封的故事——

少时，在北京家的小四合院里，靠南墙根儿是一片父亲栽种的玉簪花。秋来了，花开了，白白的长长的厚厚的花朵，挺在硕大的绿叶上，倒像是插了满头玉簪的村姑，素素净净，精精神神，还有着若有若无的馨香。玉簪花是一种生命力极强的花儿，不挑地方，不择土壤，随便种种，总能成活。它特别喜欢背阴处，把阳光让给别人。父亲说，玉簪花的花瓣可以入药，连那叶子捣烂了都能治脚气。开花时节，父亲每每写作累了，就爱在花前流连，浇浇水，松松土，打打枯叶。有时并不做什么，就那么长时间地伫立在花前，仿佛面对心灵相通的老友。所以直到现在，看到玉簪花，我的脑海里就会浮现父亲在花前的背影。长大了，越来越觉得父亲就是那玉簪花：谦和，清白，淳厚，淡泊名利！正如玉簪花一样，他日复一日地深深地吐纳、呼吸平凡生活蕴涵的活力；日复一日地用手中的笔，把生活的内涵酝酿成清澈的山泉，不经意间流到我身旁，流到你身旁，流到许多人身旁。

小时候的我，是个顽皮的丫头，只要觉得父亲惹了我，我就喊他黄大哥。第一次喊黄大哥，父亲鼓起了眼睛，我才不怕呢，跳起脚一连声地喊：黄大哥，黄大哥，黄大哥！以后，高兴了喊爸爸，不高兴就喊黄大哥。再以后，父亲居然乐意接受女儿对他的昵称，甚至如果有些日子不这么喊了，他还会刨根问底：为什么不喊我黄大哥了呀！这次病重住院，有天进了病房，我叫了声：我来了，爸爸。父亲背对房门坐在床上，瓮声瓮气地应了句：是黄大哥。蓦地，我惊呆了，眼泪湿了眼眶。几十年过去了，父亲还依然记得女儿当年的刁钻古怪、胡搅蛮缠。

有段时间，家中寄居着一位没了父亲的表弟，小名叫"小四儿"。那也是一个皮大王，他一来我可有伴儿了，从此家里沸反盈天。我读的小学叫宣武区中心小学，离家百来米，一天放晚学，刚出校门，忽地一个熟悉的身影从旁边掠过，是表弟，他边跑边嚷嚷：蓉姐姐，救我！正惊诧，后面一个人也飞速来到眼前。呵，是父亲！哦，我明白了，一定是表弟又犯了错，父亲追着教训他。只见父亲跑了几步，嫌脚下的木屐碍事，干脆甩在路边，赤脚向前跑。胡同两边的街坊们都笑嘻嘻地看着这一幕。我提着父亲的鞋张望着渐渐远去的两个奔跑的人影，满满一肚子幸灾乐祸：哼，小四儿呀小四儿，这回你够呛！谁想，没过一会儿，父亲与小四儿回来了，却是手牵手，有说有笑，父亲还爱抚地给小四儿擦汗。顿时，我失望了，只好收拾起看客心肠，悻悻然地随他俩回家了。后来大人们嗔怪父亲少正形，没大没小，而我却最爱这样的父亲，最爱这个多童真、少世故的趣人儿。

小学毕业了，我被保送上了重点中学北京六十六中，虽然父亲开玩笑说：什么六十六中，是流里流中，但他从心里为女儿的成长高兴。为了表示奖励，父亲给我买了一件浅绿色的毛衣和一条深绿色的灯芯绒长裤。当我穿上它们时，父亲眼睛一亮：哦，我的女儿长大了，长成一棵直溜溜的白桦树了！我知道父亲对我的期待，我一直挺胸做人，一直努力学着做一棵挺拔的、独立的、隐忍的、低调的、不会被轻易击倒的白桦树。父亲留给我的痕迹是绝难抹去的，那一圈一圈的木纹年轮，清清楚楚地记载了白桦树的生命历程！

20世纪60年代，为了反映丹江口大型水利工程，父亲受当时湖北省委宣传

1949年春，父亲碧野与文友在华北大学文艺学院合影
前排左一为父亲碧野，右一为臧克家；二排左一为苏金伞，右二为张光年；后排左一为戴望舒

20世纪50年代初，父亲碧野与新疆生产建设兵团的师政委和主任合影

部曾惇部长之邀,携家带口从北京来到武汉,住进了解放公园路的文联大院。那是一段平静而淡然的日子,静水深流,并不乏生活的浪花。

初秋的一天,父亲外出归来,在镜子面前上照下照,左照右照。我揶揄他:哟,今儿怎么这么臭美了,一个镜子照个没完。父亲苦着脸对我说:我今天坐24路公汽,眼看着车要开了,我紧赶慢赶了几步,只听售票员的高声大嗓:莫慌莫慌,老爹爹,招呼打跤了。父亲憋着汉腔,特别不开心:我有那么老么?不就是秃了个顶嘛……看着父亲的苦瓜脸,我开怀大笑,笑得肚子都疼了。我边笑还边解气地跺着脚:活该,谁叫您那天那么笑话我。

原来,那是刚到武汉不久,因水土不服,我脚上湿疹发炎溃烂一片,走路都一跛一拐的。有一天父亲不知从哪儿弄来一根木棒,故意杵着它走路,一瘸一瘸的,

中年时代的父亲碧野摄于武汉

20世纪70年代初父亲碧野在沙洋五七干校放牛时摄

嘴里还念叨:我是黄蓉,我是伤兵老爷,看我这德行……家中其他人也一起笑我。我气坏了,最后居然大哭了一场。这时父亲才明白,女儿大了,有气性了,再不能乱开玩笑了。

所以这一回,四十来岁的父亲因别人误会成"老爹爹"而烦恼时,我哪能失此良机,痛痛快快地火上浇油,总算报了一箭之"仇"。

20世纪60年代的前半期,在文联大院,记忆中,好的坏的、顺的逆的,都涌上心头。而今只作追想——那恍若隔世的我的少年时期,时时有父亲的陪伴。我们父女,在暗流与激浪、退缩与无畏之后,他,日渐成熟;我,慢慢成长。山有木兮,我心悦兮,有所得,有所好,有小幸福,那是难得的圆满。

认识父亲和我的人,都说我最像父亲。其实我心里明白,我像他的不仅是样貌、性情、禀赋、姿态,连思维方式都如出一辙。所以我一直坚守着要为父亲争光的信念。

20世纪80年代,我加入了中国共产党。父亲闻讯,对我说:心里的一块大石头落了地。他看出我的讶异,接着说:因为我的关系,你一切都受了牵连,现在总算推翻了不实之词,你能轻装上阵了。今后你要努力再努力,此志不容稍懈。说完,父亲吟咏起汉刘邦的《鸿鹄歌》。至今,我还记得他殷殷期待的目光和抑扬顿挫的吟哦:鸿鹄高飞,一举千里,羽翮已就,横绝四海……父亲,父亲,谢谢您对女儿的激励,我至今不曾也不敢稍懈此志!

1993年10月,我开始享受国务院特殊津贴,父亲欢喜得拊掌大笑:哈哈,我女儿又成了我的同盟军了(因为父亲此前已是这一特殊津贴的享受者了)。我调侃他:别再提"同盟军",难不成又要我和您一起做"坏事"?说来好笑,我向来都是他的得力同谋、铁杆儿同盟军。他戒烟后忍不住又偷偷地吸起来,我发现了,他忙说,咱俩是同盟军,对吧,千万别告诉别人;他不顾腹泻的病痛,嘴馋偷吃哈密瓜,还把一片大大的哈密瓜塞给我,我自然被他收买成了保守秘密的同盟军;他带我上街,花了不少钱,回家报账,他一边报假账,一边对我挤眉弄眼,我当然守口如瓶。事后,他说:不错不错,你这个小同盟军挺称职的嘛!光嘴上夸有什么用,得给点实际的,我手心向上伸过去,于是,我敲了父亲一角钱的竹杠……这些发生在生活中的事情,有时很小,也似乎只在一瞬间,但这一瞬间成为人生的永恒,烙印在我的记忆中,永远醒着。

后来父亲年事渐高,为了避免他心绪波动,我的喜忧,往往不会及时告诉他。有次我回家,一进门,父亲就责怪我:好呵,跟老爸隔起心来了,你得了中国图书奖,居然不告诉我,我还是从来家的朋友口中知道的,你说你可恶不可恶!然后他又接着说:图书获奖,只是你编辑生涯中的一次成功,能获得岁月对你所编图书的褒奖,那才是最高奖赏。父亲好久没有这样责备过我了,我不敢置一词,只有唯唯诺诺的分儿。这以后,我又得过三次国家图书奖,都在第一时间向父亲报喜。因为我知晓,女儿的点滴进步,在父亲眼中,就是天大的事儿,那不啻是灵丹妙药,可以澄清纷扰嘈杂的心灵。父亲的心依旧像秋日午后深远晴朗的天空,在梦落潇湘的文人气里,斜刺里的开拓出一脉温山软水来。

也许是遗传使然，我也时常由着性儿涂抹点什么。可父亲看过后很少称赞，甚至有时还会嘟囔一句：莫名其妙！弄得我好没面子。只有一篇，那是我为担任责编的《尔雅诂林》所写的几近万字的文章——《自有云霄万里高》，他让保姆读给他听，保姆例行公事毫无感情地读，但父亲听着听着，却流下了眼泪。那篇文字后来作为《代后记》，收入到皇皇七大卷本的《尔雅诂林》中，全国人大常委会原副委员长、大学问家许嘉璐先生在他一篇发言中写道："我是含着眼泪读完《代后记》的，我还想建议，今后无论何时加印《尔雅诂林》都不要删去黄榕同志的《代后记》……"父亲的泪和许嘉璐先生的泪，是对我几年来辛劳的肯定，是对几年来与"诂林"作者同甘共苦"情"的肯定，各种的酸甜苦辣，是我自己的味儿，其实，也是生养我教育我的父亲的味儿。再深想想，我只是一颗籍籍无名的小星星，努力地闪烁着自己的光，哪怕只是一点微光，哪怕尘世间的灯海如此辉煌！我知道，只有这样想，才能博得父亲对我少有的赞许。

哲人有言：立品之人，笔墨外自有一种光明正大之概。父亲的文字，尤其是晚年的，不虚张，不轻飘，也不浓抹重涂，但句句扣在人的心弦上。我读得越多，愈感到那犹如一块璞玉，是浑成而有质地的，一等的襟抱，一等的见识，方有着一等的文字！正是：唯有真正的琼玉，才能被磨出玉液琼浆！这不就是那笔墨之外的正大光明之概么！

父亲，父亲，您离开我们了。但是，你形不在而神在，时时在，处处在，散化在空气里，一呼一吸间有您；融汇在血液里，一搏一动中有您。

父亲，父亲，我要把心底里对您的思念，琢成一百单八粒念珠，挂在我的颈上，垂在我的胸前，我会用手不停地摩挲着，您将永生在我心底的净土里。

灯下检索旧稿，发现父亲去世时我写的文字。看看日历，恰是父亲离开我们的祭日，不由人悲从中来，泪流满面。

不知道还需要多少年，我才能打心里接受父亲离去的事实！但我明白，我的幸福是父亲最想看到的。也请父亲理解我在特别的日子里释放一次积蓄的眼泪——父亲,父亲,您知不知道思念一个人的滋味,就像是喝了一杯冰冷冰冷的水,再用很长很长的时间,一滴一滴化成热泪……

黄榕:碧野的长女。原住文联大院一栋一单元二楼。

原载2008年第8期《长江文艺》 2014年第12期《中国作家》

2019年5月,黄榕、李航夫妇摄于苏州同里

怀念父亲李井然

李小松

1999年全家人在家中合影
前排为父亲李井然(抱外孙),母亲郑淑贤;后排左起为弟弟李小刚、哥哥李次松、李小松,姐夫杜维正,姐姐李静泓和侄子李耽

怀念父亲李井然

李小松

我的父亲李井然,是辽宁本溪市人,1923年8月出生在一个破落的工商业者家庭。他渴望知识,追求进步,1943年起,他先后在吉林师大、长白师范、北平艺专学习。1946年参加八路军,任粮食股长。他的妹妹(我姑姑)也在他的影响下,加入了八路军。后来军队北撤,我姑姑随军队走了,组织上安排父亲仍回北平艺专学习(北平艺专与天津国立音专后来合并为中央音乐学院),并加入到学运中去。父亲曾多次参加"反饥饿,反压迫,反内战"的学生大游行,他是学生会主席。北平解放后,"三青团"在学校捣乱,气焰非常嚣张,是父亲带领进步学生与他们进行斗争,支持解放军的代表吕骥院长的工作。"文革"中我去北京中央音乐学院,父亲的老同学、老师讲了一些父亲在学校的表现,他们怎么也不相信我父亲是"右派"。吕骥院长每次出差来武汉,总与父亲见面叙谈。也许是对当年没有解决父亲的党籍和工作表示心中的歉意吧。

作曲家李井然(1923—2002)

四个作曲家在讨论创作
左起冯仲华、李井然、张起、胡克

父亲在学院多次申请加入共产党未获批准，八路军原领导不知现在何地？这件事又影响他加入干部队伍。在校五年多，仍是学生身份，靠帮老师改学生的作业，领取一点特殊津贴，勉强维持生活。1952年，为了解决父亲的工作问题，学院领导让他以学生身份，毕业分配到了武汉歌舞剧院，任音乐指挥，搞作曲创作。

父亲对音乐有一种执着的心。他会法语、德语、日语，这就使他有了很好的学习音乐的工具。在北平艺专大学十年的熏陶，使他对管弦乐配器有更深的了解，丰富了知识的运用，为后来在各方面的理论上发挥作用奠定了基础。他是武汉市第一位评定为一级教授的人。多年来，父亲一直被邀请为省市艺术学院、江汉大学艺术系毕业生、硕士生答辩会评委。众所周知，他是一个有真才实学的人，不像有些教授，连五线谱都不懂，能教给学生什么呢？

父亲不仅在钢琴、大提琴方面有深厚的造诣，还熟知中国古代乐谱的记法。北京有名的古琴演奏大师管平湖先生有两个学生兼助手，一个是会演奏古琴的王迪，一个就是会记古谱的我的父亲。

父亲一生写出的作品不计其数，为大量音乐作品改编、配器，内容涉及歌剧、

父亲李井然（右二）与音协同事在会议上，右一为吴雁泽

管弦乐、声乐及舞蹈、话剧、广播剧、戏曲配乐等方方面面。20世纪50年代，他为新中国的建设写过许多作品，创作了歌曲《飞跃吧，武钢》《大桥之歌》，参加过《向秀丽》《刘介梅》《太阳初升》《红旗飘飘》的创作。60年代，他创作了歌剧《孔雀胆》《雷锋》《海岛女民兵》等歌剧，管弦乐《春江花月夜》《青少年画页》的作曲。70年代，他创作了大型歌剧《启明星》《杜鹃山》，广播剧《莫扎特》，还为现代京剧《只争朝夕》配乐。80年代，他写过歌曲《音乐的喷泉》《进行曲90》。特别是他创作的歌剧《启明星》，1979年由武汉歌舞剧院在北京参加庆祝国庆30周年的全国文艺调演，获得一等奖，为武汉市和武汉歌舞剧院赢得了荣誉。

父亲为人正直，性格乐观豁达，特别关心下一代的教育与培养，深受青年尊重。在晚辈面前，他是和蔼可亲的长者。他经常去一些中学的合唱团、群众艺术馆、青少年宫等地，把自己的音乐知识，无保留地传授给年青的音乐爱好者；在选拔人才方面，他坚持严格的艺术标准，对某些领导的"打招呼"不以为然。父亲认为，年轻的声乐演员周丽嗓音明亮，声音厚实，在演唱中展现出一定的声乐基

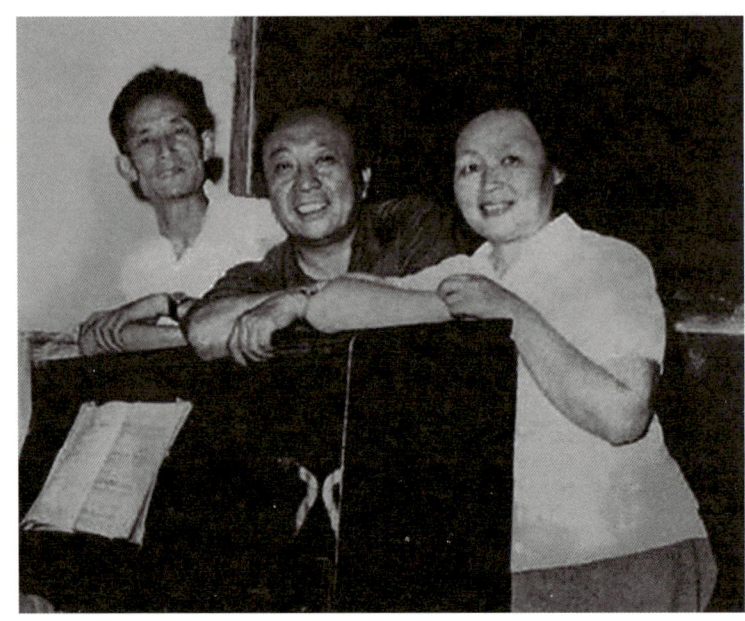

父亲李井然和声乐小组成员在一起。钢琴后面右二为李井然，右一为歌唱家王侠

1979年由李井然作曲的七场歌剧《启明星》参加新中国成立30周年北京文艺调演并获得一等奖，此为节目单

础和能力，若进一步培养是一个很不错的苗子，后来，周丽果然成了武汉歌舞剧院和武汉地区乃至全国都有名气的女高音歌唱家，证明父亲当初的判断是正确的。

2019年是由父亲作曲的七场大型歌剧《启明星》成功演出40周年，让人不由回想当年这一剧目在评选中脱颖而出，荣获第一名，而排演过程却是非常艰辛的。因为某些领导想署名，坐享其成而未果，就在财政拨款上设卡，排演经费少得可怜。但这些并未减少剧院参与者们的热情，舞美灯光设计的元老杨泰权、声乐老将余启雄等都给予歌剧大力支持。父亲日夜工作，事事与大家商量，王韦民在歌词创作上立了一功。乐曲的总谱写出之后，男女独唱演员进行了紧张的排练，音乐配器也进行了严格的演练。

《启明星》歌剧描写了蒙古坎扈特部落的人民为了反抗俄国沙皇的欺凌，从伏尔加河东岸返回祖国的故事。他们出发时有十几万人，遇上沙皇的派兵堵截，回到新疆时只剩下3万多人，受到清朝皇帝的接见和人民群众的欢迎。

我父亲在音乐方面的才能，在歌剧《启明星》中得到了充分的展现。他大量使用管弦乐、声乐，交织着丰富的节奏，首次在中国歌剧中借用了西洋音乐的咏叹调。剧中人物渥巴锡、阿珠的男女高音独唱，令调演的剧场中观众情绪沸腾，受到极大的感动。演出结束后，中央领导人的接见，同仁们的祝贺接踵而至，剧组演员露出了喜悦的神情，这时父亲的心情，是难以用语言形容的。

《启明星》演出成功之后，电台、电视台都进行了播放。1979年7月，应内蒙古自治区政府邀请，武汉歌舞剧院去乌兰恰特演出。1987年元月武汉歌舞剧院交响乐团到北京演出，《启明星》的咏叹调歌曲由男女高音独唱演员吴雁泽、王静瑄演唱。他们的歌声，受到全体观众热烈的欢迎。

歌剧《启明星》的成功演出，为武汉市争得了荣誉，体现了武汉歌舞剧院的雄厚实力，对父亲一生的工作也是最好的肯定。我父亲1981年加入共产党，1988年退休。由于在艺术上的卓越贡献和德艺双馨，除了获得全国奖外，还荣获武汉市新作品展现特别荣誉奖，并多次被评为先进工作者和优秀共产党员。

20世纪90年代,武汉市文联部分艺术家和领导合影

前排左一为姚汉光,左二为父亲李井然,右一为薛如茵,右二为莎莱;二排中为曾卓,右一为丁干珍;后排左一为冯小华

20世纪60年代,发小李小松(中)、骆苗(左)、哈小姚(右),摄于文联大院

20世纪80年代,文联大院女孩摄于育才幼儿园后排为孔彦、宋菲;前排左起为孔瑛、晏罗苏、王雪燕。她们背后两个小朋友的雕塑为李小松所创作

2002年10月8日父亲去世后,武汉市文联为他举行了隆重的追悼会,其挽联为:

长江水辽河浪乐思滚滚艺海扬波六十载

启明星孔雀胆音韵滔滔滋润人间八旬翁

今年是中华人民共和国成立70周年,也是父亲创作大型歌剧《启明星》成功上演40周年,我深切怀念父亲,他永远活在我的心中。

我自童年起就生活在文联大院,有许多文联大院的小伙伴。中学就读于武汉美术学校,从事美术和雕塑工作。

李小松:李井然的次子。原住文联大院一栋一门一楼。

山丹丹开花红艳艳
——记我的母亲王侠

王　涵

1965年家人合影
后排左为母亲王侠、右为三舅；前排右为姐姐王枚，左为王涵

山丹丹开花红艳艳——记我的母亲王侠

王 涵

一

我的母亲王侠，陕西大荔县人，1934年2月2日（阴历腊月十九）生于西安市。听母亲说，她出生的时候，天上飘着大雪，外祖父就给她起了个好听的名字：雪娃。

我的外祖父王金鏊（1899—1976），一生的经历颇富有传奇色彩。他18岁那年，因家人吸食大烟穷困潦倒，他独自一人从大荔县徒步行至西安，沿途靠挑水、劈柴混口饭吃，到西安后，连一双像样的鞋都没有。同年加入陕西民主革命武装力量——靖国军，有幸认识了杨虎城，结拜为兄弟，后随杨虎城加入了17路军，任杨虎城的随从副官。

1936年12月12日，杨虎城和张学良发动了举世瞩目的"西安事变"，外祖父奉派担任"捉蒋小组"组长，12月12日寅时，"捉蒋小组"在华清池捉到了蒋介石。清晨，他们把身着睡袍、脚上没穿袜子光着头的蒋介石及几名卫兵都押到了皇城新城大楼，并负责看押。当时西安皇城新城大楼由阎继明负责管理，阎继明是杨虎城的贴身卫士，中共地下党员。后来周恩来代表中共中央赴西安，与国民党代表谈判，和平解决了"西安事变"，为国共合作共同抗日奠定了基础。

"西安事变"和平解决后，蒋介石违背承诺，扣押了张学良，解除了杨虎城的职务，迫令他带着夫人幼子出国考察。17路军建制被打乱，重新整编。1937年，外祖父参加了中条山娘娘庙开班的"抗日军政大学干训班"，干训班结束后，参加了多次战役，之后被编回38军177师529团1营任营长。1943年，由杜斌丞介绍加入中国民主同盟。

1949年9月6日，杨虎城将军及家人和秘书一家在重庆渣滓洞遇害，同年11月24日，阎继明被杀害于重庆"中美合作所"的"梅园"下公路旁，外祖父听到一连串的噩耗悲愤交集。新中国成立后，1950年阎继明被追认为烈士。外祖父多次帮扶阎继明烈士的遗孀，后来我大舅的大女儿与阎继明烈士的孙子结为夫妻，这也是两个家庭因历史而结良缘。

我于1962年出生于武汉文联大院，由于母亲工作繁忙，无暇照顾，在我刚满9个月时，便把我送到西安，和外祖父、外祖母一起生活。在我童年记忆中，家里即使没有多余的粮食，外祖母也会挤出一些粮食接济给生活困难的战友；我上小学时，每个月到民盟替外祖父领薪水，总要代领好几家人的工薪。外祖母总叫我用一个大手绢包住钱，别上几个别针，格外小心地送到各家中。外祖父一生思想进步，为人忠厚和善良，虽然他在历次运动遭到冲击，但最终得以平反昭雪。1976年11月外祖父在西安去世时，孔从周将军及杨虎城的大太太发来唁电，阎继明的儿子为他扶棺送行，使外祖父尽享哀荣。

二

我的母亲就是在这样一个爱国军人家庭长大的。母亲爱唱歌，天生一副好嗓子。在她幼年时，有一年的4月4日，是民国的"儿童节"。从战场上归来的外祖父，让爱女给战士们唱一首歌，母亲便用甜美的童音唱出了："四月四啊四月四，我们都是小战士，我们的刺刀对准了日本鬼子，把鬼子们都打回东京去！"

母亲受外祖父爱国思想的影响，积极要求进步。西安解放前夕，她参加了市妇联组织的劝妓女从良的工作，母亲向妓女们宣传新政权下的新生活，用歌声表达了妇女渴望独立自主的心声："姐姐妹妹站起来呀，努力学习干起来呀，如今光明照我们呀，一切靠自己来安排。学习学习，劳动劳动。学得好本领，努力不求人。加紧改造我们自己，我们是新社会的主人！"

1950年底，母亲考入"西北军政大学艺术学院音乐部"。这个学院，是贺龙元帅为适应解放大西北后需要大批文艺干部的形势，在晋绥边区创建的。母亲1951年正式入学时，"西北军政大学"已改为"西北艺术学院"，1953年又调整为"西北艺术专科学校"。1956年4月，以"西安音乐专科学校"和"西安美术专科学校"分别立校。1960年8月正式改名为"西安音乐学院"。

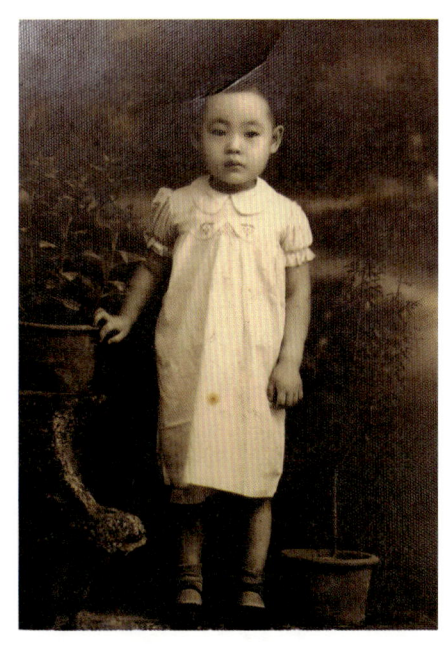

1938年夏，幼年的王侠摄于西安西京摄影社

母亲进校后，除正规学习音乐专业外，也参加各项政治运动。入学不久，声乐界掀起一场唱法上的"土洋之争"。为了加强民歌的力量，组织上决定让我母亲下乡向民间歌手学习，经过一段学习后，母亲成绩突出，得到声乐专家们的认可，1952年被评为优秀学生，并出席了西北学生夏令营。

1953年3月，母亲被选为中国人民赴朝慰问文艺工作团第5团成员，那时她还是西北艺专二年级学生。由于第5团是西北五省区组织的，多为少数民族歌舞演员，缺少汉族的歌唱演员，而慰问团的团长钟纪明，是西北艺术专科学校的副校长，由于母亲专业优秀，被选派进入慰问团。慰问团的副团长是著名豫剧演员常香玉，参加慰问团的西北艺专的学员中还有阿瓦罕、马立克、田仁宽、乌拉音等。当时有同学向钟团长反映,说我的外祖父是国民党军官,母亲不能参加赴朝慰问团,钟纪明团长批评了这位同学,他说,不能以出身衡量人,更别说我外祖父是抗日爱国的军人。于是,刚满20岁的母亲身着志愿军军装赴朝了,用她的歌声为前线战士带来鼓舞和力量。

  慰问团于1953年3月赴朝,7月27日,停战协议达成后,我母亲又随着部分成员前往开城板门店,为做善后工作的同志演出了一个多月,直到9月底回到祖国。他们在朝鲜行军1万多里,演出651场,表演节目4000多个,参加过45次英雄功臣座谈会,回到西安后,受到上级部门的嘉奖,参加了国庆4周年观礼。他们在朝鲜慰问时所演唱的歌曲,陕西和辽宁电台都录了音。中央新闻电影制片厂拍摄的《抗美援朝》专辑中也记载了他们的演出活动。

1953年3月,祖国人民赴朝慰问团文艺工作团第5团赴朝慰问演出,《人民日报》5月17日第6版对此有报道
前排右起,右二玉素江夫、李兰菊、常香玉、巴给、帕它乃提;第二排右起,王鸿绵(文学系)、托尔逊、沙衣代、阿瓦罕、阿里克木、马兰香、帕夏;第三排右起:阿不都热衣木,护士,乌拉音、考浪巴依、母亲王侠

1953年夏,在朝鲜前线,赴朝慰问团文艺团第5团的演员们在演出

第一排右起,马里克、沙衣代、帕它乃提、阿瓦罕;第二排右起,阿不都热衣木、东北军的学习生;第三排右起,第一、二、三都是东北军的女学习生,后面的女生是19兵团某军文工团的学生,田仁宽、托尔逊、乌拉音;最后一排右起是考浪巴依、玉素夫江、母亲王侠(站在车上者)是车长,负责和防空哨联系,防止敌机空袭

1953年母亲王侠从朝鲜回国后,和赴朝慰问团的新疆女演员帕夏合影

493

三

1955年7月,我母亲从西北艺术专科学校毕业,由全国统一分配,到武汉人民艺术剧院,母亲仍然担任民歌独唱。1956年她奉命赴澳大利亚进行首次文化交流,表演独唱节目,当时给母亲演唱主要伴奏的是笛子演奏家孔建华先生。临出发前,在北京因重感冒引起短暂性失聪。未能赴澳完成演出。

1958年年底,母亲因为耳疾,告别了独唱舞台,被调到中国音乐家协会武汉分会从事协会工作,我们的家也搬到了汉口解放公园路的文联大院,住在三栋一门二楼。1962年母亲生下了我,我出生9个月时,由于母亲工作繁忙,把我送到西安的外祖父家,她带着姐姐王枚仍然住在文联大院。

1955年夏,母亲王侠与西北艺术专科学校同学合影
第一排右起:薛温、唐晓清、买静华;第二排右起:魏淑兰、曹季莹、王侠、樊金海

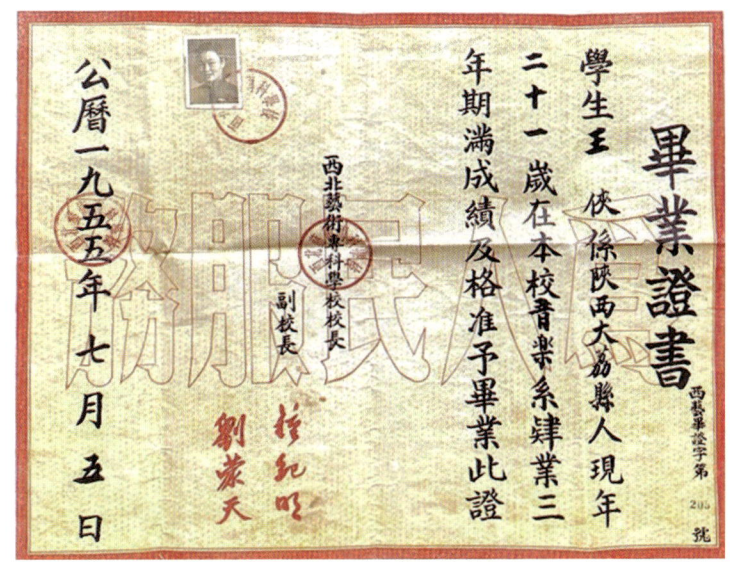

1955年7月5日,母亲王侠获得西北艺术专科学校颁发的毕业证

1964年夏,母亲王侠(右一)和文联大院的剧协成员合影
左起,靳莱、魏子坦、郑昌华

1969年冬,母亲王侠,摄于文联大院雪松旁

母亲王侠,在乡下为农民表演独唱当地民歌

1959年至1961年，是国家三年自然灾害时期，在社会上物质极端困难的情况下，武汉音协组织了各类音乐会20多场。这些音乐会，对于振奋群众的精神起到了积极作用，而组织音乐会则是我母亲的任务。20世纪70年代初期，我母亲连续数年参加全国的征歌活动，在当时文艺遭到禁锢的情况下，为群众文艺创作开了一扇窗。

　　母亲还经常随艺术剧团一起下乡巡回演出，在农村吃住，在田头演出，和农民群众打成一片。她穿着农村妇女的花棉袄，头上挽一个簪子，唱的又是原汁原味的当地民歌，深受广大群众欢迎。

武汉市人民艺术剧团荆州专区巡回演出队在天门县前进乡为社员们演唱当时流行的民歌，受到农民们的热烈欢迎（海晨摄）
第二排左二留短烫发的女演员为母亲王侠

1978年9月11日至23日，中国音协在武汉召开了新时期首次"全国声乐作品座谈会"，参加这次会议的有来自全国各地的代表，我母亲为大会编选了《湖北优秀声乐作品集》一书，其中汇集了湖北武汉解放后优秀歌曲近百首。母亲还协助湖北艺术学院召开了第一届"和声会议"，在这次会议上，湖北音协与湖北艺术学院联合邀请我国著名音乐翻译家尚家骧同志，做了"欧洲声乐史"的讲座，开拓了湖北武汉声乐界的知识视野。母亲还参加了武汉音协与省团委联合组织的"共青团团歌"及"少先队队歌"的创作活动，选出了优秀青少年歌曲。母亲还承担了《湖北民间歌曲集成》的编辑工作，为《文艺创作词典》一书（长江文艺出版社出版）编选了音乐部分。

1979年，武汉市的国庆30周年的大型音乐会，也是我母亲负责组织的，演出后社会反响强烈。

四

1975年，在省委宣传部的大力支持下，母亲开始了她新的人生篇章，直至退休。在此期间她沿黄河流域搜集民歌。为了完成这个宏大计划，母亲独自一人耗时十余年，搜集的民歌千余首。母亲先后到过青海及甘肃的牧业区，采访过秦晋高原的歌手，沿黄河地区、毛乌素大沙漠的鄂尔多斯高原采风，并到过地处中原的河南省很多偏僻地县。她常常深入基层，到民间艺人的家中，与他们面对面、口口相传地记下民歌的词谱，并将它们唱出来，录下来。

记得有段时间，母亲采集了不少河南民歌，在家中用河南腔调哼唱着，使得我和姐姐耳熟能详，都能随口唱出。有一首歌至今我还记得："月亮奶，黄巴巴，爹织布，娘纺花，小妞儿还要缠个线疙瘩，哗啦啦啦哪个哗啦啦啦啦，纺纺缠缠忙全家……"母亲谈起这段采风生活时，感慨地说，中国自古就有"采风"的文化传统，自己一生中能有这样的机会，深入生活向人民学习，学习到群众的歌唱和感情，实在是一件很幸运的事。

母亲把收集到的民歌,工工整整地手抄在笔记本上,这些民歌充满了生活气息,真挚热情幽默风趣。试举几首她收集的山西兴县民歌:

"山顶顶那个盖庙呀,妹子你还嫌低,面对面坐下呀,哎哟还想你。"(《山顶上盖庙还嫌低》)

"锅熬曾曾(甑)下上米,不想旁人单想你。想你想你真想你,三天吃不了一合米。"(《想亲亲》)

"骑上毛驴摇一摇,打上伞,为什么不把摇三摆的鞋穿。"(《摇三摆》)

"骑毛驴不骑三条腿,为朋友不为个洋烟鬼"(《为朋友不为洋烟鬼》)

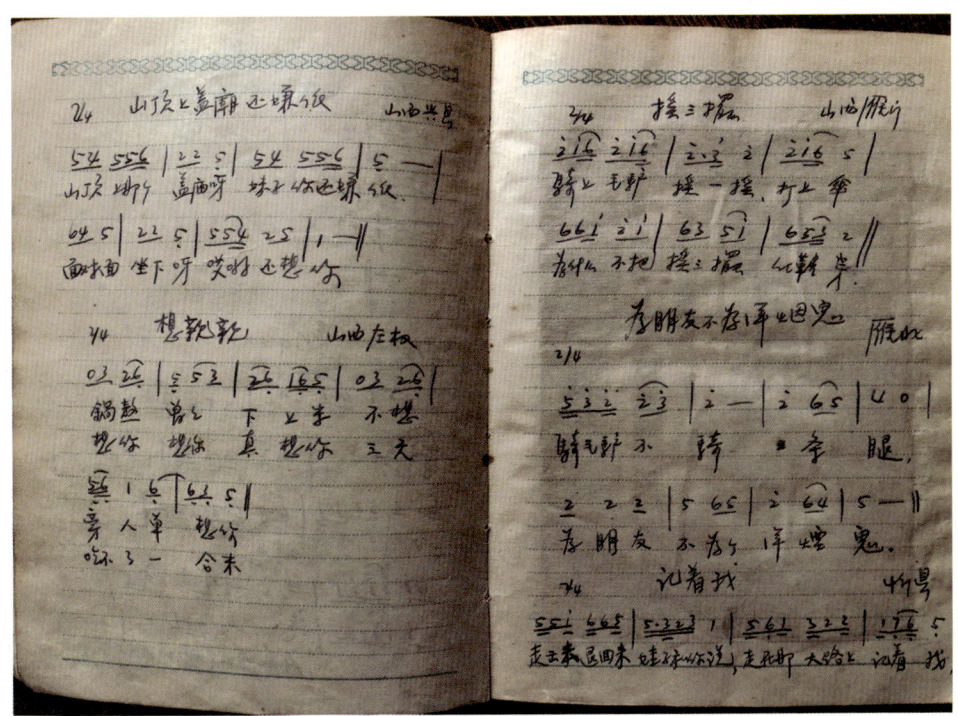

母亲王侠将收集的山西兴县民歌工工整整抄在笔记本上

母亲还把采集到的民歌，编写成《黄河流域民间歌曲唱法及研究》一书（内部出版），对不同地域的民歌，都有很详细的分类。在演唱技巧上，她熟练掌握了各地的演唱技巧，如青海的"花儿"、甘肃回族的"筵席曲"（又名"哈来目"，阿拉伯语，意闹洞房），内蒙古的"爬山调"、陕北民歌、陕南山歌、陕西关中眉鄠戏（或称"眉户""迷糊"，陕西省主要的传统戏曲剧种），并琢磨演唱的衬字、衬词、衬句及衬腔，在山歌与小调的用气、用声特点及二者在借鉴美声唱法上形成了独特的见解，并潜心研究了民间歌曲的旋律与语言的关系及旋律的表现类型。

母亲王侠（左）在甘肃民间老艺人家中采集当地民歌

虽说母亲很早就告别了演出团体，但之后还是不断地被邀请参加各类演出活动，如到长阳、宜都两县的"乌兰牧骑"演出，在荆门、洪湖参加"四清"运动时，广泛为群众演出，在沙洋五七干校参加宣传队，为五七战士们演唱……都给人们留下了深刻的印象。至今，我在文联大院的好友、和母亲一起到过五七干校的"娃娃"，对我母亲唱的那首歌曲《山丹丹开花红艳艳》还记忆犹新。她回忆说，1971年秋天，一天晚上五七干校的干部开完会，大家都很疲倦，这时有人提议

1983年，母亲王侠，摄于武汉

让母亲唱首民歌，母亲欣然答应，她唱的是《山丹丹开花红艳艳》："一道道的那个山来呦，一道道水——"，歌声刚从母亲口中唱出，会场上立即掌声雷动，母亲的歌声忽而高亢激越，忽而舒缓婉转，传达出陕北"信天游"粗犷浑厚、乐观向上的精神力量，令在场听众久久难忘。我的那位好友的丈夫，当时也在场，几十年后他回忆起这件事时，说对母亲的"知性女性的艺术形象，瞬间产生了定格"。在我的少女时代，也有幸听过母亲演唱经典民歌《山丹丹开花红艳艳》《翻身道情》《兰花花》等。那时候母亲已经50多岁了，嗓音依旧清耳悦心。

1977年，母亲还和几位业界挚友成立了"声乐小组"，每逢周三，无论刮风下雨，李井然（武汉歌舞剧院作曲）、王伟民（武汉歌舞剧院剧作）及夫人谢怡配、李福生及夫人叶康宁、还有李一萍等人，都要与母亲相聚在武昌紫阳路的一

间音协办公室。到了中午,拿出自带的小菜和馒头当作午餐。物质条件虽然简陋,但大家或探讨声乐唱法,或弹琴演唱切磋技艺,气氛热烈,令一室生春。这期间吸引了大量的音乐爱好者旁听学习,直至1978年改革开放,音乐小组成员才陆续离开。多年后,当年参加旁听过"声乐小组"活动的青年,如今已成为业界精英,而母亲已到耄耋之年,每逢佳节,大家还会相聚于母亲家中。

我母亲在晚年热爱剪纸,受《银龄之家》的邀请,参展了省文联离休文艺家们的"银龄风采"展览。其作品《凤凰》广受好评。母亲深知艺术无止境,不断践行才能永葆青春。我母亲现已86岁高龄,四世同堂,常常自嘲如今也是"80"后了,晚年的日常生活,除了跟家人一起出入各种时尚商圈,回家后还可以熟练操作平板电脑,聊聊微信、看看视频,关心着国际局势与祖国的繁荣发展。

最后祝愿母亲晚年幸福安康。

母亲王侠晚年的剪纸《凤凰》,得到老干处的嘉奖

2017年冬,姐姐王枚(右一)一家三代和我的一家三代为母亲王侠庆84岁寿辰

2016年1月,母亲王侠与我全家,摄于雷山温泉

2017年8月，母亲王侠摄于河南信阳，1956年母亲就是乘坐火车经"平汉线"来到武汉，多年后，重新乘坐平汉列车，感慨万千

2018年8月，母亲王侠与重外孙龙子赫在海滩嬉戏。摄于海南三亚亚龙湾

2020年7月,我和母亲在东湖之畔看落日

王涵：王侠的小女儿。原住文联大院三栋一门二楼、一楼。

后 记

这里记叙的是一座院落的往事。

一座平常的院落本来不会有令人特别关注的地方,人们关注的是这里的人的生活和思想。

这里曾经住着一个不平常的群体,他们都是湖北省内的名作家、名画家、名音乐家和名演员。这是一个和社会彼此都十分敏感的群体,他们都有自己的生活理念。他们所处的又是一个不平常的年代,需要他们不断地去调整、适应,在这个过程中就有他们的喜怒哀乐。这些喜怒哀乐有些是和别人相通的,有些则带有他们特有的感受,这些可能是现代人感到陌生的,这就恰恰给我们看到了生活的一种别样的状况,可又是能和他们情意相通的。

这些回忆中有许多老一辈文学家、艺术家们生活中的琐事,但却正反映了他们的本色。这些回忆的对象都是从事文学艺术创作的人,文学家们把文学看作是"人学",作家艺术家要创作——写出好作品,就得研究人,认识人。其实,美术家、演员又何尝不是这样呢!他们的作品都一样要诉诸人们的感情,以情动人。既然他们都是名家,创作过能打动人的作品,自然是在研究人上下过功夫,有独到之处。他们的研究人,不是像自然科学家那样做试验和进行逻辑推理,而是和人交往,在交往中观察、体验。通过这些回忆揣摩他们怎样待人接物,怎么把生活琐事升华成文艺作品,这些经验对现在的我们也是有启发的。

本书的作者都是这个群体的后代,和我也算隔代了。他们回忆的是一个和我所经历的完全不一样的童年,更多的是回忆了他们上辈的生活和思想,正如鲁迅先生说的"读书人家的子弟熟悉笔墨"。这些珍贵的回忆,也正把曾经撕裂的温暖重续了起来,也算是一种精神的传承吧。

曾经在老文联大院里度过童年少年时期的孩子们,他们的生活经历、从事的专业各有不同,但他们的文章都写得晓畅实在,有激情,有温情,我想,一切有感情的文字都是会引起人们的共鸣的。

刘　丹
2019.6